"中国现当代名家散文典藏"编辑委员会

主　任：阎晶明
副主任：丁　帆
委　员（以姓氏笔画为序）：
　　　　止　庵　孔令燕　何　平　何向阳
　　　　李红强　张　莉　周立民　施战军
　　　　贺绍俊　臧永清

中国现当代
名家散文
典藏

张炜散文

人民文学出版社

图书在版编目（CIP）数据

张炜散文/张炜著. —北京：人民文学出版社，2022
（中国现当代名家散文典藏）
ISBN 978-7-02-016644-2

Ⅰ.①张… Ⅱ.①张… Ⅲ.①散文集—中国—当代 Ⅳ.①I267

中国版本图书馆 CIP 数据核字（2022）第 049595 号

策划编辑　胡玉萍
责任编辑　李　宇
装帧设计　陶　雷
责任印制　宋佳月

出版发行　人民文学出版社
社　　址　北京市朝内大街 166 号
邮政编码　100705

印　　刷　河北环京美印刷有限公司
经　　销　全国新华书店等

字　　数　237 千字
开　　本　880 毫米×1230 毫米　1/32
印　　张　10.875　插页 4
印　　数　1—5000
版　　次　2022 年 5 月北京第 1 版
印　　次　2022 年 5 月第 1 次印刷

书　　号　978-7-02-016644-2
定　　价　39.00 元

如有印装质量问题,请与本社图书销售中心调换。电话:010-65233595

作者像

1991年9月,在山东龙口修改长篇小说《九月寓言》

2007年12月，于俄罗斯雅斯纳亚·波良纳托尔斯泰庄园

2016年6月《独药师》座谈会，于北京三联书店

出版缘起

中国现代文学开启自一百多年前的一场文学革命。从此,与社会现实密切相关,普通大众可以接受、可以欣赏、可以从中得到思想启蒙和艺术享受的新文学,就如雨后春笋般生长,涌现出一篇又一篇、一部又一部影响当时、传之久远的经典作品。自"五四"新文学以来的中国现当代文学发展进程中,散文无疑是耀人眼目的明星。

散文既能直抒胸臆,又能描摹万物,因此被视为自由多样的文体;散文语言贴近日常,最易触动人们的情感,可以直接地陶冶人们的心灵。这也是经典散文被誉为美文、拥有广泛读者、历经岁月更迭仍让人捧读的原因。百余年来的中国现当代散文创作云蒸霞蔚,已莽莽如浩瀚的文学森林,人们若贸然闯入这片森林之中,时有乱花迷眼、茫然难辨之困扰。为了让广大喜爱散文的读者能够更迅捷地读到中国现当代散文的经典性作品,我们精心编选了这套"中国现当代名家散文典藏"丛书。本丛书编选过程中,我们邀请了文学界的专家学者组成编委会,在认真商讨的基础上,汇集、编选了 20 世纪以来中国现当代散文史上的名家、名作。目的就是方便广大读者感受散文经典的艺术魅力,有利于集中欣赏、比较阅读、收藏,以及进行相关研究。

在研究、讨论过程中,编委会形成了经典性的编选宗旨。卷帙浩繁的现当代散文作品中,以经典作家、经典作品的筛选为编选原则,是为读者提供阅读便利的需要,也是为百余年散文创作所做的某种回顾和总结。我们深知,任何一部文学经典都并非一蹴而就,也非任由某个权威命名而成,文学经典是经过时间的淘洗,经受了社会和读者等各个方面的考验,自然形成的。这个淘洗和考验的过程就是一部文学作品被经典化的过程。经典,是经典化过程的结晶。中国现代文学是中国当代文学的前身,当代文学是活在我们身边的文学,这是一件非常有趣的事,因为这样一来,我们也许就能亲眼看到一部文学作品是如何诞生的,又是如何引起社会的热议、得到不断深入阐释的,我们对一部当代散文的喜爱,往往也是在这一过程中不断地得以强化。经典便是在这样不断被阅读、被热议、被阐释的过程中得到人们的广泛肯定从而成为大家公认的经典。当我们要编选一套现当代散文经典的丛书时,就应该考虑到当代文学的这一特点,要意识到当代文学的经典并不是凝固不变的,它仍处在不断丰富和不断成熟的经典化过程之中。这就确定了我们的基本编辑思路,即我们自觉地将"中国现当代名家散文典藏"的编选和出版,视为参与到现当代散文的经典化过程的一次积极行动。经典化,为我们的编选打通了一条通往经典性的最佳通道。我们从经典化的角度来审视现当代散文,就要更强调发展和辩证的眼光,更需要发现和辨析那些正在茁壮生长中的新现象和新作品;这也提醒我们,在经典标准的确认上不能墨守成规。我们既要关注作为文学史的经典,同时又要更看重历经岁月变幻始终在广大读者中拥有良好口碑的作品。我们认为,读者是经典化过程中不可忽视的参与者,因此也希望这次"中国现当代名家散文典藏"的编选和出版,能够为广大读者参与到现当代散文经典化进程中来提供一次良好的机会。

经典化的编选思路,自然决定了这套丛书有另一特征:开放性。中国现当代文学作为活在我们身边的文学,这就意味着它是一种具有旺盛生命力的,仍在茁壮生长的文学。回望过去的一百余年,现当代散文已经产生了不少的经典性作品;凝视当下的现实,仍有许多正行走在经典化道路上的优秀作品;放眼未来,我们相信,将会有更多的经典脱颖而出。我们这套散文典藏丛书不光要"回望",而且还要有"凝视"和"放眼",也就是说,我们不光要推出已有定论的经典性作品,而且还要把那些正行走在经典化道路上的,以及刚刚萌芽即将脱颖而出的优秀作品也纳入丛书的视野,因此我们必须采取开放性的编选方针。我们不是一次性地编选数十本书就宣布大功告成了,我们还要在此基础上继续延伸下去,把在经典化进程中逐渐成熟了的作家和作品吸纳进来,作为系列丛书、长期工作、"长河"计划而接连不断地出版下去。

本丛书编辑过程中,坚持优中选优原则,同时也充分尊重作家意愿和相关版权要求。在编辑"中国现当代名家散文典藏"过程中,由于版权限制等因素,使得一些名家名作还没有如期纳入丛书当中,我们也将努力创造条件,争取将更多的优秀散文佳作奉献给读者,以呈现中国现当代散文创作的整体成就和总体风貌。

感谢广大作家的支持,感谢广大读者的厚爱。

人民文学出版社
"中国现当代名家散文典藏"编辑委员会

目 录

1　　导读

1　　筑万松浦记
13　　它们
46　　穿行于夜色的松林
48　　融入野地
64　　绿色遥思
72　　鸟之倔强与幽默

75　　山水情结
103　　夜思
133　　品咂时光的声音
153　　八位作家待过的地方
176　　访德四记
198　　北国的安逸
201　　从沙龙到小屋
204　　远逝的风景

- 281 羞涩和温柔
- 297 再思鲁迅
- 306 他们为何而来

导　读

　　张炜是中国当代最有代表性的作家之一，也有着广泛的国际声誉。自二十世纪七十年代开始创作以来，他累计发表作品近一千八百万字，切实参与了新时期的文学进程，在每个时段均留下具有范本意义的作品，如《古船》《九月寓言》《柏慧》《刺猬歌》《你在高原》《独药师》等，都被称为中国当代文学的经典之作，其中"长河小说"《你在高原》于2011年获得第七届茅盾文学奖。散文在张炜的创作版图中一直占据重要位置，这种重要性不仅是因为他先后出版了一百余种散文著作，贡献了《融入野地》《绿色遥思》《远逝的风景》等脍炙人口的佳篇，更在于他凭恃散文文体的自由，切直深沉又坦荡洒脱地进入受限于小说和诗歌文体美学的严饬而不得或不便深入的领地，可以说，张炜的散文是我们打量他宏阔丰厚的文学世界非常重要的一扇窗口。

　　张炜素来是一个敏感于时代的精神和情感状态，同时又毫不掩饰地以庄肃的责任呵护自然和正义的思想者，因此，他格外注重思想力对散文文体的统摄，给散文自由的形式强度筑起一道精神的堤坝，即便是一些即兴之作，一些短札，也内蕴着"建设人的思想"的骨力。对张炜而言，散文有时是比小说还称手的与时代的丑恶和颓堕现象进行肉搏的利刃，就像他在《再思鲁迅》中说的:"责任的永存,就是人类的永存。"基于对人类责任感的忧患和激愤,面对庸常的"坚持力",对伟大艺术的虔敬,以及在种种重压下不曾倦怠的激情也正构成了张炜散文最饱满的特质。这在本书所收录的文章中都有鲜明呈现,读者阅读自可体会。

张炜对养育他的胶东半岛有着深挚的爱意,海滨的平原、葡萄园、松林、野地、木屋、林中的鸟兽、渔人的号子、农人的劳作、齐地的古歌都是他反复歌咏的对象。他尤其热爱未被修饰的自然,在《绿色遥思》中,他这样写道:"我觉得作家天生就是一些与大自然保持紧密联系的人,从小到大,一直如此。他们比起其他人来,自由而质朴,敏感得很。这一切我想都是从大自然中汲取和培植而来。"这里所表达的不仅仅是一种谦卑的生态关怀,本质还是一种对工具理性予以纠偏的思想立场。张炜继承了老庄、屈原、李白、杜甫、苏东坡、施莱格尔、荷尔德林、奥尔多·利奥波德、海德格尔等前贤的遗产,接续了从浪漫主义到现代人文主义的诗学传统,这种传统尊重人性的健全,也视宇宙万物为秉有灵性的存在,谋求彼此的会通与契合,代表着对单一现代性理解进行深刻反省与批判的另一路径。

写于1993年的《融入野地》是张炜最有影响的散文作品之一,在那个年代"人文精神大讨论"中产生过重大影响,今日重读依旧给人以元气淋漓的激荡感。文章承接《绿色遥思》而来,进而提出"寻找一个去处"和"落定"等问题,这也是张炜散文乃至其文学世界的核心命题。文中的抒情主人公是一个大地心音的倾听者和记录者，一路从城市中奔离，由故地而野地，最后成长为野地上的一棵树，在与自然的彼此关情中克服了生命本然的孤独。"野地"和"树"是被抒情主人公这个不合众嚣的知识分子的灵魂所照亮和赋意的，也即文中所谓的由"知"至"灵"。由此，野地无限向大地敞开，慢慢恢复它幽深玄远的灵性，这让张炜的书写一下子"腾跃"起来，在更澄阔的境界里彰显其不但是故地之子，更是自然之子的身份。

《筑万松浦记》写于《融入野地》的十年之后，这篇文章开篇即说"我一直想找一个很好的地方"，隐然对应后者结尾处的"我无法停止寻求"。兀立大地上的孤愤被"平静温煦"所取代，炽热如焚的青年情怀也淬炼为中年的沉着和洗练。不过，这并不是说，张炜就此减弱了批判的锋芒——姿态的和静可能正因内心的笃定，对于物质主义的僭妄，他依然不遗余力地独战。在本书收录的几篇与万松浦有关的文字中，他谈论最多的乃是在书院持守情怀的"固本"意义和如何在自然静美的书院环境中维系简朴的生活信念，达致人与自然的和谐。

张炜的散文取材广泛，既根植大地，又根植典籍，天地神鬼人，生气相通，自然与历史，浑然交响。草木精魂的感发，域外游访的所见，阅文读史的偶得，寂静夜晚的冥想，乃至生活中的一瞥一思，他都可将之化为文字，且自有一种清明简远的文气。在文体和语言上，他的散文也有多种实践，有些美文如诗一般情意凝贮，想象奇崛，如《穿行于夜色的松林》；有的率性自然，运思清拔，如《它们——万松浦的动物们》《鸟之倔强与幽默》；有的偏于说理，峻切中有着力透纸背的劲道，如《他们为何而来》等；有的长于抒情，用絮语或对谈的方式，为一个时代留下"存在的执拗""纯美的注视"和深挚的情意，如《羞涩和温柔》《夜思》。

《穿行于夜色的松林》是张炜本人较为偏爱的一篇短文，在质地上就很接近散文诗。在作家的冥想中，"乌云是松林的魂魄"，而雨是"为地上转世的生命洒下乳汁"，这样华美的比喻不但寄托遥深，更是对万物诗性的洞见和把握。对照《融入野地》，那个在大地莽野里行走的抒情主体化身为"在夜色里行走"的乌云，并在凌晨悄然降落，变成一片茂密的松林。这里，乌云代替肉身向树的转化，精警诡奇又察心谙道，分明昭示出大地与苍穹混沌难分的联系，而抒情主体、乌云和树的三位一体则呈现出作家阔大的生命体悟、充满敬畏的宇宙意识。值得深思的是，乌云的神游并不逍遥，反而时有跋涉的艰难，尤其当乌云俯视到"千疮百孔的平原"，那上苍的静默里隐含的哀恸让这篇有着很强的形式强度的小文弥散出绵远苍凉的况味。

书中收录的《品咂时光的声音》《远逝的风景》等几篇自成一个系列，是高雅审美品位的另一种呈现。具体而言，《品咂时光的声音》是读日本古典文学作品的札记，《远逝的风景》以诗性的文字解读西方画家的杰作。

这些散文中的每一小节都像一个导游图，指引读者徜徉伟大的文学艺术长廊，并为那些傲岸坚卓的人物和巨著留下会心和体贴的评语，给人很大的启发。

《筑万松浦记》结尾写道："万松浦书院立起易，千百年后仍立则大不易。"毕竟历史上，"在绝望的岁月中慢慢坍塌冷落拆毁"的书院太多了，就像那茂密的松林也会变得千疮百孔。这样说来，筑成一座书院也就是筑起一片精神的丛林。在世风的侵扰和岁月的摧折下，这片丛林是否会兀自矗立于大地，是否会永葆苍郁和遒劲，是否会芳醇满溢？相信读者一定可以在这本书中找到答案。

马　兵

筑万松浦记

我一直想找一个很好的地方，在那里做一点极有意义的事情。是什么事情还不知道，但我想它要能足以引起自己的长久兴趣。当然，它对许多人来说都应该是极有意义的。它的整个过程还应该是朴素的、积极的。它要具有相当长的生命力，并且在未来让人高兴。它还需要由许多人以各种方式去参与，而不是被许多的人去索取一空。它从一开始就将拒绝那些只想到索取的人。

小岛对面

在龙口市的北部，渤海湾里有两个小岛，桑岛和依岛。桑岛上有八百多户，有松树和槐树林，有灯塔和礁石。这是个很美的岛，关于它的传说很多。其中有一个传说与它的命名有关，说的是秦代的智慧人物徐巿（福）被秦始皇遣去东瀛寻找长生不老药，行前曾在岛上种植桑树，养蚕织造。徐巿后来带走了很多人，包括史书上记载的三千童男童女、五谷百工，当然也少不了各类智慧人物。他这一去发现了日本列岛，高高兴兴过起了独立王国的日子，再也不回来了。这就是所谓的"止王不归"：整个的事件记录在中国的信史《史记》中，可见已不是传说了。

桑岛之名的由来倒是个传说。不过如今岛上已没有大片桑树，也没有纺织业，只有其他林木，有发达的渔业。从南岸去岛上有十几分钟的水路，这是指现代客轮的速度。我在中学时坐了木制机动船去过一次海岛，大约花了二十分钟。那一次我在岛上待了一个多星期，住在同学家里，尽享岛上新奇。进岛前站在南岸看一片海雾中的葱绿，如同仙境；进了岛，则不停地往南边的大陆遥望，望到的是一片无边的林木，林木前镶了一道金边，那就是海滩了。

当年桑岛上的房子都是一种黑色岛石垒起的，屋顶覆以海草。岛的四周永远有鸥鸟环绕，正像岛的四周永远有噗噗的水浪和细细的沙岸一样。它的西北方，仅仅二三华里远的地方就是那个依岛了。如果把我们脚踏的这个岛比作地球，那么依岛就是月亮，不过它不会绕桑岛运行罢了。我们当年极想去依岛上看看，可是没有船。因为小小的依岛上面没有人烟，而且与桑岛之间隔开了一道湍急的暗流，据说除非有第一流的驾船技术才能渡过。渔民介绍说，依岛上过去只有一幢小小的茅屋，那是为躲避风浪的渔人准备的。一旦来了大风不能及时赶回，捕鱼的人可以就近靠岸，并在小屋中歇息下来，里面总是有常备的水米。如今岛上空空荡荡，一派灌木白沙，风景秀丽。一大群野猫成了这里的实际主人，据见过的人说它们靠吃水浪涨上来的小鱼小虾之类，个个长得干净强壮。

今天，这两个岛对于城市人来说已是旅游观光的最好去处。但要在岛上长期生活下去，要做一点想做的事情，似乎还缺少点什么。我去了岛上，像过去那样向对岸的陆地遥望，再次惊讶地盯视那片无边的葱绿。我的心头涌起了一阵感动。正对着这个小岛的是绵长的沙滩，茂密的树林。

那里与人口繁密的小城相距二十分钟的车程。

港栾河

有许多天，我一直在小岛对面的那片海滩上徘徊。这是一片真正迷人的沙岸，洁白到了无一丝粗粝和污迹；碧蓝的海水，退潮时露出五十多米的浅滩。这里没有鲨鱼出没，是天然的优良海水浴场。更为可贵的是它背靠了一大片松林，大得足以藏禽隐兽，一眼望不到边，只听到鸟声不断，与近海翩飞的海鸥遥相呼应。与海岸交成直角的是一条古河道，叫港栾河。河的上游源自南部山区，很早以前与曲折密集的山下水网相连，接受丰富的山落水，水流量终年很大，这由古河道的宽大壮观可以看出。河的入海口有古港遗址，而今的小旅游码头就建在遗址右侧。

像许多古河道一样，如今的港栾河也在时间里萎缩了，充其量只能算是一条中小河流。但好在它还有辉煌的历史可以留恋。它的下游建有不止一个村庄，可以说它们都拥有得天独厚的地理条件。河中有鱼蟹，它们有别于海鱼海蟹。入海口有洄游产卵的鱼类，所以每到了四月春阳照耀时，浅海里到处都是捕捞鲈鱼苗的男男女女，他们将把一个春季的收获卖给淡水养殖场。河道里有茂密的蒲苇，河堤上有高大的槐柳。由于古河道淤积土深厚肥沃，所以河两岸的树木比其他处茁壮得多，夏秋里看去真是冠盖相连，如雾如峦。槐柳与成片的松树相依衬，形成了另一种风韵。槐柳的碧嫩与松树的墨绿相间，层次错落；冬天和秋末松树浓绿依旧，槐柳则剩下了裸枝。槐的苍枝和柳的红条在绿色中闪烁，该是画家们的向往之地。

走在河岸上，就会把海浪的噗噗声遗忘，耳郭与视野全是淙淙

筑万松浦记

水流。青蛙和鲫鱼在水中窥视，它们以漂亮的翻跃引人注目。有咕咕声响在密集的荻草中，不是水鸟就是穴中动物。这条河的珍贵在于它在许多时候为林中的鸟兽提供足够的淡水，如今堤岸下到处可见一溜溜小兽蹄印，可以分辨的有兔子、刺猬和獾之类。也仅仅是十几年前，河两岸还有狐狸出没。

人们的传统居住理想，就是尽可能在河边筑屋，做所谓的"河畔人家"。而眼前的情与境何等诱人：海岸林中河边，三位一体。更为难能可贵的是，这里离那个去海岛的小码头仅有一华里之遥，安静便利，却没有喧闹。除此之外这里还有历史掌故，有传奇，有静下来即可听到的古河的哗哗之声。

万亩松林

最为诱人的还是这片无边的松林。准确讲它有两万六千亩，主要是黑松。据说这种松不易见到一万亩以上的面积，所以说眼下的规模实在可叹。它的形成是漫长的，除了原生树木，再就是依靠了人工种植。大约四十年前有一场浩大的造林活动，出动了万人营造沿海防风林，是这样的日积月累才产生了如此伟大的造就。苍茫海滩上的原生树种有小量黑松，其余就是一些灌木；乔木类有白杨、槐树、榆树、小叶杨、橡树和柳树。当人工松林于四十年后蔚然壮观之时，原有的大树就显得苍老豪迈了。它们间杂在一片林海中，是树木的尊长，是自然的智星。

有了不同的树种，有了偌大的面积，也就有了丰富的大自然的内容。我们今天的人对于大自然的蕴含越来越陌生了，简直是十分隔膜。关于一些动物的故事，我们仅仅是从书中，特别是从动画片上获得。我们还不习惯于发生在眼前的、身边的动物故事。我们知道动物的故事通常主要是发生在大面积的林子中，它们比起家里和动物园中的动物，会是完全不同的。

我走进这片松林，愈走愈深，竟有两次迷失了方向。从河的左岸向西向南，会走向它不测的纵深。林深处一片呜呜响起，这就是无时不在的松涛了。只要稍有一点风，就有这低沉浑厚的声音；但是如果有大风吹起，林中又是最好的避风之地。

随着往前，林中空地上出现了小动物的劫痕：散羽和断蹄，凌乱的兽毛。这里有隐下的猛禽，也有食肉四蹄动物。抬头寻觅，最常见的是红足隼和雀鹰。我们马上想到的是厮杀，是弱肉强食。在无声的嘶嚎中，在一时安静得出奇的林莽间，一低头就是零散的羽毛；再就是黄色的小花，是小蓟与荠菜，还有草丛树下探出的蘑菇圆顶。在林中行走随手采下蘑菇是一件快事，那是毫不费力的收获。这里最多的当然是松蘑，还有杨树蘑和柳树蘑，都是最受人们青睐的美味。如果在春天，林中的松脂气味正浓得化不开；更有槐花的清香、满林满地杂花野草的熏蒸，人走在里面真像一场特别的沐浴。我与朋友在林中仅仅走了半个小时，鞋子就被花粉全部染成了黄绿色。那时各种不知名的飞禽成群掠过，云雀在高空欢唱，野鸡在深处鸣叫。我们惊扰最多的是野兔，它们有许多次被我们同时惊跑了三两只。鸟窝遍藏在深草中、树丫上，有时一不小心就会惊起正在孵蛋的鸟儿。

无论是雨天还是雪天，进入这片林海常常都会有一种享受。林雨淅淅也好，大雨怒吼也好——它别有一种气势，让你在稍稍惊异中领略许多。你会看到各种动物在雨中的姿态，树与草在洗涤中的欢快。脚下是刚刚润湿的沙土，是一簇簇顶着满身珍珠的绿叶。当然最好还是淅淅小雨,那时会有一种绵绵不绝的低语伴随着你的行走和深思。不过大雨滂沱是骤然而至的,这时我们就再也不会忘记闪电的颜色,记住在万木丛中急速穿行的风雨之声。在冬天,当踏着雪后的林地,会惊讶这里奇特的安静和干净。只要走动,脚下就响起无法形容的雪的声音;此时围拢在四周的全是清冽的脂香。林子在冬天变得幽深和优雅,树隙的天空闪烁新的瓦蓝。积雪在这里会存留一个冬天,或者再加上一个初春。雪后只需多半天,地上就是叠起的一个个小兽蹄印了,是它们留下的一些巧妙的图案。走在林中雪地辨认兽蹄是一种乐趣,有经验的林中老人能一口气认出二十多种。

走在林中,难免想象做一个林中人的幸福。可是这种打算太奢侈了。这种奢侈不可以留给自己,而应该留给更多的人。

人　缘

一个情境在心中渐渐完成,这就是在栾河边、万亩松林的空地上盖一处书院。是"书院"而不是别的什么,是因为这两个字所包含的"内美"。

中国古代有著名的三大书院,如今除了岳麓,其余学术不兴。书院是高级形态的私学,起于宋,盛于唐,是中国大学的源头。现代书院该是怎样的姿容,倒也颇费猜想。静下思之,它起码应该是收敛了的热烈,是喧闹一侧的安谧和肃穆。热闹易,安稳难。在记忆里我们从来都是热闹的,不同的时期有不同的热闹。可是一些深邃的思想和幽远的情怀,自古以来都成就在有所回避之地。它的确需要退开一些,退回到一个角落里。

于是就想到找一处角落、一个地方。龙口地处半岛上的一个小小犄角，深入渤海，像是茫茫中的倾听或等待，更像是沉思。更好在它还是那个秦代大传奇的主角——徐巿（福）的原籍，是他传奇人生的启航之地。港栾河入海口处的古港也曾被认为是他远涉日本的船队泊地，当然更多的人认为是离它不远的黄河营古港：东去三华里，二者遥相呼应。一个更迷人的故事就发生在脚下：战国末期，强秦凌弱，只有最东方的齐国接收了海内最著名的流亡学士，创立了名噪天下的稷下学派。"百花齐放，百家争鸣"就源于稷下。随着暴秦东进，焚书坑儒和齐的最后灭亡，这批伟大的思想家就不得不继续向东跋涉，来到地处边陲的半岛犄角"徐乡县"。这里由是成为新的"百花齐放之城"。而今天的港栾河入海口离徐乡县古城遗址仅有十华里，正是它当年的出海口。

可以想见，秦代一统海内最初几年，徐乡城称得上天下的文心。

十余年来龙口人越来越多地迷于"徐巿研究"，而且声动南北，呼应京津，大约几十位教授发起成立了"徐巿（福）国际文化交流协会"。不说它的学术，只说这种追忆和缅怀所蕴含的一种地方自豪感，也许还有他们未及领会的另一些东西的珍贵。思想需要一种连绵性，传统也可以在追溯中慢慢建立。这个艰苦的过程已经开始并且不能停止，于是就给了我许多启发。多少年来，当地有多少热衷于文事、具有文化眼光的境界高远之士，在此不再一一列举。那将是令人感动的一长串名字。没有他们的热烈倡议和实实在在的支持，书院择址海滨河畔的意念就不会生成，更不可能坚定。

在那些令人难忘的日子里，不止一位朋友与我一起实地勘察，迈步丈量穿林过河。往往是多半天过去，面无倦容手持野花而归，谈吐间全是书院遐想。朋友即便身负重任，日理万机，也未曾把一件浪漫的设想掷于脑后；那种于俗务操劳中顽强存留的超拔的精神，实在令人钦佩和铭记。好像从来如此，一种信念和决意必须在人缘里生成，没有帮衬就不可能成功。

后来又有远城友人、海外文士抵达这个犄角。我们仿佛一起倾听了当年的琅琅书声和稷下辩论，激动不已。至此，对我来说，书院还未破土心中先自有了梁木。它是众手举力搭建的。

读 书 处

十余年来我一直寻找和迷恋这样一个读书处：沉着安静、风轻树绿；一片自然生机，会助长人的思维，增加心灵的蕴含；这里没有纠缠的纷争，没有轰轰市声，也没有热心于全球化的现代先生。在这里可以赏图阅画，可以清诵古典，也可以打开崭新的书简。可惜这在以前仅仅是耽于幻想，而在我徘徊林中河畔之时，这样的机会总算实现了。只要带上书，携一个水瓶来到林间空地，坐上干艾草或一段朽木，背倚大树即可有一日好读。来时天气晴好，心情自然。若风雨袭来时则可奔海边鱼铺，太阳热烈时会有枝杈遮护。远近是鸟鸣兽语，海浪噗噗；仰向高空，或可见一只盘旋的苍鹰。

我相信有一些好书必需自然的润释，不然字迹就会模糊不清。记得以前苦读中尚不能明了之处，一旦坐上林中空地则一概清明、进而着迷。特别是中国的典籍，那简直是由花草林木汇成的芬芳精华，除非远离现代装饰的房间而不能弥散。我与三两好友入林读书，一天下来不觉得疲累，也不感到漫长，而是于陶醉中享用了宝贵的时间，有一种最大的休憩和充实的快乐。

我不知道古代的稷下先生们踏上这里是怎样的情景，此地又做了什么用场。但我相信这里绝不会是林荒。因为它离一个繁荣的古港只有短短一华里,想必会有不薄的文明。时越两千余年,它的斯文不灭,仅仅是沉淀到土层而已,化为一片繁茂的绿色生长出来。我甚至想象那些稷下先生就站在此地辩理说难,手掌翻飞,一个个美目修眉,仙风道骨。总之沧桑巨变,隔海听音,丛林守护的大半是永恒的精神。

林中阅读的间隙少不了神飞天外,幻想起浪漫的远古。我想象那些远涉大洋的探访,琢磨《史记》上记载的那段惊心动魄的大迁徙,心中怦然。这段史实比哥伦布发现新大陆还要遥远和惊险。不知有多少次了,我与朋友在这里流连,时有讨论。有一次当我们安静下来,甚至发现了一只专注倾听的大鸟,它隐在枝叶间一动不动。这或许是两千年前的一个灵魂,是他们飞越时空的化身。我记得朋友先是一怔,接着响起喃喃诗声,连接了草木的一片窸窣。

在这样的时刻我们不能不又一次意识到,这种情与境在全球化的喧嚣中已近梦幻,它真的是太奢侈了。这种奢侈实在不可以独有。一种分享和转告的念头滋长起来,并在心底发出催促。我们知道,应该脚踏实地做点什么了。那种长期以来的理想和期盼正与此时心境暗合如一,让人把一个深长的激动悄悄隐藏下来。

多么静谧的林子,海浪都不忍打扰它了。

开 筑 了

修筑一座现代书院的心愿渐渐化为一张蓝图。书院不是研究所,也不是一般的学校。"书院"这两个字所包孕的精神和内容,或许只可意会。它在今天将是什么形象和气质,真得一个独自守持的人才能把握。当然，它不能奢华也不得张扬，只应安卧一角倾听天籁，与周边天色融为一体。静下时不由得问一句：自宋代风行的书院体制缘何由兴到衰，它宝贵的流脉直到今天不绝，其缘由又在哪里？

我知道，在一个角逐急遽同时又是极尽虚荣的时光，筹集巨资团结商贾筑起皇皇楼堂已不是难事。难的是始终敛住精神，收住心性。今天做事未必秘而不宣，却难得坦然自为。一切不仅是为了结自己的梦想，而是接续那个千年的梦想。一条栾河波浪不宽，如何载得起这么多沉重，可见须得一点一点经营，一垡一垡堆积。首先学会拒绝，然后才有接纳。砖石事小，人脉为大，有一些质朴的精神，有一点求实的作为，这样才能有一个起码的开端。

我让善绘者一遍遍描叙轮廓，让专家细心制定结构，又经历三番改动五次争论，终于有了个主意。我甚至想象，它该是顺河而下的船夫登岸歇息处，是造访林莽的远足借宿地，是深处的幽藏和远方的消息，是沉寂无言者的一方居所。朴素是不必说了，但要坚固得像个堡垒。古代书院并不高大，今天的书院也不应太隆。它要隐在林中空地上，伏下来静听河水和海声；每天到了午夜，它会有一个深长的呼吸与林海河流相通。不言而喻，它的身边还应有古树老藤，就是说它联系着原野上的一草一木。我对施工的人说：在这儿人是第一宝贵，树是第二宝贵。

开筑了，最初的日子颇为顺利，但地基深挖下去就遇到了古河淤泥，这就需要清泥填沙，需要打进粗长的水泥桩。还有尽力躲避空地林木的问题，因为一不小心就会碰折一棵树木。事至半截有野夫纠集一起，有零零散散的阻拦，这些当不出预料。有人出面化解鼎力相助，更是感激在心。总之同志们未敢懈怠，只盼早日成就起

1982年，于龙口园艺场

来才好。整个过程都有赖地方，他们守土有责，爱惜文物，拳拳之心令人铭记。七月大雨，冬月霜冻，施工者辛苦劳作，操持者多有勉励。

一砖一瓦都取舍再三，权衡难定。最后采用了京西山地层石做了瓦顶，南国粗砖做了围墙。一时见仁见智，褒贬纷纷。

筑 起 了

不管怎么说石瓦砖墙在绿树下闪闪烁烁，再加上地场开阔，真是令人目光一亮。它绝不似拟古之物，又不像摩登馆所，只与林河海野两相厮守。砖石事毕，剩下的事就是把周边整饬一番，把内里稍加装修。这一切当然还是力求朴素，以功能为先，要让人既安居又心定，于是尽可能放弃炫目扰神的饰物。现代的时髦累赘务必去掉，一味仿古的不伦不类也当力戒。总而言之有适当之形式，有合理之心情，能居能为，可迎可送，如此这般也就可以了。它绝不该是声名远播的辉煌庙堂之类，也不会有高僧在这里日夜诵经。这只是当今的人和事，是现代的一处藏书访学和研修之地。

古书院素有三大要务：一是讲学，二是积书，三是接待游学。今天三大要务需一一承续，但又不可强为，不可一味拘泥；一切或可量力而行，所谓的随缘成事；既有所发挥，又能够坚守根本。现代书院既未有先例，也就多了许多尝试的功夫。这一点我和朋友认识同一，只想从头做起。凡事不求广大，不追虚名，不恋热闹，不借威焰。有三四同道即可，有远方讯息则安。爱书籍爱思想爱自然，勤奋劳动，不打扰乡邻不增添俗腻，始终如一地做下去就好。

我和朋友一起制定了个公约：书院选址在此，就要爱惜此地自然，绝不能损伤一点动物林草；所有在书院做事营生者，都要做个体力劳动与脑力劳动相结合者，不得终日室内攻读或消闲懒散，而要每天于野外做工，所有劳务凡能自己动手绝不找别人帮助；最好每人学一份手艺，农事、木工、园林、装裱、陶艺，所学必得应用，并在应用中日见精密；无论做学问做日常功夫，都不必受时尚趋使；要心安勿躁，勤勉认真，崇尚真理。

书院建于此，不仅因为自然之诱惑，还借助人事之祥和。所以要人人自珍。书院大门上左书"和蔼"，右书"安静"；进入大厅右折进入接待室，则可见内悬匾额："这里人人皆诗人"——由最初的平静温煦入门，待登堂入室，再感受一种热烈和浪漫。书院的最终、它的本质，仍还是一种执着求索的情怀。能够保护和持守这一情怀的，当然首先还是一种自主自为的精神环境，一种与喧嚣稍有隔离的自然环境。这也许是现代生活中最为宝贵的。

终于说到它的命名了："万松浦书院"。其中的"万松"不难理解，因为地处两万亩松林；"浦"，是河的入海口。

中国历史上有许多书院。其中成名并流传的有三大书院，至今仍然运行的仅余一二。书院废弃的原因各种各样，比如人们马上会想到的兵火战乱之类。但细究起来还是人们面对野蛮，特别是面对庸常时渐渐失去了坚持力。因为直接被大火烧掉或失于兵匪的，毕竟还是少数。而在绝望的岁月中慢慢坍塌冷落拆毁的，恐怕要占十之八九。

万松浦书院立起易，千百年后仍立则大不易。

2002 年 12 月

它 们

——万松浦的动物们

因为有它们和我们在一起,我们才不寂寞。可是许多时候我们并不在意它们,甚至完全忘记了它们。于是我们现在有必要一笔笔记下来,虽然这也是挂一漏万的事情。有些很小的"它们",这儿也只好忽略了。这一次像是林中点名,当我一个个呼唤它们时,苍莽之中真的有谁发出了声声应对,在回答我呢。

刺猬

在万松浦,一说起刺猬都会心情舒畅。因为这种动物憨态可掬,不仅对人友善,对周围的一切也都无害而有益。而且这里的刺猬非同一般地洁净,毛刺上简直没有一丝污痕。它们默默无声,待在自己的角落。如果接触多了会发现它们像人一样,是那样有个性。有的毛手毛脚不稳重;有的十分沉着;有的自来熟,见了人一点都不陌生,一直走到跟前寻吃的;有的一见人就球起来,或者慌慌逃离。

有一天一只刺猬走过来,大家不由得围上去。都说它非常羞涩,而且面容姣好。我仔细看了看,发现它长得果然好看。最后,我们给它留了照片才放行。

小时候常听一些刺猬的故事。比如说别看它们笨手笨脚的,其实也有许多异能:会像老人一样咳嗽,还会唱歌——它们的歌声怪异,掺在风中,往往是一只领唱,其余的一齐跟随。那是使人幸福的歌,能听到它们歌唱的,就会有一些喜事发生,比如找一个上好的媳妇。于是许多少年和青年真的在林中寻觅刺猬的歌唱了,有时难免就把风吹林木的声音当成了它们的歌。

黄 鼬

它的名声不好,但是面容美丽。一个被半岛人误解了的精灵,孤独而痛苦。我们很少有机会与之面对面地注视,因为它们机敏无比,见人就跑,个个心怀恐惧。可能在它们那儿,装在心中的不幸记忆太多;关于人类残暴无情的故事,大概整个黄鼬家族内部都一直在祖辈流传。

远远地见它们一跃而过的情形不少。但面对面地、极近地注视只有一次。那是小时候在林子里:我当时正走在一片藤蔓地里,忽然觉得脚下有什么在乱动,原来有只小动物被藤蔓罩住了,它竟然一时不能脱身。我想这大概是一只鸟,或者是一只小猫之类,于是就按住乱动的藤蔓寻找起来。它在下面钻动不止,左蹿右跳,突然从藤蔓的空隙中探出一张圆圆的小脸庞:那双水灵灵的大眼睛直盯着我看,惊慌至极。我的手一抖,它飞快钻进了藤蔓深处。

后来我才知道它就是大名鼎鼎的黄鼬。

有人得知了那个经历就说:幸亏你放了它,不然的话,它的家里人会缠住你的。我虽于心不甘,但还是有些庆幸。真的,关于它们有神力的传说到处都是。比如,它们喜欢让一些女性模仿它们的动作,舞之蹈之并说出一些怪异的事情。由于这种事频频发生,所以几乎没有谁再怀疑它的能力。有一次在书院议论起这些事,一个人表示不解，并认为是不可能的。另一个客人马上就说："这有什么不可能的？世界太大了，万事万物我们才知道多少？要知道对于任何问题，各种生命都是从自己理解的范围内做出推理的——人从自己的角度看，总以为是自己管理和指挥了整个世界；而动物也会那样认为——比如黄鼬，就不知深浅地调弄起人类来了。"

他的话一时没人反驳。

就在那次议论不久，一天黄昏，我看到一只黄鼬从不远处走来。当它走过离我不远的地方时，突然想起了什么似的，回过头伏下了，两手一抄就端详起我来。它那会儿看得非常专注，而且一脸的好奇。它分明是在研究对面的人，一点也不害怕。我与之对视，想让它自己厌烦。但最后还是我挥了挥手，它才走开。

可见这里的黄鼬还没有受到伤害的经历，它们对人只有好奇而没有惧怕。

鼹鼠

这种神奇的小动物让人叹为观止。它们是林间草地上为数众多的居民，却又轻易不露面容。看它们一眼多不容易啊。它们不像一般的鼠类那样令人讨厌，而像是超越了一般的"鼠"而多少变得可以观赏了。因为它们有特技，有上好的皮毛和十分滑稽的形体。看上去它们是何等的笨拙，浑身圆滚滚的，可一旦进入地下却又是何等的灵巧。一个掘进能手，一个真正的开拓型人士。我曾亲眼看过它在地下怎样突进：眼瞅着拱起一道凸起，这凸起层层推进，让地表开放着蘑菇出生前那样的花纹，竟然一直蜿蜒向前——如果这时跺跺脚做出一点声音，它会更加奋力开掘——一会儿凸起隐去了，可能地道在往下延伸。

我们无法想象一个小动物一边使用双手开掘，一边却又飞快向前是一种什么情形。因为这必是一种艰苦的劳动，这种劳动与飞速行走相结合简直有点不可思议。在万松浦一带，地上到处都可以看到这种花纹，它们弯弯曲曲，纵横交错。你可以想象这儿的地下通道是多么发达，它的创造者会有多么自豪。我想真正高明的地道不是人类创造的，而是鼹鼠。

有一次一个人正持锨翻地，突然就有一只鼹鼠从不远处开掘而来。于是他不动声色地等候，待那凸起和绽放的花纹延伸到跟前时，就猛地从旁一锨掘下去——他想把它翻出来看一看。谁知这小物件远超过他的机灵，就在那铁锨刚插下去的一瞬，它竟然突然改道而去，并且在地下来了个大转折——就像空中战机做了一个特技表演似的，一系列高难度动作就在几秒钟之内全部完成。当然那个人是失败了。他当时不服气，下狠力挖了一个很大的坑，嘴里咕哝着："我就不信，我就不信！"结果除了弄得浑身泥汗，其余一无所获。

我看到鼹鼠是因为碰巧。有一次一个孩子不知如何搞来一只，喜欢得不得了，装在一个带盖的小篮中提着，炫耀却不示人。我提出想看一下，他乜斜一眼，嘴动了动，并不开篮。这使我马上想起商品经济时代的普遍规律——这孩子如果提出"看一眼一块钱"的话，我是不会吃惊的。还好，最后他勉强同意了。

就这样，我有机会看到了它：一身最上等的皮衣，灰蓝闪亮，显然是一件最好的袍子；它的一对小翻爪就小心地蜷在身侧，像透明塑胶做成的一样。

红 脚 隼

这种鹰个头不大，可是胆子不小。我不止一次看到它俯冲下来，然后超低空飞行，甚至钻进窄窄的墙道里逮小鸡。不过这是在城郊，在万松浦它完全用不着那样，因为这儿的食物很多，它们可以安安逸逸肥肥胖胖。

一开始我在林子里把它们当成了野鸽子，因为初看颜色颇像鸽子。后来见它从高处直冲下来的英姿，终于知道这是一种猛禽。它的数量很多，从林中走一趟起码可以看到十几只。一般来说它的食物是昆虫，可是当野性发作起来时，就会毫不犹豫地攻击小鸟。

红脚隼也像鸽子一样成群，它们在一起时显得很顺从的样子。不过到底不是温和之辈，一转眼瞥见了人，立刻惊悚一振。它们是一些无所不在的狩猎者，每逢看到它们极为迅捷地扑在地上的样子，就会想起一个词儿：全力以赴。

野 鸽 子

它们的叫声让人回忆童年。那种咕咕噜噜的声音令人想起一片密不见人的丛林，想起远处像乌云一样茂密的乔木，想起一些关于迷途忘返和饥饿等等经历。咕咕咕，嘟嘟嘟，像儿童们猛力抽打一种发音陀螺时的声响，还像从极近的地方听一个老汉大口吸水烟的声音。这种音色是极难形容的，以至于要想起那句老话：任何比喻都是蹩脚的。

我的印象中，只有旷野里，只有深密的林子才有像样的野鸽子在叫。或者也可以说,没有野鸽子啼叫的林子是不像样子的。在它此起彼伏的叫声里,会有一种返回大自然的得意萦绕心头。

它们的呼唤充满了某种野地的气味。这种气味有些刺鼻的辛辣,还有一些奇怪的诱惑力——它诱惑着林中人向深处走去,再走去,一直走到迷路。

海 鸥

这里的鸥鸟当然是很多了。它们待在海边,可是近海松林也是它们的另一片玩耍之地、安歇之地和生产之地。这里主要有银鸥和燕鸥。从书院往西十华里左右的屺碌岛上有大量的风蚀崖洞,那里才是海鸥最好的栖息地。我们每次从风蚀崖下绕过,都会惊起许多海鸥。大概由于万松浦一带没有岩壁可以做巢的缘故,所以鸥鸟不得已也要光顾一下密林。这就难为了它带蹼的爪子。

在海边徘徊,没有什么比观看群鸥再好的事情了。望着它们搏浪嬉戏,健美地翱翔,倾听一声声难以模拟的、不无撒娇之气的鸣叫,你会觉得海边的生活真是神奇多趣。这里的生活就像这里的空气一样清新。海鸥双翅的形状以及它们的滑翔之态,可以让人认识到什么才是世界上最完美的飞行。

万松浦的鸥鸟数量极不稳定:有时多得如同白云落地,银片翩飞,它们在浪缘上踟蹰一会儿飞旋一会儿,起起落落令人惊叹。有时又三三两两,不知所向何方。这些海鸥有时可以让人离它们很近,于是就可以仔细地端量,看清它们真正的模样——你会惊叹其体积比原来想象的要大得多,而且竟然如此肥胖健硕:无一丝污气的白羽,高高挺立的胸脯,润滑流畅的双翅,一切都是那么完美。

如果一片海岸上没有了鸥鸟,那么这里的韵致大约就要损失许多。在这里,春天是银鸥最多的时候。

斑　鸠

我们过去的课本上有这样一句:"大斑鸠,叫咕咕,我家来了个好姑姑。"从此它和姑姑温厚的形象连在了一起。可是那时我们并不知道斑鸠的样子。其实我们从很早就逮了斑鸠来养,只是不知道,一直叫它为"山鸡",以为是从南部山区飞来的一种小野鸡。春天和秋天是两个捕斑鸠的好季节,记得春天捕的是棕色的,而初秋捕的是带绿色条纹的,而且更肥。比起麻雀来,斑鸠显得大大咧咧多了,很容易就被我们逮到。

童年是与动物为伴,特别是与鸟儿为伴的时期。身边有一只大鸟并且能够听候调遣,那会是一种多么大的光荣。我亲眼见过有的人——一般都是比我们大一些的人,养熟了一只麻雀甚至是一只喜鹊:一挥手它们就飞去,一招手它们就返回,而且从落在肩膀上手臂上的样子看,真是亲如一家。为了馋我们,拥有这些鸟的人故意与它们做出一些格外亲昵的样子,比如和它们贴贴脸、吻一下它们尖尖的小嘴,等等。这是多么让人嫉妒的事情啊,这种嫉妒的感受是长久不能忘怀的。

可是不记得有人与斑鸠结成了那样的关系。斑鸠随和然而并不与人过分亲近。它们在笼子里时当然是一副被囚的样子。然而我们总是在最后时刻把它们放掉,还它们以自由——就像我们对待其他可爱的鸟儿一样。有人会因为这个而夸我们善良,这才是最重要的。记忆中我们曾把自己心爱的鸟活活养死了,结果换来的是不可承受的痛苦。

万松浦的斑鸠太多了,但现在已经没人想到要逮来饲养了。它们是我们童年时期与之打交道最多的鸟儿之一。

草　兔

每次走进林中都要遇到草兔,一年四季莫不如此。看着它们的两只长耳摇动而去,疾飞如箭,觉得林子里真是生气勃勃。在万松浦所有奔驰的动物中,一般都认为数量最多的就是草兔。它是所有动物中胆子最小的,可能也是最善良的。如果就近看一下它可爱的模样,特别是它幼小时候的小脸,就会从心里疼爱起来。

有一天剪草机从书院的三棵大水杉树下惊出了六只拳头大小的野兔,于是给我们带来了诸多的喜悦和麻烦。没有办法,它们的双亲惊跑了,它们还在吃奶,也只能由我们收养起来。可是这六个小东西如此美丽又如此胆怯,在人的手掌中只是颤抖。我们为它们买了奶瓶,可是小而又小的三瓣小嘴根本塞不进胶皮奶嘴。

这在大家眼里已经是六个小艺术品,而不仅是幼小的动物。就在费力焦心地往它们嘴里塞奶嘴的同时,大家也正好仔细观察了一遍。原来过去只是粗略地知道它们是怎样的长相,而对细部并没有多少真正了解:水汪汪的一对大眼睛上,眼睫处像文上了一道金边;最绝的是小鼻子,鼓鼓的而且无比小巧,有点像猫的鼻子缩小了几号;整个面庞和神气让人想起一个稚气而甜美的少女——可爱是不用说了,但是怎么挽救其生命呢?

最后总算想出了一个办法:找一个注射器,再把针头换成气门芯。这样它的小嘴倒是能够含得住了,但如何让它们吃奶呢?总不能用注射器硬往里推吧？

艰难的两天过去了，第三天上总算有了转机：小家伙们熬不住了，饥饿战胜了恐惧，终于开始含住特制的奶嘴吮了起来。

一个月过去，如今它们已长到了二十厘米，弃奶食草，以院为家，欢快健壮。

林子里常有被其他动物所伤的草兔，祸首未知。有人说是鹰，有人说是狐狸，还有人说是豹猫。我们同情无边然而能力有限，只有叹息：可爱的草兔，食的是草，命运也像草。

豹　猫

这种凶物初一看像猫，其实却是猫的天敌，可称为动物中对立的一面、一极。因为一个极柔顺，一个极残暴；一个不离人侧，一个狂驰四野。万松浦一带是豹猫的广阔天地，它们在这里正可以大有作为。对它们来说，这儿真是吃物丰盛，衣食无忧，而且也没有太多的对手。

我对于豹猫原也喜欢，后来却十分恼恨，这都是因为听来的一个故事——据说这故事毫无夸张，完全是真实的。故事说的就是豹猫与猫的关系：猫只要遇到了豹猫，立刻会吓得浑身打战，一动也不敢动。因为它们原都属于猫的大家族，所以相互之间说话还听得懂。豹猫不断发出命令，猫都要一丝不差地照着去做。豹猫前头走，猫则紧跟后边。它们来到了水潭边，豹猫就让猫不停地饮水，直喝到肚子滚圆再吐。就这样饮了吐，吐了又饮，目的只为了让猫把肠肚洗得干干净净。洗过了，豹猫就把猫吃掉了。

多么残忍。而且还有"本是同根生，相煎何太急"之悲。

豹猫的凶和勇是有名的。过去有许多猎人谈到它，都瞪起眼睛说一句："啊呀！它呀！"因为它们看上去形体并不很大，再说面目像猫，往往不被提防。实际上这种动物真有豹之猛厉、猫之灵捷。它们不仅不怕人，而且还主动挑衅，常于冬夜蹿于民宅，搜吃物寻生灵，狂撕乱扯一通。那时候它真正是飞檐走壁，一纵无踪。

豹猫的来历有两种说法：一是走失的猫在野外久了，性情巨变，野性勃发。二是豹一类偶尔与猫一起，生出了这么一种物件。我看后一种说法有点滑稽，所以不信。倒是前一种说法容易理解，因为境迁情移，并且被孤苦所逼，猫本身就可以走向另一极的。这就像很好的人民，其中有个把做了土匪的，其凶残往往让人震惊。

喜　鹊

这是一种惹人喜爱的美丽洁净的大鸟。它十分聪明，如果蓄养日久，就会发现它许多有意思的举止，知道它有趣而且善解人意。它依恋人，顽皮并且撒娇，给人的安慰有时多少接近于猫和狗。中国人喜欢喜鹊，这从取名上就可以看得出来。可是西方有些国家特别喜静，觉得它太聒噪，因而讨厌。让中国人不理解的是，如此美丽的大鸟，它的声音只会是对人间的祝福，是喜庆之声，怎么能厌烦呢？

书院里的喜鹊常常成群结队，这让我们引以为荣。我从未在其他地方见过这么多的喜鹊，因此也认为万松浦实在是一个吉祥之地。每天走在石板路上，总有一只只喜鹊在前后拥护叫闹，它们相互响应，声调不一，让人想到非同一般的欣悦和欢快。

在秋天日暮时分，喜鹊愿意安静地落在院子当中的几棵大水杉树上。它们这时沉默了，可能在思索忙碌的一天，稍稍总结，也可能正在欣赏落日和云霞。

啄 木 鸟

  关于它们是林中医生的说法虽然广为人知，但真正给人以体味的却是在今天的林中。看到一只只啄木鸟伏在那儿敲击着，你会想到它们正在皱着眉头辛勤工作，比如正做一种号脉或手术一类的事情。这儿至少有两种啄木鸟：棕腹啄木鸟和灰头绿啄木鸟。前者是一种非常漂亮的鸟，彩色鲜明，真是技艺高超长得又好。以前曾有人把它们当成了观赏珍品，怎么也不相信这就是啄木鸟。在许多人的逻辑那儿，只要是极为好看的事物，就一定是中看不中用的。人们习惯于把观赏和实用分开。这也是实践中得来的，比如人，一旦长得太好看了，就往往不愿下大力气干活了。

  如果一个人既像棕腹啄木鸟那样好看，又能像它一样始终辛勤地工作，那就一定是人世间的宝物了。人们会让他（她）的美名四下流传。

  我们书院中刚刚移植来一棵大水杉，不久就给一只棕腹啄木鸟弄开一个洞。一棵大树上有了鸟洞，虽然多了一点诗意，但也少了一点完美。有人说：这棵树肯定是生了虫。

  林子中的洋槐和钻杨常受虫子袭扰，因此也真是亏了啄木鸟们。看着它们垂直贴伏在树干上并且能够转来转去、歪头摆脑的模样，心中就会泛过一阵感激。许多动物都在默默地帮我们，以自己的特技，或至少以歌声来援助我们。啄木鸟的敲击声就是林中最清脆的梆子，特别是在浓雾天气，那时这是原野里唯一使人振作精神的声音了。在它的声音里可以安心读书,也可以想想天晴之后去采蘑菇之类的好事。

云 雀

她仅仅以自己的歌声成为万松浦的标志。有人回念在书院里居住的日子,竟然首先想到了云雀那不倦的歌唱。她在高空里凝成了一个小点,响亮的、不愿妥协的歌声就从那儿布洒下来。她仿佛一直在重复同一类歌词:乐乐乐乐、可乐可乐、真是欢乐、我们真是欢乐欢乐然而还是欢乐!

她的亮喉让最好的人间歌手嫉妒当是自然而然的事情。她不倦,不蔫,永远的乐观主义者,永恒的大自然的歌者。在一片草地或林木之上的高天中,她是自然神悬起的亮喉。有人说她在为自己幼小的生命而歌:就在与她垂直的地面上,有一个隐藏得很好的小草篮,那就是她的窝,里面正有她的几只精巧的卵,或者干脆就是几只娇嫩的小雏。她的目光大概比得上鹰,因为她可以在高空里用目光爱抚它们。她看着自己的孩子,心中爱意汹涌。她要把小雏们一口气唱大、唱醒。

也就在这样的歌声里,万松浦迎送着自己的生活。这儿四处都是云雀的窝。

树 鹨

一片林子里因为有了树鹨就显得热闹一些,因为它是最不安分的一种鸟,飞起来一荡一荡的,像打秋千。当地人从来不叫它的学名,只喊它"痴大眼"。这可能是与麻雀相比较而得出的一个外号:不像麻雀那么警觉,有点大大咧咧的。它的眼睛并不大,说它"大眼",是指它的马马虎虎。如果小心一点,可以凑得很近去观察它——它只顾忙自己的,不太在乎。树鹨不仅在树上忙,而且在水渠边,在红薯地里,到处都可以看到它的身影。

儿童们常常捉了树鹨,一心一意养活它。他们将其握在手里抚摸着:"多么胖啊,这么多肉。"如果是一只麻雀,这个时候只会是一阵急急喘息,因为那是极度的紧张和气愤——谁都知道麻雀是气性最大的一种鸟,被捉后不吃不喝,会活活气死。树鹨却是一副随遇而安的样子,东张西望一阵,然后就开始啄人的手:轻轻地啄。不过几乎所有的树鹨都能成功地逃脱,这当然是因为孩子们的大意:他们真的以为它只会痴痴地瞪着一双眼睛呢。

在万松浦,每当半下午时分,这一只只"痴大眼"就开始激动起来了。它们的飞行很像大海浪涌上的小船,起起伏伏,真的有一种漂荡感。

杜 鹃

万松浦有许多四声杜鹃和两声杜鹃,所以一进林子里首先听到的就是它们不倦的呼唤。比起野鸡和野鸽子此起彼伏的叫声来,它的声音显得更为亲近——简直就在我们身边。它的声音是透明的,清爽脆亮的。我们很难想象没有杜鹃的林子会有多么暗淡和寂寥。

客人住在书院里,常有的一个感叹就是:这种鸟可真能叫啊!是的,整个的春天和夏天,从白天到夜晚,整整一个长夜它都在呼叫。二声杜鹃和四声杜鹃都在叫。一刻也不能停歇的呼叫,这到底是歌唱还是呼唤？我们宁可相信是后者。就由于这不能停止的呼唤，所以才有"杜鹃啼血"之说。

要真的体会杜鹃这奇异的啼鸣，只有到林子里住上一夜才行。这彻夜不休的声音会让人半夜坐起来，一边倾听一边牵挂，发出阵阵猜测：为什么、为了什么？是悲伤吗？是孤独吗？是寻找吗？是渴望吗？它面对的是茫茫林海，是百鸟喧哗或者死寂的长夜——无论何时，无论何地，它总是这样呼叫，不能停止。

有人说：它正处于"发情期"。是的，发是暴发，情是爱情。一只美丽的鸟儿暴发了爱情，只能是这样。我们不知道比较其他的生命，这种鸣叫究竟意味着什么。在它并不太大的躯体内，竟然蕴藏了这么盛大的爱、这么多的情感和力量。这种巨大的消耗也只能为了爱情，它在为爱情啼血。这种啼叫甚至让人有一个不祥的猜测：或者是绝望和死亡，或者当千呼万唤之爱到来时，它会因为巨大的耗损而倒地不起。

獾

在这儿，许多人常把一个慌慌逃去的狗獾或猪獾当成了狐狸；再不就说：我刚刚看到了一只狼。如今，它和狐狸在平原上已经是最大的野生动物了，而且繁殖力强，踪迹不绝，泼泼辣辣地打出一些洞子，神出鬼没。人们一提到獾就会想到那个骇人的故事，因为小时候或许都听到过一些人对它的奇特描述：獾是不咬人的，它只是太好奇了，见到人就要与你玩耍，不停地胳肢你，让你笑、笑，不停地笑——你越笑它越是起劲地胳肢你，直到你笑得绝了气。它只有看到你一动不动了，这才灰心丧气地走开。所以家长常常这样告诫孩子：去林子的时候，特别是上学的路上，如果遇到了一只獾，千万不要和它靠近，更不要和它玩；如果它动手胳肢你，你可一定要咬着牙忍住啊。

獾的一张小脸十分生动，特别是狗獾，模样并不难看。十几年前我曾从不远处观察过獾：它正吃海棠树下的一只小香瓜，那咯吱咯吱的声音、抬起爪子舔食的样子特别可爱。就因为它乐于在土洞里钻来钻去，人们一直认为它是一种不洁的动物。人们不吃獾肉，但十分珍惜獾油，一直把它当成医治烫伤的首选良药。

记得有一年，林子里有一个酒鬼去会自己的亲家，由于酒喝得太多，回家的路上遇到了大雷雨，结果倒在花生田里淋了一夜。第二天人们找到了这个半死的人。他被抬回家去，一直医治了好久才能出门。事后谈起这个经历，他却一口咬定自己遇到了獾："它的小手啊，搭上你的胸口就开始了胳肢，再也不愿拿开了。还好，最后我就对着它的小嘴呵气，不停地呵气，直到用酒气把它呛跑了算完……你看，酒是好东西啊，酒救了我一条命。"

夜里，每当书院的狗突然急急地咬起来，有人就说："是獾来了，獾又进门了。"令人不解的是，獾每夜都要来，它到底要来这里干什么呢？

狐　狸

狐狸的智慧和美貌都是招人嫉恨的，所以一直有人把它比作媚女，还要说："像狐狸一样狡猾。"可见它压根儿就是一种不凡的生命。不必翻蒲松龄的书，万松浦一带的人都能讲出许多狐狸的故事。这些故事来自生活，而不是来自书本。因为听这些故事太多，并且讲述者总是言之凿凿，所以大多数人并不怀疑狐狸所具有的神奇能力。在这儿，最具有神力的动物就是狐狸，其次才是黄鼬。

我们这儿有赤狐，有人不止一次在河岸上看到缓缓离去的狐影。一年初冬，有人起早赶海，就在一条小路上看到了一条身上沾霜的狐狸。因为它蜷在那儿不打算让路，他也就停下脚步。他做一个威吓的手势，它也做一个。他用手里的镰刀当成枪向它瞄准，它这才懒洋洋地离开。赤狐肯定也是有神力的。因为过去的林子更大的缘故，关于狐狸的传说也就更多。它们可能实在太寂寞了，总是时不时地走出林子找人逗一点乐子。比如说它们最愿做的一件事就是扮作一个美丽的姑娘，因为它们特别知道这将多么招人喜欢。看着一个个男人在它们面前大献殷勤，心里一定乐开了花。再就是半夜里在林子深处哀伤地泣哭，直哭得肝肠寸断——有人到林子里寻找时，会发现这哭声永远在前边、在林子的更深处。

赤狐可能比一般的狐狸更为嗜酒。常常听说它因为醉酒露出尾巴的事情。海边上许多人都知道这样一个故事：在过去家家都酿私酒的年代，曾经有一只赤狐夸口，说它尝遍了村子里所有人家的酒——那是一个中午，当时它正幻化成一个人人都熟悉的教书先生的模样，走在街上，还戴着一副缺腿的眼镜。可惜它真的喝醉了，蹒跚着，一条尾巴拖得老长。

在河边上看果园的老人最愿讲的就是他目睹的一件真事：有一天中午很热，他正铺了一片席子在高粱地边歇着，突然听到有人咔嚓咔嚓骑着一辆自行车过来了，他抬眼一看，倒吸了一口凉气——原来骑车的是一只狐狸，那车链子都锈了。他大喝一声，那狐狸扔下自行车就跑了。

在林子里，人们只要遇到了一些不可解的事情，总是说一句：

大概是狐狸办的吧？这样问一句也就模糊过去，凡事不求甚解。所以狐狸对人来说也像其他事物一样，总是有利有弊：一方面它使生活增加了一些浪漫的想象、一些情趣，另一方面也使人遇事不再细究，减少了一些科学追问的精神。

蛇

我们这儿以前蛇很多，现在不知为什么变少了，许多天都见不到一条。人天生是怕蛇的，总是将其看成最可恶最令人恐惧的东西，为了表现自己的勇气，只要见到就要设法消灭它。这是多么大的误解。后来才知道它应该是人类的朋友，并且有权利与人一起生活在这片土地上。

据说蛇也是有神力的动物之一。万松浦一带最多的是蝮蛇和一种花花绿绿的水蛇，但很少听说它们伤害过谁。总是人在打它们，还编造出一些故事中伤它们。像白娘子那样美化蛇的故事是绝无仅有的。尽管如此，那个故事中与母蛇在一起的男子还是脸色可怕，因为蛇属阴，它太凉了。人蛇相恋，这多么可怕，这可真想得出来啊。有人问：蛇不过是细细的一条，怎么与之相恋？这不过是扯淡嘛。

蛇的神力在童年时期曾经有过一次实证。那是一个星期天，我们一伙学生在海滩上玩，其中有人一连打死了两条大蛇。结果回家的路上不断发现有蛇挡在小路上——惶恐中有人又打死了几条。于是更可怕的事情发生了：只要往前走就有蛇在挡路，它们太多了，多得就像乱草一样，一片片封住了所有的路径。

我至今记得小时候那片恐怖的槐林，它太大太密了，黑乌乌立在海滩一角。从来没有人敢去那儿，因为据说它属于蛇的领地——那里盘踞着无数的蛇，真是要多少有多少，其中有个蛇王，是一条比手臂还粗、头上长了鸡冠的大家伙。黑色槐林那儿常常传来一声声奇怪的鸣叫，有人说这就是蛇王的叫声。那片林子阴气森森，完全是因为蛇的缘故：蛇是真正属阴的，它很凉。

直到十几年前，那片神秘的林子才最后消失。那当然是工业化带来的后果，因为厂房一直要往前推进。可是从来没有听说蛇王及其他的子民有过什么反抗、产生过什么故事。看来工业化是无坚不摧的，它呈现出与蛇的属性完全相反的另一极：阳性特别强。

我们书院有一天发现了一条小小的青蛇，大家不仅不怕，反而引为稀罕，围着观看。司机小镰被它小巧、光滑的身躯吸引了，于是伸手抚摸了一下。谁知小青蛇一阵恐惧中张开了嘴巴：小镰的食指上立刻留下了两个米粒大的印痕，还出了血。这时大家才想起蛇是有毒的，嚷叫起来。可是小镰笑笑说一点也不疼。他把小青蛇放到草地上，擦擦手。后来小镰果然无恙。

鹌　鹑

"俺那闺女老实得啊，就像一只小鹌鹑。"这是一位老太太说过的话，让我一直不能忘记。我感到好奇的是，像小鹌鹑一样的姑娘会是怎样的啊？鹌鹑是一种最朴素的鸟，它常常因为自己的弱小而招人疼怜。我看过那些饲养鹌鹑的人家，它们一群群围在主人身边讨要食水的模样，真是可爱至极。

我第一次仔细地观看和抚摸鹌鹑是在几十年前的夏天。当时我们学校支农拔麦子，有人干到接近中午时分突然大呼小叫起来，于是大家都围了过去。原来他逮到了一只鹌鹑。他诉说着整个过程：这鹌鹑被发现后就一直沿着麦垄往前飞跑，他就追赶，"它跑得可真快，我好不容易才把它捉住。""它为什么不飞呢？"他回答："它忘了。"

鹌鹑因为善跑，有时真的要忘记了自己的翅膀。鸭子和鸡，都是忘记了翅膀的飞鸟。翅膀是为天上准备的，而两条腿只能留给人间。

一个小姑娘刚逮了一只毛茸茸的小鹌鹑，用手捂住往前走，嘴里唱着："鹌鹑是小鸡，喂它一点米；下了两个蛋，变成小弟弟。"这次我好好看了一下她的小鹌鹑，发现它的眼睛有着难以消除的羞涩，栗色羽翼就像一件素花衣服，颤颤的小腿让人想起刚刚进城的山里娃娃。我想把它颏下芜乱的绒毛理好，每动一下，它都不安地看我一眼。

青 蛙

好久没有这样的情形了：入夜后，躺在床上听阵阵蛙鼓。那是许久以前的记忆了。可是如今在万松浦，又可以找回这样奇妙的感觉了。蛙鼓就来自旁边的河，来自院中的小湾。

谁还记得这样的情景：河边紫穗槐棵子里有高高低低的鸣唱，你蹑手蹑脚走过去，伸手摇动一下灌木枝条，树棵里就噌噌蹿出无数的青蛙，那真是万箭齐发。

青蛙的模样千奇百怪，不可胜数。有的通体像翡翠一样碧绿，有的长了粉红色的花纹；有的个头胖大，有的小巧玲珑。有个南方人站在河边看了一会儿，咕哝说："这是一道菜啊，田鸡田鸡，这里不是太多了吗？"他后来真的找来一面小网，只一转眼就捕了一大桶。可是当他拎着桶不无炫耀地往回走时，却遭到了许多白眼。

半路上，南方人把那桶青蛙放掉了。

蟾 蜍

它模样难看，令人不敢久视。一只老蛤蟆身上有无数疙瘩，眼睛的颜色都是红的。最老最大的蟾蜍像碗口那么大，步子极为缓慢，步态很像一只龟。它一动不动时模样威严，沉默、阴郁，想吃东西时就紧紧盯着树枝上的那只蛾子——只需几秒钟蛾子就一下掉进了它的嘴里。这就是它注视的功夫。它的目光里有一种阴沉可怖的特殊力量，这就是：眼力。

这一带的人没有不知道蟾蜍有这个功力的，所以从来没有人与之对视。今天看，也许它能够从眼睛里发射一种微波之类的东西。直到现在，只要一说到"眼力"这个词，我马上就会想到蟾蜍的眼睛。

现在的万松浦，像记忆中的那种大蟾蜍已经不见了。为什么？不知道。一群群的中小蟾蜍随处可见，它们入草丛进水湾，忙个不休。可是它们一般来说是没有什么眼力的。

沙 锥

来这儿的朋友常有一种误解，以为在海岸上飞跑或翻飞的小沙锥就是等待长大的小海鸥。跟他们解释没有用，他们不信。而我们这儿的人从小就知道二者是不同的。海鸥走路笨拙，而沙锥有极好的跑功，它这一点很像戏曲舞台上的某些人物。沙锥虽小，但如果能从近处看一下，就会发现它们有一副老成持重的样子，并非是什么小雏。龙口当地人对这种小而老成的模样叫"小老样儿"。

沙锥比起海鸥来，就长了一副"小老样儿"，是可爱至极的一种鸟，平时在满是粗沙粒的海边飞跑，成群结队。在退潮线上的浅水里，它往往用怪异的目光注视着水流，颀长的双腿一瞬间凝止不动。有时候海边上食物不足，它们也要远远地飞向海滩深处。

小时候与沙锥的亲密接触不是在海边，而是在收获过的红薯地里。那里已变为初冬的一片沙子，不过比海边的沙子要细得多。我们用垫上了玉米秸秆的铁夹子捕捉沙锥，这样就可以不伤到它们。铁夹上的小玉米虫一动一动引诱着，它们一群群地往前疾走，从不生疑，遇到吃物一定要伸出嘴巴。所以捕它们是很容易的，远比捕麻雀要简单得多。那时我们曾经捕了多少沙锥啊，每一次都引起一阵欢呼雀跃。第一次凑近了看它时曾感到万分好奇：看上去形体紧凑的小鸟原来这么胖啊！于是我们就给它取了个外号：肥。

来此地的客人总是说：瞧这儿多么好啊，有一群群的大海鸥，还有一群群的小海鸥。还议论：大海鸥能飞到海的里边，小海鸥还不行，它不敢啊。

百　灵

百灵和云雀让人分不清，如果离得近了，凤头百灵头顶那一小撮毛发倒是很好的标记。这儿的百灵一度和云雀一样多，后来不知为什么百灵就更多地飞往南部山区了。山区的人赞不绝口的只有百灵，他们从不言及云雀——或者他们以为二者是同一种东西，只不过像其他物品一样，仅仅是"牌子"不同罢了。

百灵的歌声就像云雀同样美妙，但节奏稍有不同，听起来更为浑厚和婉转悠扬。它在山区和平原上过着无忧无虑的生活，压根儿就不能体会城里人装在笼子里的百灵是怎样一种心情：据说一旦失去了笼子，那些城市百灵是很不习惯的。

有一个剧院门口贴了一张海报，上面夸某位歌手为"小百灵"。当然，这只能是在歌声方面谦虚地称"小"，而绝不是在形体方面。如果是一位杰出的女高音，是否可以称为"小云雀"呢？

百灵就像云雀一样，成为我们万松浦最引以为荣的绝妙歌喉。

麻　雀

有人说这是真正的平民之鸟，它们无所不在，平凡无奇，然而异常顽强。它们也像平民一样为数众多，不被珍视。可是谁又能忘了麻雀呢？你一时会想不起天鹅，尽管它是那么高贵。麻雀像种子一样撒遍大江南北，无论城乡和远野，都是它的生存之地。它没有婉转的歌喉，绚丽的衣装，也没有雄健的体魄。它真的只是一种再普通不过的鸟。在许多时候它就是鸟儿的代名词——它可以代表它们，因为我们首先想到的是它，它就近在眼前，就在窗前和屋檐下，就在童年的手上。

一个地方如果连麻雀都没有了，很可能其他的鸟也很难见到。它与大多数人一起生活，甚至是一起悲欢。在寒冷的冬天，大雪铺地的日子，麻雀无处觅食的窘境多像断炊的贫民。那时候它们落在一家一户的院墙上，小声地议论着，瞅着屋内。北风吹起它们已经不再整齐的羽毛时，它们都顾不得像往常那样掉转一下身子。

连日大雪封地之后,总能看到有麻雀死去。这就是鸟当中的"路倒"。

我注意到城里的麻雀:它们差不多都是羽毛发黑,紊乱,可爱的肚腹也不再是白白的。有的麻雀甚至是乌黑的,那大半是在烟囱旁取暖时弄脏的。城市已经没有一片干净的地方可供它们栖息,落脚之地尽是垃圾,尽是汽车尾气和人流车辆搅起的暴土。可是它们已经无法离开,因为它们就像大地上的贫民一样,故土难离。它们不是游牧民族,不善于大幅度长距离地迁徙。

而万松浦一带的麻雀是洁净的,它们停留的是海风吹拂下的白沙绿树,是被雨水洗过的干净的屋檐。我每一次看到这儿的麻雀,就会想到城里的鸟儿,我在心里问:你们和人不一样啊,你们没有单位,没有户口,也没有各种家具的拖累;而且更重要的是,你们有翅膀啊!你们为什么不离开呢?你们是会飞的生命啊。

可是我也知道,大多数生命还有一个属性,那就是依恋。对于一些更优秀的生命而言,在许多时候真的是很难一走了之的。

野　鸡

"我在这里看见大野鸡了!"来万松浦的客人往往在第一二天就这样说,一脸的欣喜。这对他们来说很可能是第一次——以前都是在动物园里见识到它们的模样。可是动物园里的野鸡不太叫,它们那时候因为孤寂,总是沉默多于欢愉的。而这里的野鸡却是旁若无人地大叫,因为它们自在,也因为自豪。从记事的时候起它们就在林子里呼叫,那是这些野鸡的父辈吗?可见我们这儿的人与它们至少也有两代之谊了。

任何一片林子，如果没有野鸡沙哑的大叫，就不会显得有多么深邃，也不会呈现出应有的野性。林莽之气的一多半是来自野鸡的叫声，其次还有野鸽子的声音。如果野鸡不太怕人，如果它公然能够在离人几米远的地方四下张望并迎着你放开喉咙，那会是多么有趣。

有一天下午，书院的人正在菜地里忙着，突然就有一只母野鸡领着一群小野鸡从林子里出来了。那一大群精致的小鸡至少有七八只，悄没声地跟在母亲身边，真像童话一样可爱。这时候公野鸡不在，那个做父亲的不知到哪里去了。

公野鸡常常入画，就因为它有一条彩色的长尾。孔雀开屏太有点南方的夸张了，于是北方的野鸡甩着长尾一飞，肥肥的身躯掠过林梢，更是呼啦啦生动逼人。

奇怪的是这里的人几乎没有找到过野鸡的窝，当然也没有看到它的蛋。但常有人饲养过小野鸡，并且把它巧妙地混在家养小鸡中，让老母鸡带大。野鸡的深色翅膀很快就在鸡群中凸显出来，并且最先为猫所注意：它看看小野鸡，再看看主人。

燕　子

这里的燕子主要为家燕和金腰燕。人们是多么珍惜这种鸟啊，简直不是把它当作鸟来看待的。它在鸟中的地位，多少有点像猫在四蹄动物中的地位，即与人的关系特别亲近。"那是燕子啊。"经常看到怀抱小孙子的老爷爷指着落下来的两个燕子说。小孙子刚刚十来个月大，望向燕子的眼神还有些恍惚，一副懵懵懂懂的样子。可是他从这么早就开始结识这种非同一般的鸟类了。

我常常想，燕子到底是怎样确立与人的这种特殊关系的？它们与人如此亲近，却并非像鹰一样喂熟后可以为人驱使，也不像鸽子那样围在人的身前身后。猫在人这儿获得了独一无二的特权，比如在人的词典里，猫可被称为"男猫""郎猫""女猫"等，其他动物则不行。无论是农村还是都市，它们习惯上都要与人同眠，可以随时随地跳上床头炕头。而即便是一只小狗，随意跳到炕上也是不被允许的。这大半是因为猫的娇媚和洁净，它们大多时候是一尘不染的。燕子却从不接近人的身体，但它把窝筑在一户人家的房檐下，这户人家就会觉得受到了奖赏一般，十分高兴。有的燕子甚至把窝筑到了屋内——这在今天的城里孩子看来可能是不会理解的——但这一户人家却真的会因此而更加高兴。

比较几种动物与人的关系：狗常常与人合作，猫特别让人亲昵，而燕子更多地使人尊敬。

黑色的燕尾服，雪白的衬衣，燕子在打扮上是个西化的绅士。然而它却是中国乡土民众的挚友。连最贫穷地区的人都知道不可以打燕子，连最小的孩子都知道这是一种获得了豁免权的鸟。他们都小心翼翼和真情实意地对待来到自己家的燕子。燕子最喜欢成双成对地待在一起，并且能像人一样夫妻双双地忙碌，饲喂自己的小孩，一点一点将其养育起来。

在我们万松浦，燕子同样是最高贵的鸟儿。

雀　鹰

如果在阴冷的天色里呈现这样一幅图景：北风吹拂着野地里一团团的滚地龙草，一只雀鹰正从它们中间起飞，就会让人感到最严酷的冬天已经来到了。雀鹰那灰乎乎的身躯在万松浦的上空活动时，实在是显得触目。

有一天，这儿的天空翱翔着四十多只苍鹰——其实只是雀鹰。那是一个初冬的下午，其情其景让我印象深刻。

书院东河那儿就有雀鹰的窝。我们常常可以看到一只雀鹰抓住一只什么猎物从院子上空飞过，那模样让人想起一架飞机悬挂了炸弹在飞翔。

有人以为雀鹰是小个头的，而红脚隼却有可能是大的，这是一种误解。雀鹰其实还要大一些。雀鹰捕捉鸟的残酷场面我们没有看见，但书院松林里常常有鸟凌乱的羽毛。一场血腥的战争和杀戮总是从我们的眼皮底下滑过，看来雀鹰是善于速战速决的。也许正因为这里的鸟太多，所以才有这么多的食肉动物。可是同样是长了双翅的，却要以另一些飞翔的生命为食，这是多么残酷的事实。这是一种可怕的象征。

这里苍鹰很多，另外还有一种更大的鹰：鸳。如果有一只鸳飞向了高空，有人就会指点着喊："看哪，老鹞子！"它们比红脚隼和雀鹰更为猛厉，能够捕捉飞驰的草兔。

大　雁

大雁路过万松浦时常要留下来玩几天。它们在稀疏的苇棵间慢慢挪步的样子很可笑。一些猎人很喜欢它们能在这儿逗留，还给它们取了个外号："老呆宝"。小时候曾看到一个矮个子老人挎一只篮子低头在青青的麦田里走，问他干什么，答一句："捡大雁粪。"我们争着去看他的收获：篮子里只有几块光滑的、白色的圆柱形东西，根本就不像粪便。问他干什么用，他答："做药材哩。"

往昔里，午夜有两种声音是最迷人、最难忘的。一种是天空过大雁时的鸣叫：像小儿低语，像婴儿在笑。这声音让我们在心中默念："一会儿排成人字，一会儿排成一字。"一种是马车在不远的路上通过时，马蹄发出的嗒嗒声：不脆也不艮，不响也不闷，配在夜色里真是好听。

现在这些声音都听不到了。不客气地讲，一些特别的、真正的幸福，我相信是随着它们的消失而永远地消失了。

灰　鹤

在河湾处，在海滩上的一个个大水洼那儿，常常落下一些灰鹤。它们的长腿让当地人发出惊叹：嚯咦！灰鹤在浅浅的草丛中踌躇时，两眼痴呆呆地望向四周，有时猎人凑得很近了它还是毫无察觉，无动于衷。

前些年秋天一个猎人被早就想逮他的公安人员逮到了。候审期间他哭丧着脸说："我什么坏事也没干，我不过是打了一只鸟。"公安人员认为只要是长腿的鸟就要保护，至于怎么处罚，那还要看鸟类图谱。那个猎人说："我的命怎样，最后就看那张谱了。"

结果查出是一只灰鹤。罚款，没收猎枪。这结果使猎人还是有些高兴，说："如果谱上让我蹲个三年两载的，我也没有法子。"

这个猎人来万松浦玩，路上正好看到了一只灰鹤翩翩落下，立刻下意识地闭了闭眼，说："又是它，妈的。"

灰 喜 鹊

灰喜鹊是葡萄园里的顽皮鬼,不受欢迎,毛病屡教不改。它们爱吃葡萄,但从不讲究方法:每一个葡萄串穗用长嘴吮几下也就算了,结果整串的葡萄就要烂掉。种葡萄的人说起灰喜鹊,都是一副不以为然的样子。因为灰喜鹊属于受保护的鸟类,只能轰赶而不能捕杀。结果许多葡萄园不得不雇用专门的人到园子里按时喊两嗓子,叫作"赶鹊人"。

灰喜鹊看来十分满意自己的角色,它们一直待在树上,专等赶鸟人喊过了离开,然后一头扎进园子。种葡萄的人捧着被它们啄过的烂葡萄穗,说:"你说这些狗东西气不气人啊!"它们不吃葡萄的时候,一群群在园子边上飞旋,叫出一阵阵不无滑稽的声音,很像是取笑葡萄园的人。

但即便是葡萄园的人也承认:灰喜鹊单从模样上看还是很好的。它们有海军军官才穿的那种灰呢子长大衣,还戴了黑色贝雷帽,真是足够神气。当它们安静地待在树上时,那种神情也是非常温文的。可是更熟悉它们一点脾性的,就会发出连连叹息,感到惋惜。因为它们既是清除松毛虫的能手,是使一大片林木免于毁坏的大功臣,又是海边一带十足的捣蛋鬼。它们不仅对葡萄园恣意妄为,而且还对其他的鸟类构成侵犯,甚至趁其他鸟儿外出不在时,动手拆毁人家的住所。

万松浦一带的灰喜鹊成群结队,它们喜欢这无边无际的松林,更喜欢成片的葡萄园。

牛 背 鹭

牛背鹭在当地极少见，可是这几年也来万松浦了，成为尊贵的客人。它长达半米的身躯，头和脖颈醒目的橙黄色，都给人眼前一亮的感觉。

但它们在这儿仅是两只、三只地出现，很少成帮成伙。它们光顾万松浦的样子，让人想起初来乍到的旅游者。它们如果长久地待下去，将会知道这里有多么丰富的食物、多么好客的主人。

三只牛背鹭于一个雨后的下午落在书院的水杉树下，像几位老翁一样持重地踱步；更多的时间它们只是候在原地，看看碧绿的草地、看看一旁翩飞的喜鹊，不动声色。

就在前不久，它们还曾经出现在离万松浦十几华里外的闹市区，但只停留了短短的二十分钟。

猫 头 鹰

面对它们圆圆的大脸、明亮异常的眼睛，你常常会觉得这是一种无所不知的生命。的确，猫头鹰是一种绝不平凡的鸟，它几乎在一切方面都引起了人们的好奇心。人们对它迷惑、敬畏、恐惧和喜爱，还有许多时候是厌弃和拒绝。它是捕鼠能手，是会飞的猫。可是在北方相当大的地区里，人们把它当成了死亡的预言家——老年人最不愿听到的就是它的叫声。我曾亲耳听到一位正在河边上蹲着的老人面向鸣叫的猫头鹰喊："不用说了，我走到哪你说到哪；我知道我快去了。"老人从心里认为这只不祥的鸟在向他发出死亡通知。

其实如果居住在万松浦,也就不会变得那么敏感了。因为这里的猫头鹰太多了,任何人都不可能回避它的叫声。长此以往,它的鸣叫只成为众生合唱中的一个音阶、一种乐器,比如是一支竹笛和箫而已。造物主真是奇怪啊,它不仅有猫一样的耳朵、眼睛和面庞,不仅善于捕鼠,而且也能发出猫一样的"喵喵"声。它与猫到底是一种什么关系,生物学家并没有详细地告诉我们。在一般情况下,我们人类不太习惯看到一种动物的脸庞圆圆的,也就是说,不太希望它们脸的形状太接近于人本身。如果有什么鱼类或鸟类长出了一张圆脸,就会引起我们长久的观测和想象,让我们不安。而猫头鹰就是在这一点上让人颇费猜度。

它们的种类非常之多。据说有二十多种。其中有的面庞实在是太怪了。比如长达半米、像头戴黑色呢帽的草鸮,谁在它的注视下会无动于衷呢?再比如更大个头的雪鸮,周身雪白,两眼通圆,有硕大的头颅,很像一个刚刚堆成的雪人——它一旦突然出现在面前,一定会使人目瞪口呆。还有长了一张猴脸的褐林鸮、面目悲伤的长尾林鸮,都拥有无法言喻的韵致和神情。

万松浦的林中大约有七八种猫头鹰。

有一次在南方的奉节城,我看到了一只小孩子大小的猫头鹰,它粗粗的腿上正系了一根铁链子,跟随自己的主人在街头小摊上喝酒,主人不时扔一块肉给它。它一活动,铁链子就哗啦啦响。主人喝过了酒,说一声"咱走啊",它就跳上了主人的肩膀。

大多数的猫头鹰都留了人一样的背头发型。可见它们的确不是一般的鸟。

黄　雀

　　它就是人们常常饲养的会唱歌的小鸟。这种鸟在林中不起眼，只有美妙的歌唱使人心情愉悦。一只能歌唱的小黄雀十分受人欢迎，它很容易饲喂，且鸣唱不倦，早已进入寻常百姓家。一些人甚至以捕捉黄雀为生，他们就来往于林中，到处悬起"翻笼"：笼里先放了一只雌鸟，笼上有一个机关，只要想谈情说爱的小黄雀一扎进笼里来，笼子上的翻盖就一下合上了。

　　黄雀是杰出的小歌手，是我们引以为荣的鸟之一。只要提起能唱歌的鸟类，万松浦的人就会说一句："俺这里黄雀最多了！"

黑枕黄鹂

　　夏天的中午走在林子里，常常被一种极为奇特的叫声惊呆：婉转至极，嗲声嗲气，有时真像一个婴孩在呼唤母亲。它的声音混在林子里的众声喧哗之中，显得非常突出。这就是黑枕黄鹂。它比黄雀肥大，口腔里一定有个不小的舌头，所以才会有如此独特的，简直是拟人化的鸣叫。

　　林子里的这种鹂鸟在数量上远远少于黄雀。但只要是有一只，它的声音就不会被埋没。那是一种娇痴之声。偶尔也会发出噗啦啦的呼叫，这时就有点像女人的声音了。你迎着这叫声走去，会看到它黄色的躯体一下展放开来，像荡秋千一样从一棵大树荡到另一棵大树——这时它的嘴里再也不是嗲声嗲气的乱叫了，而是发出一种更怪的声音："哼，哼。"它大概因为受惊而生气了。

松　鼠

　　它的身影一闪而过。不过它那条蓬松的尾巴会让人过目不忘。这里的松鼠虽然不像南方和东北那么多，可是仍然时常现身。无边的黑松林里，球果肥硕，但因为是黑松，籽粒不像红松的那么大，所以它们在觅食时不免要劳苦一些。但林子里可吃之物绝不止松果一种吧，于是它们在这里长居也并非是置身于苦寒之地。

　　在万松浦西部的屺䂬岛上，松鼠们胆子好像要大一些。它们可以在汽车声里探出可爱的头颅观望，手里还举着一个球果。有一次，有人看见一只松鼠从一棵高高的大李子树上下来，嘴里还咬着两个大大的并蒂李。没听说松鼠还能吃李子，所以说起来都不信。但我在国外曾见过一只松鼠口衔一只大核桃从树顶下来时的憨态：它只顾低头忙碌，直下到树桩底部才发现我站在跟前，于是慌促中又略有羞愧，只呆呆地仰脸看我，一时忘了该怎么办。那只青皮大核桃太沉了，它衔着离去时十分吃力。

　　松鼠是最可爱的小动物之一，这在万松浦也没有例外。只要一说到它的名字，大家都停下手中的事情，睁着眼静静地听。

乌　鸦

　　乌鸦是很能抒情的一种鸟儿，它情深意笃的叹息早已为人们所熟悉："啊！啊啊——"可是仅此而已，并没有吟咏的下文。它们是起落的黑云，是海边上一片跳跃的墨色。曾几何时，这里的乌鸦多到了令人发愁的地步，老人们都说："怎么办啊，看看这些乌鸦!"我小时候常看着它们遮去一大片天空,喧闹飞旋一阵,又呼啦啦落在麦地上。当我为这一大片黑鸟而惊叹时,上年纪的人却说:"现在的乌鸦可少多了!"

老人们讲,在过去,每天夜里乌鸦把林子全部占据了,简直没有其他鸟立足的地方。一棵棵大树上全蹲了过夜的乌鸦,就像结满的黑色硕果。到了早晨,乌鸦飞走了,地上就铺了厚厚的一层干树枝——这都是它们降落和起飞时扑打下来的。

时过境迁,如今再也没有那么多乌鸦了。偶尔听到一声"啊、啊"的抒情之声,觉得新奇得不得了。

2004 年 6 月 30 日

穿行于夜色的松林

一

我听说松林是天上的乌云变成的，乌云是松林的魂魄。一片片松林死亡了，它们的魂魄就要升上高天，游来荡去，最终还要找个适当的时机落下来生长。我还听说红云落到地上生成了柿子树和紫叶李、枫树，常在西南方飘荡的灰云生成了大片的灌木，而白云则生成了白杨和桦树。

林木纷纷消逝的年代，也是云彩远远飘离的岁月。林之魂魄没有留恋之地，于是只得远去他乡，过西洋，越东瀛，最后找一些安生的地方降落下来。世上的事物有生就有灭，生生灭灭，浑成宇宙。有生灭就有喜乐哀愁，有呼号痛歌。我直到如今才算听懂了一点点林木之声，却不敢妄言转述。

二

许多时候云彩化而为雨，那是为地上转世的生命洒下乳汁。地上干枯无色的日子，是不必饲喂的日子，所以云彩徘徊不已，最后还是走开了。云彩降生的时刻是在深夜，在无声无响的一瞬。某个失眠者于乌黑的浑茫里探出头来，看到一片无边无际的雾气把大地笼罩个严严实实，一伸手十指皆湿，就在心里暗暗惊呼：天哪！他不知道这正是上天播种的时刻，大地上一片崭新的林木即将出世。

1984年，于济南南山区

所以森林在地上诞生是最大的事情。有人隐隐感悟到什么，于是学习神灵所为，一到每年春天就搬锹动镢，谓之"造林"。

三

漫天的乌云在夜色里行走，发出若有若无的声音，深长而又隐晦。这声音让人想起大海深处的流涌。乌云留恋遥远的东方居地，从大洋彼岸赶来，俯视这一片千疮百孔的平原。一万二千多年前这里是茂密的松林：庄严，苍黑，高大英俊。就因为这片松林的关系，整个平原变得威风凛凛，接受四方礼遇。可是现在什么都没有了。关于它们消失的故事实在悲伤，所以这会儿上苍没有言说，只有默默注视。

乌云不能在一处长久地停留，它们于是继续游走。越过又一片大洋，往下看是茂密的白桦。乌云于凌晨三时，悄然落地，降生在桦林之侧。

不久这里将有一片茂密的黑松。

2004 年 5 月 26 日

融入野地

一

城市是一片被肆意修饰过的野地,我最终将告别它。我想寻找一个原来,一个真实。这纯稚的想念如同一首热烈的歌谣,在那儿引诱我。市声如潮,淹没了一切,我想浮出来看一眼原野、山峦,看一眼丛林、青纱帐。我寻找了,看到了,挽回的只是没完没了的默想。辽阔的大地,大地边缘是海洋。无数的生命在腾跃、繁衍生长,升起的太阳一次次把它们照亮……当我在某一瞬间睁大了双目时,突然看到了眼前的一切都变得簇新。它令人惊悸,感动,诧异,好像生来第一遭发现我们四周遍布奇迹。

我极想抓住那个"瞬间感受",心头充溢着阵阵狂喜。我在其中领悟:万物都在急剧循环,生生灭灭,长久与暂时都是相对而言的;但在这纷纭无绪中的确有什么永恒的东西。我在捕捉和追逐,而它又绝不可能属于我。这是一个悲剧,又是一个喜剧。暂且抑制了一个城市人的伤感,面向旷野追问一句:为什么会是这样?这些又到底来自何方?已经存在的一切是如此完美,完美得让人不可思议;它又是如此地残缺,残缺得令人痛心疾首。我们面对的不仅是一个熟知的世界,还有一个完全陌生的世界;原来那种悲剧感或是喜剧感都来自一种无可奈何。

心弦紧绷,强抑下无尽的感慨。生活的浪涌照例扑面而来,让人一拍三摇。做梦都想像一棵树那样抓牢一小片泥土。我拒绝这种无根无定的生活,我想追求的不过是一个简单、真实和落定。这永远只能停留在愿望里。寻找一个去处成了大问题,安慰自己这颗成年人的心也成了大问题。默默挨蹭,一个人总是先学会承受,再设法拒绝。承受,一直承受,承受你的自尊所无法容许的混浊一团。也就在这无边的踟蹰中,真正的拒绝开始了。

这条长路犹如长夜。在漫漫夜色里,谁在长思不绝?谁在悲天悯人?谁在知心认命?心界之内,喧嚣也难以渗入,它们只在耳畔化为夜色。无光无色的域内,只需伸手触摸,而不以目视。在这儿,传统的知与见已经失去了原有的意义。神游的脚步磨得夜气发烫,心甘情愿一意追踪。承受、接受、忍受——一个人真的能够忍受吗?有时回答能,有时回答不,最终还是不能。我于是只剩下了最后的拒绝。

二

当我还一时无法表述"野地"这个概念时,我就想到了融入。因为我单凭直觉就知道,只有在真正的野地里,人可以漠视平凡,发现舞蹈的仙鹤,泥土滋生一切。在那儿,人将得到所需的全部,特别是百求不得的那个安慰。野地是万物的生母,她子孙满堂却不会衰老。她的乳汁汇流成河,涌入海洋,滋润了万千生灵。

我沿着一条小路走去。小路上脚印稀罕,不闻人语,它直通故地。谁没有故地?故地连接了人的血脉,人在故地上长出第一绺根须。可是谁又会一直心系故地?直到今天我才发现,一个人长大了,走向远方,投入闹市,足迹印上大洋彼岸,他还会固执地指认:故地处于大地的中央。他的整个世界都是那一小片土地生长延伸出来的。

我又看到了山峦、平原、一望无边的大海。泥沼的气息如此浓烈，土地的呼吸分明可辨。稼禾、草、丛林；人、小蚁、骏马；主人、同类、寄生者……搅缠共生于一体。我渐渐靠近了一个巨大的身影……

故地指向野地的边缘，这儿有一把钥匙。这里是一个入口，一个门。满地藤蔓缠住了手足，丛丛灌木挡住了去路，它们挽留的是一个过客，还是一个归来的生命？我伏下来，倾听，贴紧，感知脉动和体温。此刻我才放松下来，因为我获得了真正的宽容。

一个人这时会被深深地感动。他像一棵树一样，在一方泥土上萌生。他的一切最初都来自这里，这里是他一生探究不尽的一个源路。人实际上不过是一棵会移动的树。他的激动、欲望，都是这片泥土给予的。他曾经与四周的丛绿一起成长。多少年过去了，回头再看旧时景物，会发现时间改变了这么多，又似乎一点也没变。绿色与裸土并存，枯树与长藤纠扯。那只熟悉的红点颏与巨大的石碾一块儿找到了；还有那荒野芜草中百灵的精致小窝……故地在我看来真是妙迹处处。

一个人只要归来就会寻找，只要寻找就会如愿。多么奇怪又多么素朴的一条原理，我一弯腰将它捡了起来。匍匐在泥土上，像一棵欲要扎根的树——这种欲求多次被鹦鹉学舌者给弄脏。我要将其还回原来。我心灵里那个需求正像童年一样热切纯洁。

我像个熟练的取景人，眯起双目遥视前方。这样我就迷蒙了画面，闪去了很多具体的事物。我看到的不是一棵或一株，而是一派绿色；不是一个老人一个少女，而是密挤的人的世界。所有的声息都洒落在泥土上，混合一起涌过，如蜂鸣如山崩。

我蹲在一棵壮硕的玉米下,长久地看它大刀一样的叶片,上面的银色丝络;我特别注意了它如爪如须、紧攥泥土的根。它长得何等旺盛,完美无损,英气逼人。与之相似的无语生命比比皆是,它们一块儿忽略了必将来临的死亡。它们有个精神,秘而不宣。我就这样仰望着一棵近在咫尺的玉米。

时至今天,似乎更没有人愿意重视知觉的奥秘。人仿佛除了接受再没有选择。语言和图画携来的讯息堆积如山,现代传递技术可以让人蹲在一隅遥视世界。谬误与真理掺拌一起抛洒,人类像挨了一场陨石雨。它损伤的是人的感知器官。失去了辨析的基本权利,剩下的只是一种苦熬。一个现代人即便大睁双目,还是拨不开无形的眼障。错觉总是缠住你,最终使你臣服。传统的"知"与"见"给予了我们,也蒙蔽了我们。于是我们要寻找新的知觉方式,警惕自己的视听。

我站在大地中央,发现它正在生长躯体,它负载了江河和城市,让各色人种和动植物在腹背生息。令人无限感激的是,它把正中的一块留给了我的故地。我身背行囊,朝行夜宿,有时翻山越岭,有时顺河而行;走不尽的一方土,寸土寸金。有个异国师长说它像邮票一般大。我走近了你、挨上了你吗?一种模模糊糊的幸运飘过心头。

三

大概不仅仅是职业习惯,我总是急于寻觅一种语言。语言对于我从来就有一种神秘的感觉。人生之路遭逢的万事万物之所以缄口沉默,主要是失去了语言。语言是凭证、是根据,是继续前行的资本。我所追求的语言是能够通行四方、源发于山脉和土壤的某种东西，它活泼如生命，坚硬如顽石，有形无形，有声无声。它就洒落在野地上，潜隐在万物间。河水咕咕流淌，大海日夜喧嚷，鸟鸣人呼——这都是相互隔离的语言；那么通行四方的语言藏在了哪里？

它犹如土中的金子，等待人们历尽辛苦之后才跃出。我的力气耗失了那天，即便如愿以偿了又有什么意义？我像所有人一样犹豫、沮丧、叹息，不知何方才是目的，既空空荡荡又心气高远。总之无语的痛苦难以忍受，它是真实的痛苦。我的希冀不大，无非就想讨一句话。很可惜也很残酷，它不发一言。

让人亲近、心头灼热的故地，我扑入你的怀抱就痴话连篇，说了半响才发觉你仍是一个默默。真让人尴尬。我知道无论是秋虫的鸣响或人的欢语，往往都隐下了什么。它们的无声之声才道出真谛，我收拾的是声音底层的回响。

在一个废弃的村落旧址上，我发现了遗落在荒草间的碾盘。它上面满是磨钝了的齿沟。它曾经被忙生计的人团团围住，它当刻下滔滔话语。还有，茅草也遮不住的破碎瓦砾，该留下被击碎那一刻的尖利吧？我对此坚信无疑，只是我仍然不能将其破译。脚下是一道道地裂，是在草叶间偷窥的小小生灵。太阳欲落，金红的火焰从天边一直烧到脚下；在这引人怀念和追忆的时刻，我感到了凄凉，更感到了蕴含于天地自然中的强大的激情。可是我们仍然相对无语。

刚刚接近故地的那种熟悉和亲切逐渐消失，代之而来的是深深的陌生感。我认识到它们的表层之下，有着我以往完全不曾接近过的东西。多少次站在夕阳西下的郊野，默想观望，像等候一个机会。也就在这时，偶尔回想起流逝的岁月，会勾起一丝酸疼。好在这会儿我已没有了书生那样的忏悔，而是充满了爱心和感激，心甘情愿地等待、等待。我回想了童年，不是那时的故事，而是那时的愉快心情。令人惊讶的是那种愉悦后来再也没有出现。我多少领悟了：那时还来不及掌握太多的俗词儿，因而反倒能够与大自然对话；那愉悦是来自交流和沟通，那时的我还未完全从自然的母体上剥离开来。世俗的词儿看上去有斤有两，在自然万物听来却是一门拙劣的外语。使用这种词儿操作的人就不会有太大希望。解开了这个谜我一阵欣慰，长舒一口。

田野上有很多劳作的人，他们趴在地上，沾满土末。禾绿遮着铜色躯体，掩成一片。土地与人之间用劳动沟通起来，人在劳动中就忘记了世俗的词儿。那时人与土地以及周围的生命结为一体，看上去，人也化进了朦胧。要倾听他们的语言吗？这会儿真的掺入泥中，长成了绿色的茎叶。这是劳动和交流的一场盛会，我怀着赶赴盛宴的心情投入了劳动。我想将自己融入其间。

人若丢弃了劳动就会陷于蒙昧。我有个细致难忘的观察：那些劳动者一旦离开了劳动，立刻操起了世俗的词儿。这就没有了交流的工具，与周遭的事物失去了联系，因而毫无力量。语言，不仅仅是表，而是理；它有自己的生命、质地和色彩，它是幻化了的精气。仅以声音为标志的语言已经是徒有其表，魂魄飞走了。我崇拜语言，并将其奉为神圣和神秘之物。

四

生活中无数次证明：忍受是困难的。一个人无论多么达观，最终都难以忍受。逃避、投诚、撞碎自己，都不是忍受。拒绝也不是忍受。不能忍受是人性中刚毅纯洁的一面，是人之所以可爱的一个原因。偶有忍受也为了最终的拒绝。拒绝的精神和态度应该得到赞许。但是，任何一种选择都是通过一个形式去完成的，而形式可以是多种多样的。

一个人如果因爱而痴，形似懵懂，也恰恰是找到了自己的门径。别人都忙于拒绝时，他却进入了忘我的状态。忘我也是不能忍受的结果。他穿越激烈之路，烧掉了愤懑，这才有了痴情。爱一种职业、一朵花、一个人，爱的是具体的东西；爱一份感觉、一个意愿、一片土地、一种状态，爱的是抽象的东西。只要从头走过来，只要爱得真挚，就会痴迷。迷了心窍，就有了境界。

当我投入一片茫茫原野时，就明白自己背向了某种令我心颤的、滚烫烫的东西。我从具体走向了抽象。站在荒芜间举目四望，一个质问无法回避。我回答仍旧爱着。尽管头发已经蓬乱，衣衫有了破洞，可我自知这会儿已将内心修葺得工整洁美。我在迎送四季的田头壑底徘徊，身上只负了背囊，没有矛戟。我甘愿心疏志废、自我放逐。冷热悲欢一次次织成了网，我更加明白自己"不能忍受"，扔掉小欣喜，走入故地，在秋野禾下满面欢笑。

但愿截断归途，让我永远待在这里。美与善有时需要独守，需要眼睁睁地看着它生长。我处于沉静无声的一个世界，享受安谧；我听到挚友在赞颂坚韧，同志在歌唱牺牲，而我却仅仅是不能忍受。故地上的一棵红果树、一株缬草，都让我再三吟味。我不能从它的身边走开，它们深深地吸引了我。我在它们的淡淡清香中感动不已。它们也许只是简单明了、极其平凡的一树一花，荒野里的生物，可它们活得是何等真实。

我消磨了时光，时光也恩惠了我。风霜洗去了轻薄的热情，只留住了结结实实的冷漠。站在这辽远开阔的平畴上,再也嗅不到远城炊烟。四处都是去路,既没人挽留,也没人催促。时空在这儿变得旷敞了,人性也自然松弛。我知道所有的热闹都挺耗人,一直到把人耗贫。我爱野地,爱遥远的那一条线。我痴迷得不可救药,像入了玄门;我在忘情时已是口不能语,手不能书;心远手粗,有时提笔忘字。我顺着故地小径走入野地,在荒村陋室里勉强记下野歌。这些歪歪扭扭的墨迹没有装进昨天的人造革皮夹,而是用一块土纺花布包了,背在肩上。

土纺花布小包裹了我的痴唱,携上它继续前行。一路上我不断地识字:如果说象形文字源于实物,它们之间要一一对应,那么现在是更多地指认实物的时候了。这是一种可以保持长久的兴趣,也只有在广大的土地上才做得到。琐细迷人的辨识中,时光流逝不停,就这样过起了自己的日子。我满足于这种状态和感觉、这期间难以言传的欢愉。这欢愉真像是窃来的一样。

我知道不能忍受的东西终会消失,但我也明白一个人有多么执拗。因此,历史上的智者一旦放逐了自己就乐不思蜀。一切都平平淡淡地过下来,像太阳一样重复自己。这重复中包含了无尽的内容。

五

在一些质地相当纯正的著作里,我注意到它一再地提请我们注意如下的意思:孤独有多么美。在这儿,孤独这个概念多少有些含混。大概在精神的驻地、在人的内心,它已经无法给弄得更准确了。它大约在指独自一人——当然无论是肉体方面还是精神方面的状态。一个动物,一株树,都可以孤独。孤独是难以归类的结果。它是美的吗?果真如此,人们也就无须慌悚逃离了。它起码不像幻想那么美;如果有一点点,也只是一种苍凉的美。

一个人处于那样的情状只会是被迫的。现代人之所以形单影只,还因为有一个不断生长的"精神"。要截断那种恐惧,就要截断根须。然而这是徒劳的,因为只要活着,它总要生长。伪装平庸也许有趣,但要真的将一个人扔还平庸,必然遭到他的剧烈抵抗。独自低回富于诗意,但极少有人注意其中的痛苦。孤独往往是心与心的通道被堵塞。人一生下来就要面对无数隐秘,可是对于每个人而言,这隐秘后来不是减少而是成倍地增加了。它来自各个方面,也来自人本身。于是被嘲弄被困扰的尴尬就始终相伴,于是每个人都在自觉不自觉地挣脱——说不出的惶恐使他们丢失了优雅。

在我眼里,孤独是可怕的,但更可怕的是放弃自尊。怎样既不失去后者又能保住心灵上的润泽?也许真的"鱼与熊掌不可兼得",也许它又是一个等待破解的隐秘。在漫长的等待中,有什么能替代冥想和自语?我发现心灵可以分解,它的不同的部分甚至能够对话。可是不言而喻,这样做需要一份不同寻常的宁静,使你能够倾听。

正像一籽抛落就要寻下裸土,我凭直感奔向了土地。它产生了一切,也就能回答一切,圆满一切。因为被饥困折磨久了,我远投野地的时间选在了九月,一个五谷丰登的季节。这时候的田野上满是结果。由于丰收和富足,万千生灵都流露出压抑不住的欣喜,个个与人为善。浓绿的植物、没有衰败的花、黑土黄沙,无一不是新鲜真切。待在它们中间,被侵犯和伤害的忧虑空前减弱,心头泛起的只是依赖和宠幸……

这是一个喃喃自语的世界，一个我所能找到的最为慷慨的世界。这儿对灵魂的打扰最少。在此我终于明白：孤独不仅是失去了沟通的机缘，更为可怕的是频频侵扰下失去了自语的权利。这是最后的权利。

就为了这一点点，我不惜千里跋涉，甚至一度变得"能够忍受"。我安定下来，驻足入驿，这才面对自己的幸运。我简直是大喜过望了。在这里我弄懂一个切近的事实：对于我们而言，山脉土地，是千万年不曾更移的背景；我们正被一种永恒所衬托。与之相依，尽可以沉入梦呓，黎明时总会被久长悠远的呼鸣给唤醒。

世上究竟哪里可以与此地比拟？这里处于大地的中央。这里与母亲心理上的距离最近。在这里，你尽可述说昨日的流浪。凄冷的岁月已经过去，一个男子终于迎来了双亲。你没有泣哭，只是因为你学会了掩泪入心。在怀抱中的感知竟如此敏锐，你只需轻轻一瞥就看透了世俗。长久和短暂、虚无与真实，罗列分明。你发现寻求同类也并非想象那么艰苦，所有朴实的、安静的、纯真的，都是同类。它们或他们大可不必操着同一种语言，也不一定要以声传情。同类只是大地母亲平等照料的孩子，饮用同样的乳汁，散发着相似的奶腥。

在安怡温和的长夜，野香熏人。追思和畅想赶走了孤单，一腔柔情也有了着落。我变得谦让和理解，试着原谅过去不曾原谅的东西，也追究着根性里的东西。夜的声息繁复无边，我在其间想象；在它的启示之下，我甚至又一次探寻起词语的奥秘。我试过将音节和发声模拟野地上的事物，并同时传递出它的内在神采。如小鸟的"啾啾"，不仅拟声极准，"啾"字竟是让我神往的秋、秋天秋野、口、嘴巴歌喉——它们组成的。还有田野的气声、回响，深夜里游动的光。这些又该如何模拟出一个词语并汇入现代人的通解？这不仅是饶有兴趣的实验，它同时也接近了某种意义和目的。我在默默夜色里找准了声义及它们的切口，等于是按住万物突突的脉搏。

一种相依相伴的情感驱逐了心理上的不安。我与野地上的一切共存共生，共同经历和承受。长夜尽头，我不止一次听到了万物在诞生那一刻的痛苦嘶叫。我就这样领受了凄楚和兴奋交织的情感，让它磨砺。

好在这些不仅仅停留于感觉之中。臆想的极限超越之后，就是实实在在的触摸了。

六

因为我在很大程度上摆脱了生命的寂寥，所以我能够走出消极。我的歌声从此不仅为了自慰，而且还用以呼唤。我越来越清楚这是一种记录，不是消遣，不是自娱，甚至也来不及伤感。如若那样，我做的一切都会像朝露一样蒸发掉。我所提醒人们注意的只是一些最普通的东西，因为它们之中蕴含的因素使人惊讶，最终将被牢记。我关注的不仅仅是人，而是与人不可分割的所有事物。我不曾专注于苦难，却无法失去那份敏感。我所提供的，仅仅是关于某种状态的证词。

这大概已经够了。这是必要的。我这儿仅仅遵循了质朴的原则，自然而然地藐视乖巧。真实伴我左右，此刻无须请求指认。我的声音混同于草响虫鸣，与原野的喧声整齐划一。这儿不需一位独立于世的歌手，事实上也做不到。我竭尽全力只能仿个真，以获取在它们身侧同唱的资格。

来时两手空空，野地认我为贫穷的兄弟。我们肌肤相摩，日夜相依。我隐于这浑然一片，俗眼无法将我辨认。我们的呼吸汇成了风，气流从禾叶和河谷吹过，又回到我们中间。这风洗去了我的疲惫和倦怠，裹挟了我们的合唱。谁能从中分析我的嗓音？我化为了自然之声。我生来第一次感受这样的骄傲。

我所投入的世界生机勃勃，这儿有永不停息的蜕变、消亡以及诞生。关于它们的讯息都覆于落叶之下，渗进了泥土。新生之物让第一束阳光照个通亮。这儿瞬息万变，光影交错，我只把心口收紧，让神思一点点融解。喧哗四起，没有终结的躁动——这就是我的故地。我跟紧了故地的精灵，随它游遍每一道沟坎。我的歌唱时而荡在心底，时而随风飘动。精灵隐隐左右了合唱，或是和声催生了精灵。我充任了故地的劣等秘书，耳听口念手书，痴迷恍惚，不敢稍离半步。

眼看着四肢被青藤绕裹，地衣长上额角。这不是死，而是生。我可以做一棵树了，扎下根须，化为了故地上的一个器官。从此我的吟哦不是一己之事，也非我能左右。一个人消逝了，一棵树诞生了。生命仍在，性质却得到了转换。

这样，自我而生的音响韵节就留在了另一个世界。我寻找同类因为我爱他们、爱纯美的一切，寻求的结果却使我化为一棵树。风雨将不断梳洗我，霜雪就是膏脂。但我却没有了孤独。孤独是另一边的概念，洋溢着另一种气味。从此尽是树的阅历，也是它的经验和感受。有人或许听懂了树的歌吟，注目枝叶在风中相摩的声响，但树本身却没有如此的期待。一棵棵树就是这样生长的，它的最大愿望大概就是一生抓紧泥土。

七

　　随着年龄的增长,我越来越注意到艺术的神秘力量。只有艺术中凝结了大自然那么多的隐秘,所以我认为光荣从来属于那些最激动人心的诗人。人类总是通过艺术的隧道去触摸时间之谜,去印证生命的奥秘。自然中的全部都可通过艺术之手的拨动而进入人的视野。它与人的关系至为独特,人迷于艺术,是因为他迷于人本身、迷于这个世界昭示的一切。一个健康成长着的人对于艺术无法选择。

　　但实际上选择是存在的。我认为自己即有过选择。对于艺术可以有多种解释,这是必然的。但我始终认为将艺术置于选择的位置,是一次堕落。

　　我曾选择过,所以我也有过堕落。补救的方法也许就是紧紧抱定这个选择结果,以求得灵魂的升华。这个世界的物欲愈盛,我愈从容。对于艺术,哪怕给我一个独守的机会才好。我交织着重重心事:一方面希望所有人的投入,另一方面又怕玷污了圣洁。在我看来它只该继续走向清冷,走到一个极端。留下我来默祷,为了我的守护,和我认准了的那份神圣。当然这是不可能的。

　　我梦见过在烛光下操劳的银匠,特别记住了他头顶闪烁的那一团白发。深不见底的墨夜,夜的中间是掬得起的一汪烛晖……什么是艺术?什么是劳动?它们共生共长吗?我在那个清晨叮咛自己:永远不要离开劳动——虽然我从未想过,也从未有过离去的念头。

　　艺术与宗教的品质不尽相同,但二者都需要心怀笃诚。当贪婪和攫取的狂浪拍碎了陆地,你不得不划一叶独舟时,怀中还剩下了什么？无非是一份热烈和忠诚。饥饿和死亡都不能剥夺的东西才是真正珍贵的。多少人歌颂物欲，说它创造了世界。是的，它创造了一个邪恶的世界；它也毁灭了一个世界，那是一个宁静的世界。我渐渐明白：要始终保有富足，积累的速度并不重要，重要的是能够积累。诚实的劳动者和艺术家一块儿发现了历史的哀伤，即：不能够。

人的岁月也极像循环不止的四季，时而斑斓，时而被洗得光光。一切还得从头开始。为了寻觅永久的依托，人们还是找到站立的这片土地。千万年的秘史糅在泥中，生出鲜花和毒菇。这些无法言喻的事物靠什么去洞悉和揭示？哪怕是仅仅获取一个接近的权力，靠什么？仍然是艺术，是它的神秘的力量。

滋生万物的野地接纳了艺术家。野地也能够拒绝，并且做得毅然彻底。强加于它的东西最终就不能立足。泥土像好的艺术家，看上去沉静，实际上怀了满腔热情。艺术家可以像绿色火焰，像青藤，在土地上燃烧。最后也只能剩下一片灰烬。多么短暂，连这点也像青藤。不过他总算用这种方式挨紧了热土。

八

我曾询问：一个知识分子的精神源自何方？它的本源是什么？很久以来，一层层纸页将这个本来浅显的问题给覆盖了。当然，我不会否认渍透了心汁的书林也孕育了某种精神。可我还是发现了那种悲天的情怀来自大自然，来自一个广漠的世界。也许在任何一个时世里都有这样的哀叹——我们缺少知识分子。它的标志不仅是学历和行当上的造就，因为最重要的依据是一个灵魂的性质。真正的

"知"应该达于"灵"。那些弄科技艺术以期成功者，同时要使自己成长为一个知识分子。

将"知识分子"这个概念俗化有伤人心。于是你看到了逍遥的骗子、昏聩的学人，卖了良心的艺术家。这些人有时并非厌恶劳动，却无一例外地极度害怕贫困。他们注重自己的仪表，却没有内在的严整性，最善于尾随时风。谁看到一个意外？谁找到一个稀罕？在势与利面前一个比一个更乖，像临近了末日。我宁可一生泡在汗尘中，也要远离它们。

我曾经是一个职业写作者，但我一生的最高期望是：成为一个作家。

人需要一个遥远的光点，像渺渺星斗。我走向它，节衣缩食，收心敛性。愿冥冥中的手为我开启智门。比起我的目标，我追赶的修行，我显得多么卑微。苍白无力，琐屑慵懒，经不住内省。就为了精神上的成长，让诚实和朴素、让那份好德行，永远也不要离我，让勇敢和正义变得愈加具体和清晰。那样，漫长的消磨和无声的侵蚀我也能够陪伴。

在我投入的原野上，在万千生灵之间，劳作使我沉静。我获得了这样的状态：对工作和发现的意义坚信不疑。我亲手书下的只是一片稚拙，可这份作业却与俗眼无缘。我的这些文字是为你、为他和她写成的，我爱你们。我恭呈了。

九

就因为那个瞬间的吸引，我出发了。我的希求简明而又模糊：寻找野地。我首先踏上故地，并在那里迈出了一步。我试图抚摸它的边缘,望穿雾幔;我舍弃所有奔向它,为了融入其间。跋涉、追赶、寻问——野地到底是什么?它在何方?野地是否也包括了我浑然苍茫的感觉世界?

我无法停止寻求……

1992年8月16日

绿色遥思

我觉得作家天生就是一些与大自然保持紧密联系的人，从小到大，一直如此。他们比起其他人来，自由而质朴，敏感得很。这一切我想都是从大自然中汲取和培植而来。所以他能保住一腔柔情和自由的情怀。我读他们写海洋和高原、写城市和战争的作品，都明显地触摸到了那些东西。那是一种常常存在的力量，富有弹性，以柔克刚，无坚不摧。这种力量有时你还真分不清是纤细的还是粗犷的，可以用来做什么更好。我发现一个作家一旦割断了与大自然的这种联结，他也就算完了，想什么办法去补救都没有用。当然有的从事创作的人并且是很有名的人不讲究这个，我总觉得他本质上还不是一个诗人。

我反对很狭窄地去理解"大自然"这个概念。但当你的感觉与之接通的时刻，首先出现在心扉的总会是广阔的原野丛林、是未加雕饰的群山、是海洋及海岸上一望无际的灌木和野花。绿色永久地安慰着我们，我们也模模糊糊地知道：哪里树木葱茏，哪里就更有希望、就有幸福。连一些动物也汇集到那里，在其间藏身和繁衍。任何动物都不能脱离一种自然背景而独立存在，它们与大自然深深地交融铸和。也许是一种不自信、感到自己身单力薄或是什么别的，我那么珍惜关于这一切的经历和感觉，并且一生都愿意加强它寻找它。回想那夏季夜晚的篝火、与温驯的黄狗在一起迎接露水的情景，还有深夜的谛听、到高高的白杨树上打危险的瞌睡，等等；这一切才和艺术的发条连在一起，并且从那时开始拧紧拧紧，使我有动力做出关于日月星辰的运动即时间的表述。宇宙间多么渺小的一颗微粒,它在迫不得已地游浮,但总还是感受到了万物有寿,感受到了称作"时光"的东西。

我小时候曾很有幸地生活在人口稀疏的林子里。一片杂生果林,连着无边的荒野,荒野再连着无边的海。苹果长到指甲大就可以偷吃,直吃到发红、成熟;所有的苹果都收走了,我和我的朋友却将一堆果子埋在沙土下,这样一直可以吃到冬天。各种野果自然而然地属于我们,即便涩得拉不动舌头还是喜欢。我饲养过刺猬和野兔和无数的鸟。我觉得最可爱的是拳头大小的野兔。不过它们是养不活的,即使你无微不至地照料也是枉然,所以我后来听到谁说他小时候把一只野兔养大了就觉得是吹牛。一只野兔不值多少钱,但要饲养难度极大,因而他吹嘘的可能是一件了不起的事情,青蛙身上光滑、有斑纹,很精神很美丽。我们捉来饲养,当它有些疲倦的时候,就把它放掉。刺猬是忠厚的、看不透的,我不知为什么很同情它。因为这些微小的经历,我的生活也受到了微小的影响。比如我至今不能吃青蛙做成的"田鸡"菜;一个老实的朋友窗外悬挂了两张刺猬皮,问他,他说吃了两个刺猬——我从此觉得他很不好。人不可貌取。当说到这里的时候,我明白一个人的品性可能是很脆弱的,而形成的原因极其复杂。不过这种脆弱往往和极度的要求平等,要求给予普通生命起码的尊严,特别是要求群起反对强暴以保护弱者的心理素质紧紧相连。缺少的是那种强悍,但更缺少的是被邪恶所利用的可能性。有着那样的心理状态,为人的一生将触犯很多很多东西,这点不存侥幸。

当我沉浸在这些往事里,当我试图以此来维持一份精神生活的同时,我常常感到与窗外大街上新兴的生活反差太大。如今各种欲望都涨满起来，本来就少得可怜的一点斯文被野性一扫而光。普通人被诱惑，但他们无能为力，像过去一样善良无欺，只是增添了三分焦虑。我看到他们就不想停留，不想待在人群里。我急匆匆地奔向河边，奔向草地和树林。凉凉的风里有草药的香味，一只只鸟儿在树梢上鸣叫。蜻蜓咬在一支芦秆上，它的红色肚腹像指针一样指向我。宁静而遥远的天空就像童年一样的颜色，可是它把童年隔开了。三五个灰蓝的鸽子落下来，小心地伸开粉丹丹的小脚掌。我可以看到它们光光的一丝不染的额头，看到那一对不安的红豆豆般的圆眼。我想象它们在我的手掌下，让我轻轻抚摸时所感受到的一阵阵滑润，然而它们始终远远地伫立。那种惊恐和提防一般来说是没有错的。周围一片绿色，散布在空中的花粉的气味钻进鼻孔。我一人独处，倾听着天籁，默默接受着崭新的启示。我没有力量，没有一点力量。然而唯有这里可以让我悄悄地恢复起什么。

我曾经一个人在山区里奔波过。当时我刚满十七岁。那是一段艰难的日子，当然它也教给我很多很多。极度的沮丧和失望，双脚皴裂了还要攀登，难言的痛楚和哀怨，早早来临的仇视。当我今天回忆那些的时候，总要想起几个绚丽迷人的画面，它使我久久回味，再三地咀嚼。记得我急急地顶着烈日翻山，一件背心握在手里，不知不觉钻到了山隙深处。强劲的阳光把石头照得雪亮，所有的山草都像到了最后时刻。山间无声无息，万物都在默默忍受。我一个人踢响了石子，一个人听着孤单的回声。不知脚下的路是否对，口渴难耐。我一直是瞅准最高的那座山往前走，听人说翻过它也就到了。我那时有一阵深切的忧虑和惆怅泛上来，恨不能立刻遇到一个活的伙伴，即便一只猫也好。我的心怦怦跳着。后来我从一个陡陡的砾石坡上滑下来，脚板灼热地落定在一个小山谷里。映入眼帘的是一片清澈透底的亮水,是弯到山根后面去的光滑水流。我来不及仔细端量就扑入水中,先饱饱地喝了一顿,然后在浅水处仰下来。这时我才发现,这条水流的基底由砂岩构成,表层是布满气孔的熔岩。这么多气孔,它说明了当时岩浆喷涌而出的那会儿含有大量的气体,水在上面滑过,永无尽头地涮洗,有一尾黄色的半透明的小鱼卧在熔岩上,睁着不眠的小眼。细细的石英砂浮到身上,像些富有灵性的小东西似的,给我以安慰。就是这个酷热的中午,我躺在水里,想了很多事情。我想过了一个个亲属,他们不同的处境、与我的关系,以及我所负有的巨大的责任。就是在这一刻我才恍然大悟:"我年轻极了,简直就像熔岩上的小鱼一样稚嫩,我还有很多时间可以成长,可以往前赶路。"不久,我登上了那座山。

有一次我夜宿在山间一座孤房子里。那是没有月亮的夜晚,屋内像墨一样黑。半夜里被山风和滚石惊醒,接着再也睡不着。我想这山里该有多少奇怪的东西,它们必定都乐于在夜间活动,它们包围了我。我以前听过了无数鬼怪故事,这时万分后悔耳鼓里装过那些声音。比如人们讲的黑屋子里跳动的小矮人,他从一角走出,跳到人的肚子上,牙牙学语,等等。我一动不动地盯着屋角,两眼发酸,我想人们为什么要在这么荒凉的地方盖一座独屋呢?这是非常奇怪的。天亮了,山里一个人告诉我:独屋上有很多扒坟扒出的砖石木料,它是那些热闹年头盖成的。我大白天就惊慌起来,不敢走进独屋。接下去的一夜我是在野地里挨过的,背靠着一棵杨树。我一点也没有害怕,因为我周围是没有遮拦的坡地和山影,是土壤和一棵棵的树。那一夜我的心飞到了海滩平原上,回到了我童年生活过的丛林中去。我思念着儿时的伙伴,发现他们和当时当地的灌木浆果混在一起,无法分割。一切都是一样甘甜可口,是已经失去的昨天的滋味。当时我流下了泪水。我真想飞回到林子里，去享受一下那里熟悉的夜露。这一夜天有些凉，我的衣服差不多半湿了。这说明野地里水汽充盈，一切都是蛮好的，像海边上的一样。待太阳升起的时候，我又可以看到一座连着一座的大山了，苍苍茫茫，云雾缠绕。我因此而自豪。因为我们的那一帮谁也没有见过真正的山。我已经在山里生活了这么多天了，并且能在山野中独处一个夜晚。这作为一个经历，并不比其他经历逊色，因为我至今还记得起来。就是那个夜晚我明白了，宽阔的大地让人安怡，而人们手工搭成的东西才装满了恐惧。

人不能背叛友谊。我相信自己从小跟那片绿野及绿野上聪慧的生灵有了血肉般的联结，我一生都不背叛它们。它们与我为伴，永远也不会欺辱我、歧视我，与我为善。我的同类的强暴和蛮横加在了它们身上，倒使我浑身战栗。在果园居住时我们养了一条深灰色的雌狗，叫小青。我真不愿提起它的名字，大概这是第一次。它和小孩子一样有童年，有顽皮的岁月，有天真无邪的双目。后来当然它长大一些了，灰黄的毛发开始微微变蓝。它有些胖，圆乎乎的鼻子有一股不易察觉的香味散发出来。我们都确凿无疑地知道它是一个姑娘，并且随着年龄的增长有了人一样的羞涩和自尊、有了矜持。我从外祖母那里得知了给狗计算年龄的方法，即人的一个月相当于它的一年，那么小青二十岁了。我们干什么都在一块儿，差不多有相同的愉快和不愉快。它像我们一样喜欢吃水果，遇到发酸的青果也闭上一只眼睛，流出口水。它没有衣服，没有鞋子，这在我看来是极不公平的。大约是一个普通的秋天，一个丝毫没有噩兆的挺好的秋天，突然从远处传来了新的不容更变的命令：打狗。所有的狗都要打，备战备荒。战争好像即将来临，一场坚守或者撤离就在眼前，杀掉多余的东西。我当时的感觉就是这样。我完全蒙了，什么也听不清。全家人都为小青胆战心惊，有的提出送到亲戚家，有的出主意藏到丛林深处。当然这些方法都行不通。后来由母亲出面去找人商量，提出小青可否作为例外留下来，因为它在林子里。对方回答不行，没有一点变通的余地。接下去是残忍的等待。我记得清楚，是一天下午，负责打狗的人带了一个旧筐子来了，筐子里装了一根短棍和绳索，一把片子刀。我捂着耳朵跑到了林子深处。

那天深夜我才回到家里。到处没有一点声音。没有一个人睡，也没有一个人发出响动。天亮了，我想看到一点什么痕迹，什么也没有。院子里铺了一层洁净的沙子。

二十余年过去了。从那一次我明白了好多，仿佛一瞬间领悟了人世间全部的不平和残暴。从此生活中发生什么我都不会惊讶。他们硬是用暴力终止了一个挺好的生命，不允许它再呼吸。我有理由永远不停地诅咒他们，有理由做出这样的预言：残暴的人管理不好我们的生活，我一生也不会信任那些凶恶冷酷的人。如果我不这样，我就是一个背叛者。

说到这里我想起了人的苦难经历与一个人的信念的关系。不知怎，我现在越来越警惕那些言必称苦难的人，特别是具体到自己的苦难的人。一个饱受贫困的折磨和精神摧残的人，不见得就是让人放心的人。因为我发现，一个人有过痛苦的不幸经历是极为重要的，但更为重要的是懂得珍惜这一切。你可能也目睹了这样的情景：有人也许并不缺少艰难的昨天，可是他们在生活中总是自觉不自觉地与一个地方一个时期最黑暗的势力站在一起。他们心灵的指针任何时候也不曾指向弱者，谎言和不负责任的大话一学就会。我将不断地向自己叮嘱这一点，罗列这些现象，以守住心中最神圣的那么一点东西。如果我不能，我也是一个背叛者。

　　我明白恶的引诱是太多太多了。比如人的一生中会碰到很多宴会，并且大多会愉快地参加。宴会很丰盛，差不多总是吃掉一半剩下一半，差不多总是以荤为主。这就有了两个问题：一是当他坐在桌边，会想到自己的亲属，还有很多认识的不认识的人，同一时刻正在嚼着难以下咽的食品吗？那么这张桌子摆这么多东西是合理的吗？或许他又会转念一想：我如果离开这张桌子，那么大多数人是不会离开的，这里那里，今天明天，无数的宴会总要不断地进行下去。而我吃掉自己的一份，起码并没有连同心中的责任一同吞咽下去，它甚至可以化为气力，去为那些贫穷的人争得什么。如果真是这样，那也可怕得很。无数这样的个人心理恰恰造成了客观上极其宽泛的残酷。它的现实是，一方面是对温饱的渴求，另一方面是酒肉的河流。第二个问题是吃荤。谁在美餐的时刻想到动物在流血、一个个生命被屠宰呢？它们活着的时候不是挺可爱的吗？它们在梳理羽毛，它们在眨动眼睛。你可能喜欢它们。然而这一切都被牙齿粉碎了。看来心中的一点怜悯还不足以抵挡口腹之欲。我与大多数人同样的伪善和虚妄，似乎无力超越。我不止一次对人说过我的预测、我的一个至关重要的判断：如果我们的文明发展得还不算太慢的话，如果还来得及，那么人类总有一天会告别餐食动物的历史；也只有到了这一天，人类才会从根本上摆脱似乎是从来不可避免的悲剧。这差不多成了一个标志、一个界限。因为人类不可能用沾满鲜血的双手去摘取宇宙间完美的果子。我对此坚信不疑。

　　要说的太多了。让我们还是回到生机盎然的原野上吧，回到绿色中间。那儿或者沉默或者喧哗，但总会有一种久远的强大的旋律，这是在其他地方所听不到的。自然界的大小生命一起参与弹拨一架琴，妙不可言。我相信最终还有一种矫正人心更为深远的力量潜藏其间，那即是向善的力量。让我们感觉它、搜寻它、依靠它，一辈子也不犹疑。

想来想去，我觉得没有更多的东西可以信赖，今天如此，明天大概还是如此。一切都在变化，都在显露真形，都会余下一缕淡弱的尾音，唯有大自然给我永恒的启示。

1988 年 7 月 29 日于龙口

鸟之倔强与幽默

屺姆岛上的鸟儿可真多,除了一群群的海鸥,还有数不清的其他种类。相处久了,会发现它们的性格与人一样,也是明显的、千差万别的。它们因为飞翔,离开地面,常常被人忽视了心情,不太在乎其喜怒哀乐。除非近距离接触,谁也不会注意一只鸟的心事。在岛上,只有养鸟的人才会知道自己的鸟高不高兴,喜悦或者忧郁。

岛上的麻雀是一种很倔强的鸟。它们照理说离人最近,哪里有人哪里就有麻雀,几乎与人非常亲近。但是它们其实极度追求自由和自尊。如果将一只成年麻雀关在笼里,它会气愤不已。无论喂给多好的食水,它看都不看一眼,直到绝食而死。不自由,毋宁死,这就是麻雀。有人为了讨孩子欢心,曾捉住麻雀让孩子把玩,谁知它一落入孩子手中就开始大口喘气,一会儿就气得昏厥倒地。

还有一种蓝翅小鸟,一旦被囚禁就会频频撞击,直撞得头破血流,气绝而亡。

鸟儿习惯了空阔,自由是最起码的条件。任何鸟儿都极度依赖自由,除非是从小奴役驯化的畸形宠物。

岛上的鸟儿怎样看待渔人,这是一个谜。鸽子和喜鹊、猫头鹰、蓝点颏、游隼,等等体积及生活习性迥异的鸟类,对人的看法肯定是不同的。鸽子和鹰一旦驯化,可以当人的帮手,它们和猫狗的作用几近相似。鸽子温柔可人,长时间偎在主人身边休息,光润的额头引人抚摸。鹰的锐目和铁爪能够帮人狩猎,乐于显能。而大多数鸟儿是无法驯化的,它们从不与人为伍。

一群喜鹊守住一树桑葚多年,每年夏秋季节都要饱餐这些甘甜的果子。当有人来采摘时,它们就怒不可遏,在一旁围攻,叫声不绝。从声音上判断,一定夹杂了许多谩骂。

我在岛上住了十天。有一只不知名的大鸟,在长达一个多星期的时间里,总要于凌晨四点左右踹我的屋门。它的蹄脚壮实,踢在门上,的确有踹击之力。那在凌晨响起的门板震动声,总是将我惊醒。我后来明白,它是凌晨即起,而我一直睡懒觉,它实在看不下去了。

还有一只花斑啄木鸟,总在午餐时偷看我吃饭,在窗外探头探脑,一副做鬼脸的样子。当我开窗找它时,它就躲开;我重新坐下用餐,它就再次探头。我将食物放在窗外,它就低头看看,仿佛在笑,不动一口。它吃的东西与我当然是完全不同的。

有一只又大又胖的花喜鹊也多次在窗前逗我,它也选择了午餐的时间。

一只大草鸦面阔如小儿,站在黄昏的光色里。这样的光线中它是能够看清对方的。在离我几米远的地方,它竟然一动不动,从高处看着我,一对大眼睁睁闭闭。由于它的脸部被细密的羽毛遮住,所以我无法看清细部表情,却分明感受到它的幽默意味。它好像在说:"伙计,你该睡觉了,我该干活了。"

散步时携回一只受伤的大斑鸠。这种大鸟像鸽子,也就像对待鸽子一样对待它了。它伤好之后,我为了防止它飞掉,就用胶布粘住了一半羽翅。它在屋里参着双翅,像推小车一样来来去去。当它玩累了时,就伸出长长的喙,一下一下摩擦我的手背。这种痒丝丝的感觉让人实在受不了。这种亲昵和友谊深深地打动了我,我就解开了它身上的胶布,抱着它来到海蚀崖。我是在崖上遇到它的。

  站在崖畔,放眼碧海中的点点舟影。它在掌心站了一瞬,转眼展翅而去,化入空阔之中。

2015 年 4 月

山水情结

我的无尽的烦恼,难以言喻的匆忙,这一切会纠缠终生吗?它们来自哪里?来自生活本身,来自生命,来自一个无法变更的命运或一个莫名的规定?我怀疑,故而不愿服从。可是我又无从摆脱。

北望立交桥

这是一段难忘的回忆,它仍然是关于居所,关于我与一座城市相依相存的故事。

那时我在这座都市里第一次拥有了一个两居室新居。一开始有些兴奋,因为这是我得以安顿自己的空间,它平凡而又神奇地出现了。在熙熙攘攘的都市里,这是无数楼房中的一个居住处,隐于其中,活于其中,消失和生长在其中。它在苍苍茫茫中找到了我,或者说是我找到了它。我的幸福无以言表,尽管它在五层楼的最高处,据说冬冷夏热,但一切在我看来都好得不能再好。

我对于新居所还没有任何体会,而只有关门对视的喜悦。我在粉刷一新的房间内走动,从这一间到那一间,嗅着相同的水泥和石灰的香味。

不知什么时候,我突然听到了轰隆隆的声音,它一阵阵爆发,中间还夹带了粗长的持续的震响。这声音可真是有力和持久啊,它不仅震动人的耳膜,还轰击着人的心脏。我四处寻找这声音的来源,一站到窗前立刻就明白了:北边不远处是一座立交桥,连绵不断的车流在桥上旋转，桥下边则是另一些车辆，还有一簇簇的人群。

我搬入新居的时间正是这座城市最好的季节：秋天。不冷不热的天气和崭新的居所合在一起，当有无法忽略的幸福。可恨的是我再也休息不好。当然是无处不在无时不在的轰鸣赶走了睡眠。怎么办？有人说任何事情都有一个适应期，也许很快会像过去一样，还给我一个新的安眠。后来的日子真的有过几个像样的睡眠，但我知道这不是适应与否的缘故，而实在是连续失眠造成的极度疲惫的结果。我开始想一些办法，比如用棉条塞封窗隙，再比如安装双层窗子。这些方法事倍功半，因为实在是声源宏巨，而且真正密封之后又带来了新的问题，即震动和共鸣的力量反而由此而增大。车辆在悬空的立交桥上加速时发出的轰响，它引起的楼体和窗子的共振，简直无可抵挡。

我走入了头涨目涩的日子。与此同时，我发现满屋都被黑色的细尘蒙住了，随时擦拭随时落下，源源不断。窗子已得到如此的封闭，黑尘还是钻挤进来，显然已经无法根治。由于这噪声和灰尘，门窗也就不可轻易打开，于是室内空气愈加恶劣。

我只想尽可能地逃离这个居所，并且永远不再返回，可这又是我唯一的居所。

立交桥建得丑陋而庞大，是粗鲁的水泥裸体。它在我眼里成了狰狞的怪物。它是凸起的一截城市的肠道剖面，正露出内部的蠕动和循环。它散发出难闻的气味，还有巨响。可是我不仅避不开这声音这气味，还无法摆脱它刺目的形体，因为我不能对窗外的一切视而不见。渐渐我觉得它也在与我对视，并且时而狞笑。

仅仅一年多的时间里我就病了三次。

偶尔出一趟远门，让我暂得轻松；可每到了归来的日子，又开始恐惧那个日夜轰响的居所。回来了，无眠，脱发，绝望，一遍遍洗脸，抬头看发青的眼窝。

有谁愿意交换这个居所？你有一个安静的柴棚或者猪窝吗？那你愿意用它与我交换吗？是的，我将欣然前往，但你不准变卦。

帐　篷

我从养蜂人那里得到了启示，觉得可以从他们身上学到许多东西。有一段时间，不管在哪里，只要遇到养蜂人，我就要停下来耽搁一会儿，了解我所感兴趣的一切。他们的职业在一般人看来是辛苦的，到处游转，远途运输和奔波，夜宿野外，等等。可是他们的生活听来又极具色彩，如追赶花期，如倚山背水而眠，如走遍大地。

有一段时间我甚至想以某种方式，真的尝试去做一个养蜂人。之所以说要以"某种方式"，那是因为身有公职，有一种固定的工作，并非可以一走了之。今天生活中的人，有几个可以随心所欲地选择，凭自己的一时兴起和阶段性的好恶去寻找一种日月呢？所以说变换日常生活要有章法，有途径，不得不去遵循"法度"。

如果以挂职的方式去一个蜂场里工作，这就有机会随放蜂人在大江南北流转了。但兴起而行，困难重重，尽管奔波考察了一番，结果还是没能成功。不过这期间我买了许多养蜂的专业书籍，于是得知了神奇的蜜蜂有多少本领，它们独特的习性，以及养蜂人的日常工作。还有一些花的常识，各种可供采蜜的花，它们的开放周期等等知识。

实际上真正吸引我的不是其他，而是一顶顶帐篷下的生活。

它是流动的房屋，是随遇而安的家，是可以跟随肉身和灵魂一起移动的居所。它为我们遮风蔽雨，还与我们一起摆脱尘土、闹市、烦琐和嘈杂。人的一生都要恐惧上无片瓦、下无立锥之地的赤贫生活，需要安居之乐。可是居安即要思危，牵挂繁多，忧心不已。最主要的还有，人的移居成了大问题，就是说一个人不管愿意与否，必得长期在一个凝固的居所里待守。

弄一顶帐篷，这一度成了我的理想。最好是大帆布帐篷，军用品，耐风雨且又宽畅。可是它太重了，非要几个人一起抬到一个地方扎盘不可。尽管如此我还是设法搞了一个。但由于种种原因，真正使用起来的机会并不是很多。首先是日常的屑琐缠住了我，使我不能安然离开，去入住可爱的居所。再就是这个居所一旦立起，就不能省却人的照料。想一想它在山上，在河畔，如果没人照管，会有怎样的麻烦。

后来我选了一个简易的轻便帐篷。这一下好了，它可以随意收取。可是它远远比不上以前的大帐篷，显得如此飘忽、逼仄，只是聊胜于无而已。在大风大雨之中，它根本就靠不住。更为烦恼的是，今天的野外生活，特别是一人独处，已经是令人惧怕的一件事了。我的极少的一点生活用具，如烧水的锅和杯子之类，不止一次丢失。

尽管如此，帐篷里的时光还是弥足珍贵。它生出了一种极为新鲜的、与四周丝丝相连的、又熟悉又陌生的东西，这与我们已经习惯的一切是那么不同。午夜，我遥视着一天星光时，恍若进入了某种梦境。是的，这是与生俱来的一个梦想，人一旦接通了这梦想，心底深处就会有一种难以言喻的激动和喜乐。干净利落的生活，被天籁围簇的生活，对于现代人来说可真是一种奢侈啊。这其实也是极为简单的生活，可就为了追求这简单，我们却要付出极大的代价。

一座城市留在了身后，那里有诸多所谓的责任，正等待我们去履行。现代人当然不可以一走了之。

可是梦中的帐篷呢？它真的最终不再属于我们，或者说已经没有了失而复得的那一天？

我无法回答。

山　屋

我居住的这座都市，东、西、南三个方向都是丛丛高山，它们笼罩在雾气下的神秘诱惑我，甚至是召唤我。我每次走进大山深处时，心境都为之一变，有时甚至会为这样的情绪所惊喜，在心底自问一句：多么奇怪啊，仅仅是半天不到的时间就来到了这里，而此地完全是另一个世界啊。寂静的山谷，树的谛听和注视，还有鸟儿问答。山石裸露，云母，石英的闪光。黄昏时刻，一种低沉的山之咏叹开始了，它感动我们，我们却找不出它的源头。这是一种无所不在的、若有若无的声音。大山的早晨也有这种咏叹，但那又是另一种色调和意味。

山中绝少人烟，只偶尔看到几处遗下的小小山屋。它们如今完全被丢弃了，主人是谁又为何离去，这已经是个谜了。几十年前，这些山屋还被人兴致勃勃地打造，而今打造者却弃它而去，再无踪影。人的兴致真是奇怪的东西，它总是忽东忽西没有确定，变化无常。但我可以想象其中的原因：山下的城市变得越来越热闹了，山上的人于是再也待不住了。

小屋里的人不是和尚，他们是守山人，林场工人，或其他什么人。他们下山寻找新的日子，于是把原来的工作连同心情一块儿丢下了。我稍稍有些不解的是，难道现在的山上就不需要那些工作了？比如说大山不需守、林木不需护，连同其他一些山里的营生，在现代都可以一并省略？

不管怎么说一个个挺好的小屋就这样被遗留山上，它们空空的，静静的，黑黝黝的。屋里有一种烟火气还隐约可闻，但这需要用心去嗅。我长时间在山中徘徊，寻访了许多山屋；也就在这样的时刻，我竟然私心大发。我在盘算一些事情。因为我发现这些小屋比最好的帐篷还要坚固，而且就扎在了帐篷应该扎的地方。这真是饕餮之徒眼中的美馐。我目不转睛看过了一个个山屋，心里正打谱在某一天搬进其中的一座。因为一个渐渐走近中年的男人有些惧怕了，他有时甚至觉得自己就是一只被尘嚣围追堵截的狼。逃离之心人皆有，有缘遁迹几人能？多么奢侈的思想和行为，多么繁华的简朴。

我和家人，又约上三两好友进山，挑选了一幢山屋认真打扫整理一番，又搬进一些吃物和用具。剩下的事情就是把手头的工作如数移来，就是享受另一种幸福。果然，这儿的山屋让我有了清新的思绪，活泼的想念，愉快的心情，更有了安定的志趣。奇怪的是深夜寂山并不使我害怕，听了猫头鹰的长嚎也安之若素。百鸟作歌，林兽和鸣，溪水在山侧回响。这样的时刻多么适合回忆，回忆青春年少时光，回忆无拘无束的日子。我正在开始的工作效率极高，仿佛不知疲倦，常常日夜劳作而不觉困顿，不愿停下。

偶尔有好友来访，他们总不忘捎来一些吃和用的东西。这样的白天或夜晚啊，是多么愉快的时刻，好像整个的友谊都变得簇新了。大家一块儿从拥挤中、从无边的烦琐中挣扎出来，这时大大地舒出一口。山下，凡是不好的消息都不愿提起，暂且让我们与他方隔绝。这里有树林山泉和鸟兽，有久违的一切，于是什么都不缺了。朋友当中的大多数没有长时间离城的条件，他们只好匆匆地来，恋恋不舍地去。我从他们的身影联想起自己，想这几十年的光阴，想那些消磨和耗损，想每一个人究竟会被什么拖累、拖累一生？这样直想到许久，想到头疼。

我有一个聪慧的朋友说过：人与物质的关系不是占有与被占有的关系，更不是役使和被役使的关系，而应该加以调整，调整为崭新的关系。究竟怎样调整？没有说。不过我深深理解这种渴望和想象。是的，人在物质世界中要获得一点点自由，大概离不开这种调整。人的烦恼在许多时候的确来自这种不正常的关系。可怕的、没有尽头的物质欲望把我们自己淹死了，可我们仍旧在一刻不停地往这浑浊的污潭中加水，一直弄到彻底的灭顶之灾。

我在山屋中愉快而真实地生活，高效率地劳动，日常生活用品却消耗甚少。我这会儿真的感受了美国梭罗的自得，也真的认为一个人并不需要那么多。同时我也进一步明白了，简朴的生活并不等于简陋的生活，更不等于难以为继的尴尬，不是无米之炊。简朴生活是一种自由，一种浪漫，一种心安理得和一种和谐自如。

两年的时间里，我前后换了两个山屋，但几乎没有在城里长时间生活过。一切正常，收获甚丰。没有那么多电话电传和呼叫的催逼，没有因为争夺生存空间而招致的可怕倾轧，没有呛鼻的煤烟和汽车尾气，没有一天二十四小时的马达轰鸣。

这里没有了时髦信息网络消息快报慢报，没有了铺天盖地的报刊，更没有花男绿女和荧屏把戏。我宁可做一个背时的无知之人，一个当代懵懂。可是我并没有因此而真正缺失什么，没有耽搁任何要紧的事情。相反，我提高了工作效率，把握了劳动时间，还赢得了双倍的安宁和健康。

三线老屋

现在的年轻人已经没有多少知道什么是"三线"了。我也难以准确地解释，只知道这是三十年前那段特殊时期的产物，是修在山地或偏远地区的一些重要工程，它们可能会应付一些不时之需，也许关系到未来的国计民生。几十年过去，时局形势以及思想都松弛下来，这些工程也就没有了用场，再加上管理和维护费用巨大，所以如今大部分放弃不用，呈现半废状态。

然而那是多少人的血汗，并且是智慧的结晶，力量和意志的结晶。有些工程极其完美，至今让人叹为观止。还由于当年的选址都是荒远僻静之地，所以今天看往往免不了山清水秀。我在城东的山隙里就找到了这样一处不小规模的建筑，它在一个山谷中开垦整理出一处大大的院落，盖了一大排宽敞结实的房子，院子里还有三个大水池，其中的一个与标准的游泳池那么大。如今这一切都被一扇大铁门给锁在里面，当然是荒废不用，所以空地上已是丛林茂密，一片葱郁，合抱粗的梧桐和苦楝树槐树榆树不少于二十棵。更壮观的是四周山坡上的大树，它们呈合围之势挤向这个山谷中的院落，看上去就像齐心守护一个山里的珍奇一样。这里一片沉寂，只有几条铺得极为讲究的甬道在诉说当年的繁华。我一直搞不明白的是那几个奢侈的大水池，它们是真的泳池还是养鱼池、防火水池？都不像。

　　这是我在山里游荡时的发现。从此我不再忘记，并且时不时地就要转到那儿，从山坡，从大门，从不同的角度去看它。无论是择址还是建筑，它都是一个了不起的山中杰作。有一条弯曲的道路通向山外，现在大部都被葛藤覆盖，就像一场绿雪封了山路一样。这里可能已被遗忘，尽管它无论从哪个角度看都称得上是一笔了不起的财富。我当时就在心里想象，一个人如果得以在此安居，哪怕仅仅是短期的借住或一段时间的滞留，那都将是怎样的一份福气。当然，这又是一个现代人的梦想，它切近而又遥远，只是不近情理。

　　可是我开始把它挂在心上，常常为它的美丽惊叹，为它的闲置抱屈。是的，它这会儿只好在山中冷寂，因为它与灯红酒绿的现代城市显得太隔膜了。然而它毕竟近在咫尺，它真正安静的时间也许不会留下太多了，因为说不定什么时候有人就会把它记起，适时派上一个时髦的用场。我后来了解到它属于"三线"时期的一处工程，早在十几年前就放弃了，当年是一处特殊的电力设施，至今还归属电业系统。我多想躲到这个闲置的地方，如果如愿，将获得一段多么好的工作时间和工作环境。从此我的心里就有了一个放不下的念头。

　　于是我想努力争取一下。结果当然是颇费周折。令我大喜过望的是，半年之后真的成功入住了。

　　一番折腾开始了，劳累然而超出了一般的快乐。我与几位朋友动手整过了年久失修的屋顶，挖出了大小水池中的淤泥和腐殖，又把院内的甬道清理出来，再从荒地上开出两块菜园。从入住大院的第一天开始，我们就没有间断地迎接起林中的野物，它们是拖着长尾的大鸟，蹿来蹿去的野兔，还有站在一角注视的草獾。野鸽子的声音就在头顶的大榆树上响起,它们与远处山隙传来的啼鸣呼叫应答。

一切都收拾停当,有了被褥和炊具之类,有了越冬的火炉,有了书籍和笔墨纸张。这里旷敞得可以住得下一个连队,于是几乎每个星期天都有一些朋友来到这里,他们总是携来一些吃物。大家都说,如果能在这儿安安稳稳住上一年,那真是值得庆幸的事了。是的,对于一个来自闹市的人来说,这里真是过于奢侈了。

可当时怎么也想不到的是,我竟然能够在此一住两年多。于是即便在很久以后,我都为曾经拥有这样的一段幸运时光而心怀感激,并一直记住了这种赐予。

山中的夜晚对我来说是不陌生的。然而这里空旷清寂得出奇,半夜时分总会有一声凄然长啼,让人分不清这是何方何兆。勤劳的野物整夜都在院里忙碌,它们掘土,寻索,从东到西,又从西到东地翻开一溜溜湿土。有时我睡不着,就在凌晨起来工作,遥对窗外的星星,陪伴屋外那些不眠的生灵。

菜地的南瓜和芹菜萝卜都长势喜人,水池里的鱼也肥胖欢腾。鸡群待在院角的一片沙地上,它们总是在阳光下做着惬意的沙浴,并时不时把蛋下在粗沙粒上。我和朋友们点种的花脸豇豆大获丰收,芝麻和芋头也繁茂可期。春夏的布谷鸟一整夜深情长啼,勾起人的阵阵怀想再也不能止息。下半夜两三点钟动手煮一碗方便面即是美餐,它突然冒出的香味往往会让窗外的一些生灵屏息静气许久。

这就是难忘的两年,大山的恩惠默不作声。不止一次有人询问:这么久你到底去了哪里?出国了?我幸福无言。是的,凡是巨大的幸福,它的结果往往会带来长时间的沉默。

波斯地毯

因为要集中一段时间独自工作,所以需要找一个临时的安静地方。这实际上是很难的一件事。人总是被各种噪音团团围住,还有来自各个方向的呼叫催促,大概一个现代人最难最困窘的事情,就是没有一个办法躲藏喘息。就在我焦虑的时候,有人像及时雨宋江一样出现了。

他领我走啊走啊,直走到一个黑乎乎的地方。这里到处都是零乱破败的建筑,还有垃圾,我们得小心地下脚才行。来到了一处颓屋旁边,这儿有一幢陈旧的三层楼房,墙上的绛红色涂料已褪去一半。朋友指了一下,领我走进去。楼梯是木质的,上面的红漆已经脱落,每踩上去都要发出吱嘎声。原来这幢楼以及四周的房子原先是一处招待所,因为尚有一年左右就要拆迁,所以现在除了留下极少量的人照管外,基本上没有其他工作人员了。我们踏上的这一幢算是最好的房子了,据说其余的房间已经连拆带搬空荡荡的,不一定什么时候就会掉下一块砖一片瓦来。

有人过来与朋友说了几句话,互相点着头,然后就领我们进了二层的一间。打开厚厚的木门,屋里的脏乱吓了我们一跳。尘土约有二指厚,屋内仅有的一床一桌一厨全都给蒙起来,每迈一步,脚下都会留下一个清晰的鞋印。朋友用询问的眼神看看我,我说:很好。

就这样,我决定在这间屋子里住下来。经过了一阵清扫,总算看出了床和厨子的模样。桌子是老式的,四角还雕了花,铜色,老虎腿,抽屉上的拉手是很古的式样。我一下喜欢上了这个颇有来历的桌子。当进一步动手擦和扫时,脚下踩了什么软软的东西,一绊一绊的,但我并未在意。后来一切做得差不多了时,我开始动手整理地面。这儿像是积起了一百年的老灰,真难对付。我后悔没有让朋友留下来帮我。擦了一个多小时之后我才发现,一直绊脚的原来是一块小地毯。它在桌子一边,约有一平方米多一点,不太厚,花纹已被灰垢弄得不甚清晰了。

接下来的时间我都在设法弄干净这一块小地毯。我把它搬到了屋外。在阳光下清扫扑打了半天,终于可以看清它那烦琐而美丽的图案了。原来这是一块波斯地毯。我像抱了一个新生的婴孩一样把它端上楼去,小心地放在原来的位置。不知为什么,就因为有了它,整个房间都变得庄重雅致多了,还显出了某种肃穆感。我的心情也有些改变了。

就为了这个不为人知的小小空间,我有许多天在高兴地忙碌。我用心打扮它,比如添置一个笔筒,一个插花瓶,一束鲜花,等等。尽管房间外面还依旧尘封,这个属于我的小房间却已经是窗明几净了,还充溢着花香。一块色调沉着的、图案多少有些烦琐的小地毯铺在地上,不,是铺在红漆脱落的木地板上。

这里多么安静啊。我知道安静是万福之源,没有一个免受侵蚀的空间,一切都将失去。我在这里静默,感激渐渐滋生出来。四周由于是即将被彻底放弃的旧房颓舍,所以终日有一种黄昏的色调和气氛。窗外不见一人。香椿树叶蒙了厚尘。麻雀小心翼翼地飞动,毫不费力地寻觅自己的一切。目光收束到房间之内,立刻觉得这是一个富足之所,它甚至都有些奢华了。这种奢华感有时会令我稍稍不安,但这种不安很快又变为一种欣悦和舒畅。

努力工作的欲望强旺起来。我像在这个非同一般的居所里藏匿一些宝物一样,终日忙碌不息。这种工作的热情和精力,都是许久不曾出现过的。

原来讲好的借用时间是半年,大约半年之后这片废墟也将消除了,就是说我的这间安怡静默的居所从此将永远地消失。但我相信居所也是有生命的,它难道会不留一丝痕迹地从这个世界上蒸发?半年时间到了,它还存在,并且没有人督促我搬离。我于是继续待下去。原定的工作已经完成,我在这儿住下去,等于是一种默默的守护,是与之两相依偎。剩下的时间里我们在无声地对话。我们在诉说不久即将来临的事情,那个命中注定的日子;还有,我们时下还能做点什么?

只有等待了。

又是半年过去,这幢暗红色的楼房终于拆除了。可是直到今天,我只要一闭上眼睛就会看到房间内的一切:雕花木桌,瓶里的鲜花,特别是那一块波斯地毯。

老 农 舍

在大城市生活的痛苦积累到一定程度,其中的幸福也会忽略不计。我们人类文明的最大失算,就包括无节制地制造大城市。而且我们已经无法摆脱自己动手画出的这种魔圈。城市的鼓胀无休无止,其实也是痛苦的积累和叠加。我的朋友到了一个更大的城市去工作,一年之后我问他环境上最大的变化是什么、感触是什么?他告诉我最大的变化是上班路上耗掉的时间太多:他需要两个半小时,爱人三个半小时,孩子两个小时。也就是说,以双程计,他们一家在路上白白消耗的时间就有十六小时。人生中每一天至少减去十六小时，这有多么可怕。在这十六个小时面前，所有的幸福大概都要所剩无几和大打折扣了。在这种消耗之下，一个人如果不是因为迫不得已的原因，那么即便每天吃到人参炖鸭、处处如花似玉，也必得速速逃匿才好。

逃向哪里？逃向疏朗开阔之地，走向山清水秀之所。话是这样说，真要做到其实是极难的。人生负有难言的、各种各样的责任，而有些责任也必得在闹市里才能完成。问题是闹市里自有化繁为简之方，远离时髦之法。闹市里也并非全是跟从和追逐，不全是非要勒紧腰带显阔的尴尬。闹市自有闹市的安然度日之方。但假使机会来了，也仍然需要抓住不放才行。

就是因为这样的思绪盘在心头，所以有一天，当去一个半岛小城居住的机会一来，我立刻就整装而行了。

小城之美在于开敞和安静。可是我知道小城在商业时代也没有太久的安静可以享受了。凡是小城，她的模仿能力绝不可低估，所以用不了多久这里也会是染成的彩发满街，汽车把巷子死死堵上。还有，就是寂静之地必有蛮人，他们管理城市的办法就是粗野开发，用不了多长时间就会把一座好端端的城市弄个喧声遍地，人仰马翻。这一切几乎没有个例外。一个曾经饱受其害的外地人眼睁睁看着一座可爱的小城怎样一天天毁掉，痛心疾首却毫无办法。

我当然正在走向这样的经历。可是我又将逃向何方？在小城徘徊的日子恰是我最悲伤的日子：忧己更是忧人，忧大地上所有的创造之物。难道我们的大小城市都难以逃脱那个可悲的命运？每想到这里我就有点心寒。我不像一些开明进步人士一样达观，因为他们一张口就是那句废话：我是乐观的！我对未来是充满信心的！是的，这样说不痛不痒，既使人愉快，又不必负任何责任。一个人的乖巧,从来都是从说吉祥话儿开始的。好好说有赏。

然而我后来即便在小城,也还是找了个郊外的农舍住下了。这是一个朋友留下来的,他空下来让我住。老式房子自有妙处,尽管看上去其貌不扬。土坯做的墙,大土炕,老门老窗,冬暖夏凉。这里春夏的风雨格外真实,因为没有过分高大的楼房阻挡,听声势就能想起童年的原野,想到那时的大自然怎样发威。冬天的雪在房子四周平展而遥远地铺开,连着农田,连着一行行的杨树。为了对付寒冬,小屋里生了小小的炉火,听着呼呼之声,竟然御寒有效。我在窗上贴了剪纸,坐在热乎乎的大炕上,清福自来。

这种感受是久违了。是的,只能又一次说如同梦境。

那些小城郊外的夜晚啊,同样是朋友,同样是一起吃吃饭喝喝茶,同样是论文谈艺风雅一番,也同样是偶尔迎来一些远客,可就因为是盘腿坐在大炕上,幸福竟然增加了数倍。这些场景至今难忘,历历在目。那些日子,那样的生活,多么平凡朴素,可它真是让人留恋,让人觉得这才是真正的人的生活。

东去的居所

我在接下来的年头里还是一路向东移动。因为东方湿润,四季分明。我越来越受不了自己居住了二十年的这座都市,它虽然给了我一座城市的庇护,可也留给我一些可怕的病症。我有时真不知道该诅咒还是该感激它,只知道这是一座与之厮守多年的城市。我如果对它出言不逊,必会招致一些后果。记得有一次我在一个场合随口说了几句这座城市的不足和遗憾,有一位平时羞涩的美女立刻大声说道:我看这是最好的一座城市!我去了许多城市,没有一个赶上这里！她这样一嚷，老天，我怎么说呢？反驳？系统地阐述自己的观点？当然大可不必。

但我还是要说，我们如果能稍稍聪明一点、爱惜一点，可能这座城市，也还有许多城市，一定会比现在更美更好；不，会美好得多。空气，树木，人行道，居住区，绿地；是的，还有公共图书馆和一些简单的体育设施；我们会想到许多早已忘记的人的需求。这是我们的基本生存条件。满目灰浑的破乱大城，你不嫌弃，那么你就在这里住上一辈子吧，你因此而患上的一切疾病，都需要你自己承受。那个时候，谁来听你的呻吟？

谁来听我的呻吟？没有。所以我才要一路向东，寻找我的绿地和白云蓝天。它在哪里？它真的就在东方吗？尽管怀疑，也还是在命运之手的引导下蜿蜒东行。就这样，我来到了半岛小城，在它的中间或周围一直住下来。这儿仅仅是人的喘息之城，心疼之城，希望之城，也是困惑之城。在这里，你有时间看到我们的城市是怎样一点点变大变坏，一点点失去光泽的。几乎所有的城市都在沿着类似的轨迹向前，鲜有例外。

一开始这里有多少柳树，一律的垂柳，像巨大的拂尘一样立在大街两旁。它们来自十多年前的一次聪明选择，不知当年哪个有决定权的人说一声"植柳"，于是柳就有了。我记得一个诗人从遥远的海外来到这座小城，当时正逢初夏，诗人一踏上街道就大呼小叫：天哪，这一城的垂柳啊，我全世界跑了个遍也没有见到，真是绝了！这就是诗人的评价，也是我长久的骄傲。可是诗人说过这话还没有两年，小城人就动手砍伐柳树了，直砍得一棵不剩，理由是：听说别的树更好！

现在的小城没有柳树了，而有了各种"别的树"：矮小，参差不齐，就像我们所看到的其他城市一样。

就在这个让人心疼的小城里，我找到了一个居所。它其貌不扬，夹在一片高高低低的楼房中间，在城区的一处高地上，据说许久以前这儿是老衙门所在地。不大的居所里有一炕一桌，一口大铁锅，一个小书架。当然没有暖气，这种东西当时只有城里的贵人才有。我在入冬前备好烧柴，一些炭，还有最好的引火草：松塔。这些松树球果多么完美，它们漂亮得简直让人不忍生火。冬天我把大炕的洞子里点了火，多半个屋子就热烘烘的了。而夏天的小城是不难过的，我的小屋里从来没有用过空调机。

小屋是老式木窗，虽然做工粗糙，密封不太好，但仍然适合贴上窗花。冬天，我每天早上看着窗上的冰凌花怎样小心地攀过了窗花，心里有一种奇特的愉悦。它们让人想起童年，想起那个时候的霜雪雨露。真是奇怪啊，今天的这一切仍然还在，可是其中的诗意却被我们现代人驱赶了个干干净净。我在这样的早上尽可能多地赖在炕上一会儿，一边听着渐渐大起来的街声。无论天多冷，小屋四周最早响起的声音就是叫卖粽子的，他们来去不息，一拨走了一拨又来。因为人们起床的时间是不同的，所以热腾腾的粽子总是能够找到买主。一位朋友从外地来看我，一连几个早晨都是被卖粽子者喊起来的，他于是就感叹说：嚯咦！这里大概是全国最能吃粽子的地方吧！

有了这个居所，就使我在后来的日子里忍不住赞美起整个小城。这也使我想到，任何一个地方原本总有一些极美好的东西，它们总是被我们自身的愚蠢给覆盖了、弄伤了。对于大自然本身，我们人类肯定是有罪的。

我出差去外地时，时常想起的地方就是我在小城的小屋。无论是多么华丽的居所也不能使我的情感移动。这是一个极淳朴的地方，它像人一样有性格有精神，我既然在其中安身，那么它就会不自觉地影响了我。我在这个小屋里一共住了五年多，而这五年多是我工作量最大，也是身心最健康的日子。我怎么能不感激这个居所？我每一次去外地游走，心中总是泛起一个形象，这就是我的小屋。它就像一个慈祥的老人那样站在路边，期待着游子，以至于每一次从远方归来，一走近它，我心里都有一种真实的感激，热乎乎的。

水　啊

在水边筑屋可能是人生的又一梦想。大都市的罪过之一就是远远地阻隔了人与水的亲近。尽管比较聪明的筑城人总是想方设法把水引入城区，但他们所能做的仅仅如此而已，绝大多数的城里人还是与水无缘。那些以水著称的城市，如果实地考察起来，会让人觉得那一点点水简直算不了什么，微不足道。水啊，自然的心灵，大地的眼睛，可以洗涤万物的清澈之源，就这样不见了。而人离开了水会是不幸的。

可能由于我出生在大水之滨，所以一离开了水就有一种焦躁不安，总害怕生活变得过于干枯。许多年里几乎是一路逐水而行，水在不知不觉间牵引着人生轨迹。行走在城乡之路，只要是眼前出现了一片大水，立刻有一种愉悦和亲近感。无论在哪里，只要看到一片水被污染了，心头立刻会泛起一种绝望感，这绝望会压得人透不过气来。人类的恐惧不安和肮脏，这一切都等待水来洗涮，可是人类却先自动手把水弄脏了。人的视野里如果能有一泓清水，就成了人生中最质朴最诗意的追求。

在小城南部山区，一个小村向阳一面是深深的大水潭，而且绝无污染，常年清澈。一个朋友就在那个小村的南端居住，他们家有一个两层平台式楼房，长年闲置，于是热情地邀我去住。这时恰好是我不得不搬离小城居所的日子，内心十分惆怅，所以这邀请就让我分外高兴。那是一个小小的山村，几乎所有的房子都是老式的，一律黑瓦青砖，开着几个小窗，远看像一群可爱的刺猬伏在大山脚下。朋友的两层平台式小楼是全村最高的建筑，我们登上二层就可以鸟瞰全村。从这里再看南边的水潭，简直近在咫尺，蔚蓝蔚蓝，水波不惊，山的倒影就在其中。

我把简单的用具搬来，然后就在这里住下。水潭是我的心情，它一直是那么清澈平静。几天后，全村的人都一点点熟悉过来，他们把一层好奇抹去，开始了对外来人的帮助。山村里才有的黑咸菜是萝卜做成的，油亮油亮。还有一种山野菜做成的饼，泛出特别的香味。从水潭中钓的一种黄脊小鱼长约二寸，烤得酥香逼人，据说是一种长不大的特别美味。这些东西都是山里人一代代的强大滋补，是最让人信任的食物。

雨水过后，山里人约我一起去山坡上捡"香水牛"，就是长了两条长须的甲虫，肥肥胖胖，在锅里煎一下就是一顿佳肴，如果再有一盅白酒，那就是寒湿之日的清福了。除了它，山里还有豆蛹、多籽蚂蚱、知了猴、蘑菇，总之美味多多，不胜枚举。这些吃物与山民的欢乐知足，还有健康自信的日常生活连在一起，让城里人费解而生羡。所有的这些东西都依赖于水，是湿漉漉的天地里才有的。雨停之后就是美妙的收获之时，找天然吃物，同时再备下白酒。我在全村最高处的那栋水泥房子里可以看到户户炊烟，如果是北风,还能清晰地嗅到全村烹饪的香味。

水潭太深了,村里人在夏天也很少下水游泳。潭水洁净无污,鱼在深处都看得清楚。只有靠近山麓才有苔草伸进水里,据说那儿就是大鱼的窝。这儿的水鸟总是单独行动,它们的模样在我眼里简直很少重复,每一次都是新的面孔,有的洁白,有的碧绿,有的长长的喙,有的高高的腿。水鸟在潭边踟蹰的样子优雅至极,它们仿佛没有更多的急切心情,仅以漫步为主,狩猎倒在其次。我每一次来潭边都钦羡水鸟,先是盯视一会儿,然后就像它们一样悠闲地走起来。

水 啊

在南部山区水潭边的幸福仅仅持续了一年,后来就因为具体工作的变更而不得不搬回小城。可是我仍旧迷恋那里。有时半夜醒来,恍惚觉得南风正从潭上吹来,带来了水波的气息,夹杂着黄脊小鱼的呓语。可是很快就能听到街上驰过的夜车,于是披衣坐起,满心凄怅。这里即便是凌晨两三点钟也不再安宁,这与四五年前的情形已经完全不同。这就是一座小城的变迁,它也没有例外地走向了喧嚣,总有一天与那些大都市相差无几。

一个偶然的机会,我发现了小城近郊有一座中小型水库,而它的一边就是一个院落,内有灰色的水泥楼和几间平房,这就是水库管理所了。管理所当是几十年前的产物,如今这几幢建筑已十分陈旧,并且空下了三分之二的房间。主人寂寞,他们见我如此留恋这湖清水,立刻高兴起来,变得非常好客,说:这里的鱼真肥。我笑了,因为这并不重要,重要的是这儿有一片开阔的大水,有长满了半个堤岸的柳树和青杨。多么不可思议,这儿离城区仅仅五六公里,眼下竟然没有一个游人。主人欢迎我来这里完成自己的部分工作,这使我满心感激。

春、夏、秋、冬四个季节的水畔皆有迷人之处。除了狂风大作之时,每一种天气几乎都在彰显这里的美。冰凌,雪,飘飞的细雨,春天的柳絮,深秋里的玫瑰,都在装扮这片大水。就因为它的抚慰,我又一次变得安定和满足,眼里的一切都变得簇新。这里就像南山的水潭一样,是又一处难得的安居之地。那么究竟是什么在妨碍我们的选择呢?

当然,眼前这美好的水畔只能让我留恋向往,而不能当成长久的居地。它吸引我,让我来来去去,乐此不疲,未能割舍。我向越来越多的朋友引见城郊这片亮水,介绍它奇迹般的沉寂。也就在这些日子里,我顺着水的流向一直向前,不止一次绕到了小城东郊的一条河边。我终于在河岸发现了一个小村,并在小村里找到了新的小屋。我在小屋安居下来。

我常常不无自豪地说:我是河畔人家啊。

这条长满了芦荻的河日夜不息地奔流,它赶路的声音直传到我的窗下枕边。这是那片大水对我的问候,是它捎来的讯息。我相信,即便是更远一些的那个水潭也与水库、与这条河相扯相连,它们是孪生兄弟。河水在大雨季节里咆哮,有时它会淹没河上的那座漫桥。我曾在夜晚长时间站立河边,看泛着白沫的水流冲荡而下,想象着远方的大海。

最大的水就是海,我终有一天会临海而居。这就是我在漆黑的夜晚想到的。苍茫无际的海,水天交接之处藏下了多少幻想,我会更多地停留岸边,去遥望邈远。

唯一的树

也算为生活所迫，后来我不得不在小城里一再变更住处。新的居所平淡无奇地处于一个新开发的居民小区里，即人们都熟悉的那种公寓。这个五层楼房共分五个单元，每个单元前的空地上都植有一棵毛刺槐，它们在暮春开出紫红色的花，成为楼前弥足珍贵的点缀。这就是我们小区里的绿树红花。为了保护这五棵小树，当初铺水泥空地时，泥瓦匠特意在树的四周用砖砌成一个方框形。可是当这座楼的人入住没有多久，五棵小树即被车撞倒了两棵。歪折的小花树不是被及时救护扶起，而是很快被某些主人从根上干掉了，问为什么？有人答：这些树碍事，来回倒车就得小心多了，太麻烦。

为了"方便"，一个月之后剩下的三棵又有两棵被车轮碾伐了。也就是说，我们楼前仅仅剩下了一棵树，然而它就在我居住的这个单元的前面。这立刻让我悲酸中有了一种说不出的幸运感，当然也还有难平的愤怒。我不信一个人这样对待一棵稚弱的小树会有好的心地，也担心他们的车轮会碾轧许多同样美好的生命。我在唯一的槐树前站了一会儿，发现它只比拇指粗一点，可是开出的花一束束压弯了纤枝，这花不知疲倦地一束未凋一束又开。它正努力地吐出芬芳，以此向这幢楼房的主人求诉：我会不误花季地全力开放，我会用尽仅有的一点力气，以微不足道的美来装扮这个小区，服务你们，只求你们饶恕我、放过我。

从此我多了一个心事，总是有意无意地向小树的方向观望，总要走到楼梯口去。只要看到唯一的树还在，就让我松一口气。它像是最后的一个象征和希望，它仍在滞留和坚持，倚在我们身旁。车声不绝,喇叭嘶叫,我看到小树浑身颤抖地躲闪。一天又一天过去了,它竟安然无恙。

一夜大风,早晨起来从楼梯口去看小树,发现它落了一地叶子;还有,它折了一根枝条。这是一根仅次于主干的粗枝,使整个树冠去掉了三分之一。我害怕这会造成一种可恶的提醒,就奔下楼去,在小树四周又加了几块护砖。

小区里没有一刻可以安静,从白天到入夜,再到凌晨。这里除了恼人的车辆,还有一拨连一拨的小贩进出叫卖,特别是南腔北调收购破烂者的高声大喊。让人奇怪的是物业管理部门根本不曾干涉这些嘶叫,更使人惊奇的是,一个还算簇新的小区里竟然有无穷无尽的破烂。说到入夜和凌晨的嘈杂,有时真算得上惊心动魄:一辆辆轿车都安装了防盗报警器,它们会突然在夜深人静时放肆长鸣,那是各种各样的嘶叫,警笛,救火车的号叫,不一而足。这猛然大吼的凄厉之声会让人从梦中惊醒,心脏一阵剧烈跳动,然后就是努力安静自己,设法入睡。可是只过了一瞬,又是再一次的突然嘶叫。不仅是这个小区,几乎所有的小区都有这种令人生惧的嘶叫。这不是人间的声音,这是地狱里才有的哀号。

据说半夜里响起的轿车警号,它的声声尖叫会使车主产生特别的愉悦,越是尖厉逼人越是令其自豪和兴奋。这种声音在提醒他那可怜巴巴的拥有。这就是第三世界的窃喜,是一种不可理喻的趣味。然而整个小区的人家百分之六十以上都有自己的小车,一辆辆车里铺了厚厚的地毯,有拉手纸巾,有空气清新剂,有垂挂起的一些小玩意儿,还有花花绿绿的软垫、儿童玩具,等等不一而足。仅仅从车内的物件看,还不知他们是多么高级的动物,拥有多么高级的趣味。其实就是这些人在偷着发狠,碾轧楼前小小的花树。

我们楼前唯一的毛刺槐如今已经五岁了。它长成了胳膊粗,枝叶繁茂。我盼它快快长大,当它长到碗口粗的时候,那些轿车再要欺负它,必将付出惨重的代价。

又是暮春,毛刺槐开出了空前绚丽的一束束花朵。这花招来的蜂蝶可真多。天气热起来,由夏而秋,它在不停地开放。

岛　主

小城北去十公里就是美丽的渤海湾。当我们穿越大片田野,看到了近海松林时,忍不住就要发出慨叹:多么好啊,多么漂亮的地方啊。同时心中也会生出阵阵困惑:当年筑城的人为什么不让城区更靠近大海一点?如果这样,那将是怎样漂亮的一座滨海城市啊。

这片无边的沙原,还有松林,都深深地吸引着我。

站在海岸眺望,可见远远近近的几个海岛。最近的一个似乎近在咫尺,简直伸手即可触摸。岛上林木葱茏,房屋鳞次栉比,西部是洁白的沙滩环绕,东部矗起黑色的礁岩。整个岛太美了,这样的地方大概只有神话中才有。一个小小的码头通向海岛,这里同时还是一个繁忙的渔港。

登岛之后会有另一番惊叹。这个岛早在几千年前已经有人居住,眼下已有居民三百余户,他们祖祖辈辈都是渔民。所有的岛屋都由青黑色的海岛石垒成,顶盖是棕色的海草,坡度很缓,看上去十分美观,远比岸上的民居要诗意得多。一条条巷子细窄,安静,偶尔出现的一条狗也不吠叫,只是看看生人,再抬头望望太阳,然后离开。一些海鸥在岸上飞舞,细嫩的叫声让人想起撒娇的孩子。岛上只有很少的一点可耕地,全部种上了蔬菜,被守岛的女人们侍弄得油汪汪的。

　　我一整天都在岛上走着，不愿停歇。因为这里的一切都让人感到新奇有趣，仿佛来到了某个仙境。这里首先是安静，是大海清新的气息。这个椭圆形的岛东西长南北窄，最东端有高耸的礁岩，上面还建了一座高高的灯塔。细白的沙岸差不多环绕了整个海岛的四分之三，沙子洁白，颗粒均匀，在阳光下散出阵阵温热。有几只归来检修的船停靠岸边，吸引了一大群海鸥。从船上下来几个穿了闪闪发亮的胶皮衣裤的男人，他们每迈出一步就发出呼啦呼啦的声音，走在岸上就像外星人一样令人好奇。

　　一个现代人能够来到这样的海岛而不产生眷恋？我真想赖在这里，一直躺在沙滩上，让太阳把周身的寒冷全驱个干净。这一天，我直等到最末的一班船才离开。可是我的心留在了岛上。我最后形成的一个主意就是，我一定要设法在此更久地待下去。

　　我知道岛上的生活会有另一种寂寞，这也是它魅力之一部分。这是一个似曾相识的世界，不过它只在幻想之中。

　　离开海岛之后，很长的日子里我有些沉默。小城的朋友得知了我的心事就说：这是很简单的事情啊。我不信他的话，因为人世间所有的美好事物无一不是千辛万苦方能接近。我说自己想倾其所有定居岛上，只需一处最普通的海草房子，我会把它当成至宝。当我说出这句话时，心里早就打定了主意，那就是愿用下半生做一个岛民。

　　朋友于是去了海岛，想为我寻一座海草屋。回来时朋友笑吟吟的，说：你去住就是了，随便住，但你不能拥有那里的房子，因为岛上的屋子是不能买卖的。我问：租用吗？他又摇头：不，岛主说用不着。

"岛主"就是那里的头儿,朋友不知通过什么关系找到了他。

我在朋友的陪伴下再次登岛,这次只为了拜见岛主。在一座海草屋中,一张粗木桌前坐了一个矮矮的中年汉子,大眼睛,胡楂儿黑旺,挽着裤脚。这就是岛主。他的模样让人拘谨,但听他哈哈一笑就马上放松了。他的大手在我的背上拍了一下,第一句话就是:怎么办吧,你来说。

我说了。岛主依然大笑,然后领我转了离海岸很近的几幢房子,里面都空着。据他说这都是岛上的公有闲房。正愁没人住呢,你来了正好。我说那就让我来住吧,我会好好爱惜它们。岛主说不用爱惜,这样的破房子咱有的是,你只要住下去就是,每天晚上陪我一起喝喝酒就行了。

离开岛主时我有了另一种忧愁:我不会喝酒。我把心中的忧虑对朋友说了,问他怎么办?朋友说:那你就喝水。他说岛主是真正的好人,急公好义,是全岛衷心拥戴之人。

就这样,我住在了一个梦中的岛上,特别是有了一个岛主做朋友。岛主酒量很大,像传说中的武士那样用阔口大碗喝酒。但他从来没有强迫我喝一口酒。

向 东 方

从那座大都市到东部山区,再到小城,我的路线是一直向东。最东部是大海,我脚踏的这片大陆最东端像是插进大海深处的一个犄角。大概我走到犄角上的那一天,就会自然而然地说一声:停吧。现在还不行,我还在向东移动,一路上,我的身体留在一个个居所里,它们等于是我东行的驿站。我的心一刻未停地向着东方。

那里也并非是草木葱茏之地，但那毕竟是半岛之端，是海雾缭绕之地，是陆上人遥望之地。这是一种本能的移动和向往。以前的海岛之行，更有后来的岛上生活，都极大地润湿了我的身心，使我几乎不再犹豫地拒绝干燥的都市。什么是都市？是喧声，是不见头尾的车辆，是一连两个小时的街头堵塞，是城区上空永远有一层棕色或紫色镶边的气体包裹，是医院里的人满为患，是叠放的蝈蝈笼一样的居室，是小商贩占据的人行道，是蓊郁的深宅大院与遍地垃圾的居民区的强烈对比，是愈加稠密穿梭的各色势利人等。

离开挚友，想望心切，背向半岛，疼痛揪扯。人在两难中苍老和失去，失去岁月与青春。

我用了近二十年的时间寻找一个居所；不，我整整花掉了上半生来安顿自己。我深知身躯在大地，心灵在身躯，一个人实际上一直在寻找的，仅仅是心灵的居所。

从海岛上归来要穿越一片海滩和树林，这主要是松林和槐林。开阔的沙滩，无边的草地和灌木，扑腾翻飞的鸟雀和各种四蹄动物。这里至少看上去是一个吉祥之地，是较少被野蛮人围剿的自然发育之地。从地图上看，这里就接近那个"犄角"的顶尖了，是一片大陆的东方之东。我在此呼吸的是大海的气息，看到的是清新的露珠，抚摸的是刚刚绽放的铃兰，倾听的是四声杜鹃的鸣唱。多么好啊，不过要快：快来亲近快来看护，要告别也需赶快，因为它在这样一个时代，要消亡和丧失殆尽也许只在转眼之间。

这片让我不能遗忘的林地和沙原，是我长时间的想念和希望。我几乎不能把它放在离心灵稍稍远一点的地方。于是我把许多时间都花在它的身上了，尽管它离我居住的地方很远，我还是每周都去一次。它的一枝一叶都让我引为知己，认作亲朋。林子里的动物开始熟悉我了，不止一次有喜鹊在近处迎接呼叫，我相信这是它的一种问候。还有黄鼬和狐狸的款款脚步，其转脸顾盼的从容，都让人感受整片林子的友好之谊。

这使我不由得思考：人类在大自然中犯下的罪孽，主要就是因为长了一颗冰冷的心。这颗心所连接的手，一染了物欲就会变成铁爪，然后死死抓住不再放弃，最后一起沉入无底的深渊。

海风和林风交汇吹拂，让我的脸明朗，让我的眼清澈，让我的心舒缓。当然，我深知在今天，这种享用真是太过奢侈了。这种奢侈由一人独享不仅过分，而且必会在某一瞬间丢失。我现在想象的，是怎样让更多的人来这里，来东方，来一起做起人世间最有意义的事情。我凭借的不再是一己之力，找到的也不再是一己之安，而是一个可以指望的明天。这种实现，也不仅是纸上的文章，而应该是大地上的耸立。

我由期待到想象，渐渐走向了筹划。我将不再离开这片林与海。

2004 年 11 月 23 日

夜 思

让我来告诉你，也请你来告诉我。这是一场互相诉说。这会使我们真的弄懂绝望和希望，弄懂什么是幻觉，什么是奢望，而什么才是结结实实的泥地。

……

又一次走进了午夜。漫漫长夜，无论醒着还是睡着，我都在倾听自己的呼吸，将围拢来的赶开，又追逐飘逝的……

一

……只有你才能听到我的心音。我有时想，世上的一切都非常简单，它并不玄奥，也不复杂。所有的纠缠、烦琐，长长的过程，都不过为了结出一个果子。

因为它才有四季，才去经受。也因为它，才把人鼓舞得浑身灼热，有打发不完的激动。

凝视着你，不停地叙说，却在自己的语气中轻轻战栗；无声的黑夜中，借温暖的追忆安慰自己，却使一片心情更加冰凉。春天的丁香，初秋的玫瑰，一切美好和温馨都在提醒……我接着想那片平原，平原上一切的生灵，无边的丛林，月光下的海浪。

我今夜特别思念你。

二

我想领你走开,到很远很远的地方去。真的要离开这片平原了,开始跋涉——看到那一溜黛色山影了吧?要向南,一直向南。我会把糙食留给自己,把剩下的一点精粮交给你。旅途太长了,你要接着走。到了那一天,我倒下了,你将继续往前,并且想念着我。这世界上有几个人真正配得上怀念?我因此也该深感欣慰了。

行前只是舍不得孩子。夜里,抚摸着孩子鼓鼓的小手指甲、软软的小巴掌,就得用力忍住什么。

三

我曾盼望有一所小房子,简朴得像土地。我们住在里面,种菜养殖读书……彻头彻尾的老路子,也是唯一健康和医治的好路子。我们将同时感知和回避,也借此来一个总结;更重要的是,我们会看住飞快流逝的生命。

看住它,即看看它是怎样渐渐变得老旧、一点点地抽走——像抽丝一样?我不想让频频的侵犯把它的形迹遮住,而需要一个冷清之地。于是就想到了那样一所小房子。

——难道就此退却吗?退却又是不是背叛?如果是,那么它大概也是所有罪愆中最轻的一种了。

我背向了一片平原。但我将从此守住什么,一刻也不松懈——这样行吗?

这样又失去了"目击"的可能。很久以来我就渴望做个记录者、目击者，因为这是最起码的。可是我被逼到了一个小屋中。这其中的悲哀谁说得清。这样一种感觉长时间压抑着我，使我不停地迟疑。风雨敲打在屋顶上，从此将是山地的风雨。我闭上眼睛会梦见妖魔，我在小小庭院中栽下花卉，却要迎接严霜之后的凋零。我在两难的状态中徘徊，已经很久了。眼看着有什么最可宝贵的东西被耗干了，没留一点声息痕迹。

四

你的鼓励我会深深地记住，永远地感谢你。你要跟随我去那个小屋，去种植、迎接一生的冷淡和艰辛。我们甚至讨论了怎样采蘑菇和黄花菜、怎样包装销售的细节，还有栽培养殖的关键技术问题……未来怎么办？我们问这片平原。我们都知道它没有太多的未来。如果说我们的未来还有一座小屋的话，那么这片平原连座小屋也不会留下。一切都会荡然无存。

我们互相注视着。

五

你真实地哺育我、饲喂我。我一生都将牢记我承受的、我享用的、我拥有的。我相信当初有神灵轻轻地推了一下，我们才抬起了眼睛。淳朴得像土上的一株艾草，清香久远。不认得艾草的人永远也不认识原野，觉悟不到土地的存在。

我跟随着你像跟随真理。我的忠诚经受了检验。一个当代人怎样才算经过了洗礼？我不知道，但我算是这其中之一。我面对着原野，没有茫然失措。很亲切，很本色，我们相互体贴。你哺育我、饲喂我，你不朽的青春光芒四射。

由于那个不幸的童年和少年时代，我变得沉默寡言。可是你打开了我心的闸门。也由于类似的原因，我不会泣哭。当面对同一个场景，众人号啕之时，我却是木然。但面对你的温厚和无私，我却难以忍住。脸上没有滴落，心中泪如泉涌。你的手挽住了我，我们向前走去，直到融解在天际。那一片橘红色的云不是被太阳点燃的，而是一个奇怪的预兆。你哺育着我。世上再也没有比你更善良的人了。

你的手挽住我。诅咒和颂赞轻得像一片鸿毛。去哪里？向南，一直向南。

六

有时我也于心不忍，真想说一句：走开吧，走向你自己的来路吧。我不敢再让你陪伴。我深知这有多么危险。这是一种可怕的牺牲，虽然并非不值。我不久就需要一个拐杖，因为不想让人搀扶，只想自己走下去。没有人比我更喜欢玫瑰，可是我只能面向荒芜。这是我的命。

你是新来的，走开吧，离开吧，趁着还有一点食物和水。不要再往前了，不要在乎别的行人，因为他们都心怀一个理由。他们有一种血脉一个经历，拗得像战士，不，比战士还要顽强。

仅仅用战士来比喻这些人是不够的。战士有时是中性的、单薄的。而他们是殉道者加战士，是金属中最硬的合金。你在了解了这一切之后仍然愿意往前，不再犹豫地迈出了一步又一步。可因为我是个兄长,还是要对你说一句:离开吧,离开我吧。

七

　　人的心中该有一颗种子,它埋下了,在温湿中胀大萌发。它留在了心底,人就会坐卧不安。人与人的命不一样,有人就是被播下了一粒种子。这一种子埋得好深好深,它绝不会风干,也不会腐变发霉。随着它的胀大,将在心里压得沉沉的。

　　我不知该怎样对待给我播下种子的人和岁月。我只是有了无尽的遥想。那个人远去了,像任何无望而热烈的人一样,走得如此简单,差不多连送行的人也没有。

　　如今我一眼就可以把大街上的人分辨出来:谁心里有个种子,而谁没有。世界靠没有种子的人去充填,但世界却不会由他们创造。种子长成了那天,他开始有力量,他让它在世上缓缓开放,吐露芬芳;最后是结出果子,赠给一个个张开的口。种子也会在心中变质吗?当然会。那一天才是非常可怕的。

八

　　我听到有人讥讽和谩骂他自己不幸的父亲,心上立刻一紧。我警惕地看着,觉得陌生而神秘。只是后来想想原因也很简单:那时这样对待父亲是一种时髦。

　　我却由此而倍加怀念自己的亲人,无论他是有幸还是不幸。当然他只能不幸。我不记得很早时他的模样,也不记得他的声音。因为我们相识已经很晚了。乌黑乌黑的一个晚上他回来了,瘦骨嶙崤。他没有力气,没有声息,刚躺下歇息又被人揪起。他不会做当地的活儿,于是被赶到海上,从此就伏在了长长的网绠上,随着拉网号子移动、移动。

我像被吸到了海边,一天到晚卧在沙滩上看。号子声,叫骂声,海上老大的呵斥,还有挥动棍子的嗖嗖声。海浪为什么不能将一切淹没?那个人,那个与我不能分剥的人,这时正在用力地拽着死沉的网绠,双手流血。

一网一网的鱼上岸了。有一种皮肤粗韧的鱼,有人就剥下皮来,用来蒙鼓。从此我和伙伴们敲起了鱼皮鼓,不停地敲。那又闷又沉的鼓声密集痴狂,洒在了浪尖上。旁边的人又叫又跳地敲,只有我一声不吭。我只敲给一个人听。

九

无论是睡着还是醒着,有一点永远不会改变,就是对那片原野的留恋。我对它寄托了全部热情。我一生的跋涉,只为了它。这也是能够证明能够接近的具体事物。我常常幻想着这世上还有一种力量能够把它复制出来。尽管它今天已不复存在,也因此造成了我深深的忧愤、我的恨。它的昨日如同梦境,一闪而过。

那片原野连接着大海。它的最南端是一溜黛色山影,西部和北部都是茂密的丛林。丛林深处的一些村落甚至以树命名。那都是引人遐想的美丽名字。就因为这样一片原野,我有时竟要奇怪地发出感谢,感谢那些强加给先辈的苦难——没有这些苦难,我今生就无缘结识这样一片原野。它拥抱了我,使我真正领略了什么才是永恒不灭的美。

我喜爱那里所有的季节，包括最寒冷的冬天。那是真实无误的冬天，不像现在，在隆冬季节突然下起了毛毛雨；那里的冬天冰封河渠，甚至是一大片海滩。雪岭一道道像长城一样，都是罕见的大风搅成的。一个人想顺利地踏过雪岭是绝无可能的。冬夜，所有的农家、林场工人、牧者，都不忘准备一把铁锹放在门侧，以防一夜袭来的大雪堵住屋门。

那时的冬天是真正严肃的日子。我们在岁月中不能少了严肃。一年四季的不冷不热是歉收和疾病蔓延的原因之一。正因为有那样的日子，原野上的人才备柴、狩猎、制厚重的棉衣皮帽，还造出矮小温暖的土屋，造出火热烤人的大炕。窗上结满冰花，用嘴呵出一块光亮，望外面的雪枝悬冰、银山银岗、冻得飞跑的雪狐。对春天的怀念何等强烈，这种怀念像火一样炙人。岁月在冷与热、忙碌与消闲的巨大反差中变得多情多趣，也耐过得多。它绝不像今天，一晃就是一年。岁月的消耗把生命磨钝了，磨得庸常麻木了。那时迎接一个春天多么隆重，不要说人，不要说一些大动物，就是小小的沙地蜥蜴也要一蹦三跳，就是那些麻雀也要连唱三夜。河冰裂了，渠水响了，小狗跑到雪岭后面小心地侦察季节，兴奋得一声不吭。

柳树最早激动，接着是白杨、杏树，再接着是壳斗科植物。一点点渗出的绿色、红色，那一片斑斓，与各种欢腾不息的动物交融一起。你倾听苏醒的喧哗和变奏，这时才会理解春天为什么被千万遍地歌唱描述而不致让人厌烦。春天太活了，太亮了，太安慰人了。哗哗响的河渠留下了半边绿水半边冰凌，有多少鱼在青青的水草下窥视。太阳把田野晒得水雾蒙蒙，牛的叫声从世界这一端传到那一端。

春天的喧闹过了许久，惹人注目的道道雪岭才开始慢慢融化。

从岭顶淌下的小溪越来越欢,它把搅在一起的沙与雪分离开来,冲刷得清新分明。被雪水洗过的沙粒多么干净,一颗是一颗。每到了傍晚溪水就和缓下来,融化的速度放慢了。接着是一夜沉默、小声私语,都是关于冬的回忆。

雪岭一扫而光之时,才是夏天的开端。初夏的平原上稚果与鲜花数不胜数,让人想到那个富丽堂皇的秋天无论多么棒,也要感谢火爆的夏天。夏天从一开始就不同凡响,华丽得令人瞠目结舌。自然界走入了最随意最洒脱的季节,一切都在尽情地生长和繁殖,绿色像大海的浪涌一样铺满泥土。下雨了,一场豪放的冲刷洗涤,天晴之后又蛙鼓齐鸣,庄稼、丛林,一切绿色的生命都闪闪发光。

盛夏的火热让人难忘。在最热的那十几天里,海滩上的沙子像被烧过一样,谁赤脚踏上去就要大呼小叫。在这样的烘烤烧灼下,各种果实都在加速成熟。谁敢在正午的烈日下跑到太阳下徘徊?除非是海边上那些拉大网的人,除非是这些身黑如炭的人。就连狐狸和兔子、野鸡和鹰也找阴凉去了,它们在等待一个月夜。

河湾里的荻草蒲苇茂盛得难以想象。真正是密不过人。谁都会相信,在这重重叠叠的绿海中正孕育潜藏了无限的隐秘。浓绿从近岸浅水长起,一直长到深处,把水道逼成了又窄又急的一道。夜晚站在堤上,听水鸟嘎嘎大叫,听大鱼溅水的声音,再迎着满河道的南风,会多么快意。在海滩下乘凉的人点起驱蚊的艾草,大仰着,一边看天上的繁星,一边讲如真似幻的故事。有人还不断地起身到堤下的野地里摘一些不太成熟的果实,聊胜于无地咀嚼着。他们在提前品咂一份甘甜。

就这样,平原等待的秋天终于挨近了、来临了。富足宽容的季节里,不要说果园和庄稼地了,就是在丛林中,那些野生的浆果也采摘不完。野葡萄野草莓、悬钩子……动物和人可以一块儿享用，简直用不着节俭，因为反正吃也吃不完。秋天过去就要埋在雪中了。有一些动物就在冬雪中扒出它们，把仍然鲜亮的冻果咬得啧啧有声。秋天的蘑菇长在松下、合欢树下，长在柳条棵子中，甚至长在大树的半腰。它们是泥土生出的另一类果子，神秘而又美丽，让人们在劳动间隙里一低头一仰脸就拾起一个欣喜。蘑菇汤，秋天平原上才有的纯美清爽，恰好冲淡了收获季节里餐桌上的肥腻。

收来浆果、坚果，收来粮食和菜蔬，从一处处村落到林场园艺场，个个都忙。庭院里的蜀葵败了，木槿却开得正旺。当年育成的鸡膘肥体壮，光滑得像养分充足的大娃娃。狗随主人到田野里忙秋了，留在院里的是温柔顽皮的猫。猫与鸡、鸽子和猪逗玩，互相追逐打闹，而且乐此不疲。所有的家养动物都胖墩墩的，皮毛闪亮，像抹了一层油。那些野生的动物，如一只黄鼬，有时也并无恶意地从墙头上探一下脑袋，立刻引起院内一阵慌乱。可能是芦花大公鸡首先发出威胁的尖叫，接下来是猫儿嘴里严厉非常的一声"哧——！"不速之客无踪无影了。

秋天还是老人们提着马扎、互相交换烟叶的日子。他们一边吸烟一边数念旧事，高兴了就骂骂老婆子和当年的伪军什么的。"你知道河西头那个炮楼是怎么端的吗？"一个黑脸老人抽出烟嘴大嚷。旁边的人都不吭声。"是穿花裙的四奶奶捣鼓的，她通队伍！"他用烟锅比画着。这个秋天哪，果实和传奇一块儿丰收了。

十

林场枫树旁的小路还有吗？那一地火红的枫叶，那一对对身影。那时捐枪的老猎人心慈面软,他们只为了过一份伴枪牵狗的传统生活。他们亲手推动了那个平原上多少婚姻,只一眼就能看出林子中的哪一对有点意思,然后设法去撮合。那时的人纯洁又含蓄,远不像现在这样泼辣得野蛮。他们先是注视,默默的,怦怦跳动的心脏轰击了肉体好几个月、好几年,才逐渐敢于交给对方一只绣花手帕。

下班了,姑娘抱着猫,小伙子领着狗。太阳光把脸抹红了,再有自家动物相伴,这才有勇气走到一个寂静的地方去。他们先说借书的事。猫在狗的盯视下从怀中逃开,狗也跑了。"今年河里的鱼真多啊。"男的说。女的抬头瞥一眼,"天说黑就黑了。"这样的约会不知多少次了,终于有一天他们在树下轻轻地拥抱了。他们周身抖动,眼含热泪。其中的一个说:"谁比你好才怪了。你最好最好——啊?"

林子里的歌声起起落落。那是在远处,另一些欢乐的人发出的。幸福有个浓度。每个人都会在某个时候获得它。但是幸福有个浓度。有人在它面前失去了任何办法,想哭、想歌,想在沙子上滚动,想跳到河里去。

他识不了太多的字,可是他一连多少天琢磨写一首诗给她。写成了,不好。后来他干脆抄了一首唐诗,夹进一本好书交出去了。她为他织毛衣,织成了又拆了,天天织,一直织到秋末。

捐枪的老猎人哪儿去了?他转到林子北方,又到那些拉大网的人那儿去了,有时一待就是半天,晚上还要留下来喝碗鱼汤。可是老人答应下来的事呢?他忘了告诉她什么了,忘了替谁跑一趟远路。汪汪的狗叫此起彼伏。让热心热肠的好老人回来吧,尽快。

十一

没有绝对凶猛的动物,平原上的动物与远方动物一样,基本上是和气一团的。那时人们不太像后来那么恨狐狸、狼和黄鼬,因为它们做下的坏事实在不多。沙地狐狸、银狐,那张脸谁离近了注视过?没有。仔细看看吧,很美很美。狼也仪表堂堂,勤奋并且勇敢。黄鼬主要捕鼠,而且一张小脸生动无比,圆圆的大眼美丽绝伦。还有遭人贬斥的乌鸦、猫头鹰、貉、花面狸,哪一类不是生动活泼,精巧完美得像件艺术品?

多姿多彩的鸟、小兔子、小刺猬,它们更是让人感到了生的多趣和温暖。它们太完美、太个性,真是到了妙不可言的地步。羽毛丰满的小鸟、刚会奔跑的小兔,常常让人想到人的童年。原来任何生命都有童年,而童年的可爱直逼人心,让人疼怜得心上抖动。抚摸它们,就像抚摸自己的孩子。手掌下的光润滑腻来自一个与我们迥然不同的生命,它活着,居然独自处理了一切,与这个世界结成了自己的关系。我们人不也是一样吗?

如果平原上的动物离我们太远,那么就随便抱起鸽子和猫注视一下吧。猫是美与温柔的代表。它的眼睛多好,还有耳朵。它的鼻子小巧精致到了极端,圆鼓鼓的,小鼻孔是粉红色的。我相信凶狠的人要改造自己,按时抚摸一下猫的鼻子也会有好的效果。再说猫耳——据说最早的时候,猫的耳朵像人一样,也长在脸庞两侧;造物主看了,觉得这神气太像人了,就动手给它搬到了头顶上。我想如果造物主最早动了人的耳朵,我们相互看多了也会习惯。关键是个习惯。人类什么时候才能习惯地将它们视同朋友呢?动物的脸、神情，只要看一会儿就会让你疼得慌。我的平原，丛林田野上的各种生灵，你们今在何方？

十二

我们分手了，匆匆的没有来得及好好看一眼。那是个漆黑的夜，只有弯弯去路闪着淡淡的白光。从此我有了孤独的白天和夜晚，一颗心亲近着星空。我回忆你、你的一切。人不能没有回忆。

我仿佛听到了你的呼吸，你的笑语和歌声，还有你的低低抽泣。随着时间的流逝，你也会老旧，布满皱褶。可是你永远在心的中央，你是缔造者，是一片圣土，是光荣和骄傲，是永生不灭的希望。有了你就有了一切，有了一个回路、一个家、一个归宿。

今夜如同十几年前的那个黑夜一样。你在哪里？你的思绪飘向了天边，拂过了站在山地冰霜上的儿女。我却感到了你的手掌：粗粗的，温温的，上面沾满泪痕。我不知该怎样呼唤你的名字，只是遥望北方，分辨你在黑夜中的身影。

只能为你祝福。你的淳朴永恒的丰采，你的青春，是这世界上最后的一个留恋。

十三

几十年的时间一晃就过去了。一条黑色的、散发着恶臭的河挡住了我的去路，使我不能继续往前。没有桥，也没有舟，甚至看不见一个人影。我只得沿着河堤往前踟蹰。

就这样我到了海边，却没有看到一片丛林。没有当年那些小动物了,一只也没有,连猫和狗都极少见到。倒是有一些老鼠在芜草中出没,大白天发出吱吱的吵叫。平展展的原野变成了坑坑洼洼,枯草在污水边腐烂。大海就在眼前,可它不是蓝色的,而是像醋和酱油的颜色,发出一股浓烈的碱味儿。没有白帆,没有渔人,往日的拉网号子永远地消失了。

我站在大海滩上张望,仍然想寻找我的丛林。取代它们的是开矿者挖出的矸石山,是一股股粗壮的黑烟。由于所有的树木都剥落了,一个个村落就赤裸在那儿,瘦小得令人生怜。

我最后转到了大林场旧址,同样没有见到丛林。它化成了一些大大小小的水坑,恶臭扑鼻,水中看不到鱼,也看不到一种水生植物。那些气泡在阳光下闪动,像一些可怕的眼睛。我急急地逃开了。

你在哪里?我毫无目标,也无力呼唤,急躁和绝望使我两手攥出了血。

十四

你死的时候就躺在路边。那一天太阳出得早,你的心情被透过窗棂的阳光抚慰着。你起来漱洗。你上路了。太阳刚刚升起。有一辆笨重的大功率汽车在后面吼叫,它吐出的黑烟老远看像恶龙的长爪。你小心地闪开。这条路尽管布满了坑洼,可是它足够宽了,直通向一个市镇。那辆大功率货车本来很容易就能通过,可是它三颠两颠竟然把你撞倒。你喊了一声——这是撕心裂肺的喊声啊——它的后轮又轧到了你的左侧。

满脸油污的驾驶员从车窗上探头瞥了瞥,然后加足马力疾驶而去。太阳刚刚升起，路上行人稀疏。你呼叫着，想挣脱。你眼看着自己的左侧往外流血，一会儿就把一片土末染红了。你呼叫着。你的声音越来越弱。你蒙蒙眬眬感到有一两个三五个人低头看了看，议论了几句，又匆匆地上路了。他们都急于到那个市镇去，没有驻足。你最后无力呼喊了。血继续流着。

太阳升到了半空。路上行人越来越多。这时你已剩下了最后的一滴血。

十五

这不是泣哭的年代。已经没有工夫泣哭。我没能亲手把你掩埋，却要就此离去。我的背囊里还是很久以前装进的几件东西，如今已经派不上用场了。

婶子大娘、大爷大伯、林场的老工人、猎枪锈住了的老猎人，你们都看到了吧？你们看到了，合手站立，目光冷冷的。我穿过人群，身上印满了目光。我突然一阵饥饿，一边走一边掏出变硬的干粮。身后传来了隐隐的哭声，我停住了脚步。原来一位老奶奶双手掩住了脸，我奔到近前，想扳下她的手，可她紧紧地掩着。

那是你的母亲啊。我伏在了她的怀中。

十六

母亲说：你知道这是第几个吗？我摇摇头。她说出一个数字，我呆呆地看她。我明白了，怪不得那些两眼像黑葡萄的姑娘再也没有了。

我从此懂得了什么才叫仇恨。那个伟大的身影啊，他在倒下前的最后时刻里，有人曾向他谈起过饶恕的问题。他回答说：我一个也不饶恕。只有在我归来之后，只有今天，我才明白了这句话意味着什么。

不会仇恨的人就谈不上善良，更谈不上宽容。我终于知道了谁更宽容。那些伪君子把宽容挂在嘴上，一天到晚装成和事佬，暗地里却总是顺应着丑恶。他们一旦面对了别人的信仰，宽容早飞得无影无踪。我要对这些伪君子说一句，是你们的近亲把她给害死在路边的。

十七

那些小念头和乖巧我都有，可是归来之后我才觉得它们太不值。抛弃了，剩下的只是愤怒和困倦，是激越和冰冷。我无法忘怀，我只得纪念。那些口口声声要宽容的人，竟然残忍到不允许我去纪念。于是他们就是我的敌人。

一场连一场的争议过去了，我觉得太亏。在流动的鲜血面前，一切议论都显得太不着边际。实际上只剩下了两种可能：沉默和怒吼。沉默是熬煮，是用心汁浸那支长矛。而怒吼就要破了喉管。血又出来了。

我开始曾惊异于这样一个事实：他们真好脾气，真有容量，也真麻木。后来才明白，失去至亲的人与他们是不一样的。他们除了自己之外再没有亲人，所以也就永远不会失去。人不一定都是母亲生的，我懂得这个道理可惜太晚了。人在现代高科技社会里，也可以是合成的。人可以是用石化材料合成。合成的人就没有亲人，所以也没有情感的重负。

而在现代生活中,隆隆的竞争和角力之中,一个有情感重负的人注定了要失败。这种人开始走入了全面挣扎和退却的时代,尽管他们个个都不想放弃。但也正因为如此,一场壮丽的、亘古未见的大拼搏开始了。这是一场合成人与有生母的人的最后决斗。这场决斗也许要进行很长时间,但结果是可以预见的。

我将站在失败者一边。

合成人在战斗中损伤的只是元件,它可以更换;而有生母的人却要流血。

流血也不能使人退却。因为这是最后的机会了。所有热血沸腾的人必须团结一心,迎击一场侵犯。这场侵犯的残酷性极为罕见,它将使我们失去仅有的一片田园。就为了生存,为了一个希望,为了一种报答,让我们奋起向前吧。已经没有什么退路,也不必幻想。

我默念着你的名字拿起了武器,加入了真正的、二十世纪末的义军。这是精神的义军。在决斗的一切间隙里都未曾忘却你对我的恩情,你的容颜,你的饲喂。我在梦中与你吻别,踏着霜雪走了。催促的号子一声声逼近,我走了。

有时我又想,因为你在远处射来的目光,我是不会失败的。我们都不会失败。什么比爱、比这一切相加的爱更有分量呢?根据伟大而古老的原则看,我们有了这样的支持,将是些不败者。可是一转念,又不禁重新哀伤:时代变了,一些原则也在变。那么我们就将在没有立足之处的荆丛中作战了。

为我们祝愿一下吧,这是我和同伴小小的,也是重要的一个请求。

十八

一切被预先告知了结果的战斗都是极其惨烈的。竟然走进了这个战场。这是生前注定的还是生后选择的？我反复追思推理，后来才明白是一种注定而不是一种选择。选择是移来的根，而注定是固有的根。

如果没有什么希望，那么斗争本身也就是希望。如果有了希望，那么长久的松弛也会将其丧失。世界上的事物在组合形成之初是非常奇妙的。天不亮，征衣上霜落一层，战士一睁开眼就被"希望"二字缠住了。可见这是怎样严酷的一个处境啊。

回想那年秋天，我们对这些还全无预料。于是只顾得忙秋，干活，劳动的汗水把衣衫都湿透了。我们一起把捡到的橡实装到筐里，直到攒起满满一囤。浆果做成蜜膏，干果留给来年。晒干菜、蘑菇，用破碎的瓜干造烈酒，用野葡萄造甜酒。还有招待老人的烟草，一捆捆扎好放在搁棚上，采了很多的艾叶，晒干，又拧成火绳，留着夏天对付蚊虫小咬、给吸烟老人触烟锅。

那些温煦的、果香四溢的夜晚啊，我们讲故事，依偎一起。红军的故事，某司令的故事；还有传说，神奇的林仙。我们差不多没有言及的一点就是：惨烈的战事都属于过去了。我们现在只是品咂秋熟的甘果，听听美丽的传说。我们站在过去与未来之间倾听，你讲一个我讲一个，享受着黄金般的时光，直到午夜还不知疲倦，林中和秋野的各种四蹄动物与飞禽一起，不时传来它们的响动。小鸟的午夜尖叫是唯一令人不安的了，我们担心它遭到夜袭。劳动真使人愉快。在今天回顾劳动，更能感受和认识劳动的幸福的本质。劳动只有靠紧了人生的目的，才散发出芬芳。当一种袭击逼迫得我们不得不放弃劳动而投入迎击时，回忆劳动也变为了一种福分。我们今天算是真的理解了"保卫我们的劳动"到底是个什么意思。那是个权利，是个福，它不是被人自己放弃，就是被另一种人给剥夺。

现在不是放弃的时刻。现在是奋起迎上的日月。是的，如果这一来能够赢得一场劳作的机会，那么一切也值了。

十九

我无数遍地想象你的目光。那双眼睛啊，我说过它黑如葡萄。这句俗而又熟的比喻一再提起，是因为它难能取代。那个平原孕育了这样一双眼睛，真是含义深远。这双眼睛望着原野、母亲般的丛林和大地，逐渐蓄满了柔情。很显然，这举世无双的美目是这片田园滋养出的。田园的所有特质都从它的一闪一盼中映照出来。于是它有魅力，它使人魂牵梦绕。

同样容易解释的是，这样一双眼睛不可能是为今天准备的。一片沉沦荒芜的平原会让其不忍注视。或者是田野焕发生机，或者是它自己永远地闭上。当然，是它永远地闭上了，长长的睫毛合到了一起。

它在最后时刻看到了什么？它摄下了那张在车窗前一闪而过的脏脸吗？它记住了刽子手的模样吗？那天的太阳缓缓上升，照不穿浓稠的雾霭。直到最后一刻，大地还昏昏沉沉，天际泛着酱色。长长的睫毛合到一起，像一排茁壮的青杨。你的血正一点点渗出，汇成山泉一样流淌。大地真渴，大地等着喝一口汁水。大地很快就收回了她的全部,从肉体到灵魂。多好的一个儿女,苗条而丰腴,特别是长了一双惊魂醒世的美目。

太阳隐入浓云,大地开始祈祷。风停了,四周寂寂。

二十

你那时候会多么痛苦。一种无法忍受的折磨竟然加在了一个少女身上。事后人们发现你身上有三道压伤。钝钝的车轮、凶暴的车轮、愚蠢的车轮,就是这三个车轮割开并撕裂了你完美无瑕的肌肤。血是一点一点流光的,没人去救起你。从流血到死去足足有两个多小时,而且你躺在通向市镇的大路上。

我手指扎了一根刺就感到钻心的疼痛,可是有三个轮子碾轧了你;我生病时,两分钟的肌肉注射让我挨着忍着,可是你从流血到昏迷足有两个小时。

我愿意舍上所有去赎回,尽管这不可能。这一次我不需更重大的经历就懂得了终点上的什么。我懂得了一种性质。从此我再不抱幻念,一丝也不抱。我干干净净地走开,心凉得像冰。你躺在那儿,用躯体指示了一个方向,画了一条线。这是拒绝的线,是分别的线,是不容迈过不容混淆的线。

难道那三只轮子碾到我的身上才呼号吗?不,它碾过了,已经碾过了。行了,就这样吧,开始吧。

那双美目闭上的一刻,大地一片昏暗,光源顿失。它消失殆尽之时,我就永远地沉入了黑暗的深渊。从此将不会有四季,不会有果实,不会有明天。总之,有人以神的名义所预言的那一天真的来了。

二十一

让我们最后一次怀念那个可爱的冬天吧。一场大雪下了三天三夜，门封了，全世界都蒙了白绒。家家出门都要铲雪，铲一条通向柴堆的路，铲一条通向街巷的路。那个小院拥满了雪。于是出门时不得不挖一条"地道"。这"地道"蜿蜒往前，黑黑的暖暖的，适合少男少女玩耍。有一次你从"地道"里出来，用力地擦嘴，大人问为什么？你说有个男孩吻了你。所有人都笑出了眼泪，只有一个人的眼里闪过一丝恼怒。

不知过了多少天，大雪地可以走人了。我们一起去丛林。林场老场长让我们小心，说野地里有雪封的井，有伏下的狐。他是一个退伍老兵，玩枪弄棒的好手，一直背着枪走在不远处，说是要保护大家。老爷爷一喘气就是白白的两道，多么可爱。可是我们当时一直想的就是甩开他。

后来我们成功了，一口气跑到河堤上。小心地溜下堤坡，落到又硬又滑的河冰上。严冬的河只能这样，像一面宽大的玻璃盖住了河床。你把耳朵贴在上面，说要听冰下的水声。没有，只有鱼的咕叽声，你一说大家都伏上去了。

我们用茅草推开积雪，推出一片长条形的冰面，然后就滑起了冰。冰面越蹭越滑，一队飞人。正滑着你喊了一声，大家立刻看到了远处河面上有三两个人在搞什么。我们欢叫着跑过去。

原来那是几个老工人在凿冰捉鱼。冰被一个又沉又大的钢钎戳着，一戳一溅，冰凌飞起一丈多高。就是不透。他们骂着，狠劲地干。原来河冰结这么厚，捣开的碴儿足有半尺了。又是一顿猛戳，扑通一声,透了。奇怪的是冰下的水冒着热气,摸一把也是温温的。大家欢呼着。

那天捉鱼捉到天黑。我们随着老工人往回走,到了老场长家门口,他出来一吆喝,都进去了。接上就是摆桌子、烧鱼、弄酒。谁也不准离开,老场长下了命令。一桌热腾腾的烧鱼、鱼汤什么的。大人们喝酒,喊的笑的声音很大。不知喝了多久,突然老场长一把将你抱到膝头上说,来来小仙女,爷爷喂你一口酒。你笑吟吟地喝了一口,立刻辣出了眼泪。大家都笑了。

外面的狗不停地叫。是家里大人寻我们来了。天哪,外面的月亮真亮。

二十二

嘿,这个地方,美女如云哪!那些轻薄的小子走到千疮百孔的平原上,常常这么呼叫。他们除了吞咽食物和狂饮之外,几乎不懂任何事情。他们是超生的时代结出的果子,由于没有及时地存放处理,已经烂成了空心。这是时代的错,更是他们的错。他们在平原上胡窜,一双眼睛滴溜溜转,很快瞄上了也成功了。

但既与他们这些污烂糟混到了一起,就绝不会是美丽的姑娘。她们只是一帮戴着金器,用脂粉覆盖了苍白面孔的假处女。淳朴是美丽之根,而她们呢,从母亲那一代起就开始虚荣了,假惺惺的。如果有个记事的老人坐着马扎快言快语一通,你就会知道她们逐渐败坏的家风。

这些已经无须叹息。伤残比比皆是。如果一个人与这样的环境相处还能平安无虑,那他一定是心汁枯干了。只有恶少才如鱼得水，那些冒牌美女、黑道上的轿车和酒，都是为他们准备的。伴随着耸人听闻的故事的，是他们父辈亲朋怎样升迁，怎样为不会说普通话而苦恼，以及学开车轧伤行人的一沓子杂事。这就是日常流动的真实。

如果说这一切只是泡沫，那么水流呢？它何时带走泡沫并冲刷大地？现在还能找到一方碧绿的晶体般的水吗？会有的。那就期待吧。我在这期待中两眼混浊，白发丛生。

二十三

你久久地望着我，看我花白的鬓发。我知道你想说什么又忍住了。你怜惜中掺着悲愤，就是没有一丝伤感。没有那样的心情了。铅压在那儿。你在回想我青春欢畅的年纪，回想伴着那个时代一块儿消逝的苦难和繁华。大地褪下盛装，留下光秃秃的一片，迎接那三只轮子碾过来。

我的平原裸露着胸部，你看到了。这亘古未闻的巨大牺牲为了什么？这是一种祭吗？她已贡献了自己，那么谁在后来为她而祭，谁？

这一切都不是为一双善良的眼睛准备的，可是它们只能残酷地罗列开来。你就在这样的季节里变得坚强起来，像大地一样褪下花衣，换上了单色土布衣衫。可是另一种美和芬芳弥散开来，更长久也更本色。我们开始胆战心惊地互告：既然大地把自己祭上了，那么将来为大地而祭的，只能是整整一个时代了。

我们都生活在这个时代里，擦干泪痕，含笑等待吧，这就是命运。只要在这个时代里的，那么不论是龟壳里趴的，轿子中抬的，还是码头上的苦力、洞子里的掘进工；也不论是道德家、放浪形骸的恶少、专打异性主意的色痨、娼妓、"四有青年"，还是玫瑰和毒菇、鸽子和田鼠、大象和臭虫……只要是属于这个时代的，都得悉数押上。

那时候连个为我们叹一声的人都没有，因为她也跟了去。

二十四

就因为我属于这个时代，所以我不可避免地要经受那个结局。与所有的一切一起舍上、献上、祭上，而且不可能换取一丝光荣。这不过是一次抵偿。面临着这一场，一己的恐惧过去之后，就开始依偎两个人了。

一个是母亲，再就是女儿。一个是生我的，另一个是我生的。我爱你疼你就像对待那片平原，你们分别是我来到和离去的守护人。也是我生的根据，是我的全部希望。

母亲，为了伏在长长网绠上、脚踏银霜的父亲，我曾疯迷般地敲响了自制的鱼皮鼓。敲啊敲啊，是我为绝望的父亲献上的。它好比我捧出的两粒食物。我长大了，母亲，看着你的满头银发，我能给你什么？

在这样的时刻，我能给母亲什么？

如今已经没有一枚浆果得以保存。可食的茎块烂掉了，连微甜的蒲根也不剩一株，留下来的都是最苦的。我在腐土中挖个不停，磨得指甲脱落，想找到哪怕是细瘦的一截薯梗。我的手滴着血，最后仍然掌中空空。

如果吟唱也可以抵挡饥饿，如果我剩下的只有它了，那么就让我放声吟唱吧。我闭上眼睛,把思绪深深地埋下,难以抑制的倾诉啊,如同山洪一样流泻。我永无休止地唱给你,唱得忘了等待。直到我听到那慈爱的声音:停下吧孩子,它像泣哭一样。这样我的歌才戛然而止。

回头看稚嫩的女儿,牵上她又软又细的手,不忘回避着热烈纯洁的眸子。这是我刚刚长到三岁的孩子,会背诵十首童谣。她曾问我:奶奶说这儿以前有百合花,是吗?当然,很多很多。家家都有美人蕉、有蜀葵,是吗?当然,差不多家家都有。

在这样简略而单纯的一问一答中,她很快就睡着了。

二十五

让女儿在梦幻中变成一个骁勇的骑士吧,可以呼唤雷霆,可以抽刀断岭。你凭你的正义和童心,无可匹敌地护佑着这片平原。那时你说:应该有百合,于是杏红色的百合花纷纷开放;你还说应该有蜀葵,于是蜀葵花茂盛得盖住了庭院。

你所向披靡,因为你携带了少年的闪电。我们为大地整整祭上了一个时代,我们终于得到了报偿,同时也感动了神灵。你是他们派遣来的,平凡无奇中隐下了最大的神秘。你划亮的电光驱尽了黑暗,震惊了山雨,洪水终于开始洗涤。在两个世纪的接缝处,它反复涤荡,弧光照射得一片通明。

你没有牧过羊,你也不是圣女。你只是一个开山石匠的孩子,先解开了拴绑父亲的铁索,然后又登上山巅。你离宇宙之神近了,咿咿呀呀的稚声逗乐了他,他就交给了你至为重要的东西。从此你做的一切都在改变历史:平原的历史、人的历史。

这仅仅是梦幻吗？是童年的编织吗？不，这是真正的人的期待。

二十六

我咀嚼着那个梦想，明白要赎回什么，仅仅使用一般的善是远远不够的。它从过去到现在都是苍白无力的。

……遥望北方星辰，扔下往昔的虚念，实打实地起意。我思念你骏马一样的身躯、武士一样的长须。这个夜晚你在鞴鞍还是冥思？我知道两件事同样重要。因为两千年的思绪乱成了麻，你要默默地用它搓成绳子。你做的一切都是坚定不移，如有神助，快如疾风。关于你的消息从古城传到高原，又传到俺这平原。你的音讯都盛在穷人的小盒子里，用新纺的土布包了，藏在一个角落里。这样的情势之下我当然再不犹豫。独自一人的时候，我会用思念打发时光，怀着感激。我记起那深情的饲喂，这就够了。世界真旷，也真大，这时候啊，记忆中的人影不再拥挤。把先生和小姐们一个一个赶开，剩下的就全是同志了。

人要有个兄长，有匹马，有个爱人，也有子女，这就是平常说的拉家带口。要是个集体，要有同样的精神。间隙里抱抱孩子，给她讲个什么，也让她传个什么；需要驰骋的时候就牵过那马，好马让人两耳生风；爱人给我温存，给我力量，她瀑布般的长发掩住我受伤的面庞；兄长呢？是商量事情的人，也是榜样。我要常常和兄长在一起，胜利紧握手中。

二十七

人守住了内心的某种严整性，始终如一，真是一场苦斗和拼争。能做到的不过寥寥。我把严厉的状态留在身边。我不该怕什么了，我的亲人都先自倒在路边。

你看到了吧？你如果只为自己和自己的血脉揪心，那么你也该记住什么了。当肮脏和谎言一块儿抛洒，可爱的孩子埋得只剩下脖颈之上这一截了，你还在那儿恍惚？孩子没有呼救是因为已经无力发声，孩子闭上了眼睛也不是安详地睡去。为了孩子，来吧。深冬季节，雪野里没有青草，连孩子也四出觅食。我们顶着寒风为了什么？我们保护下来搭救下来的，其中也包括了你的儿女。孩子，你活着，就要记住、守住。不要含着眼泪，要刚强如先烈。不要听人蒙骗，听我再说一遍，先烈真的有过，不久以前还有过哩。

严冬深入了。枯坐三九可不是人受的罪。但这地方分明是留给咱的。

这催促我们，也提醒了我们。究竟面临了什么？男女老幼坐在一起。因这特殊的境遇而无声无息。男童的双目黑亮黑亮，望遍茫野，又看爷爷的满头白发。离黎明还有一段时间，有人央求爷爷讲个故事。老人声音低低：在这同一片原野上，几十年前有一场厮杀。人们用鲜血沃肥了这片原野。当然，留下了好多使人心烫的故事。

爷爷的目光移向儿子和孙子，那分明在询问：这一次呢？

二十八

　　母亲头发雪白；女儿的头发刚刚长起，就像淡黄的玉米缨，嗅一嗅也有甜丝丝的气味。还有那个躺在大路旁的……永久地闭上了黑葡萄似的眼睛。我扶着她，牵着她，念着她，再没有任何退路。我双拳的骨节生疼，牙齿开始破碎，喉咙也肿起来。我听到的是无声的吩咐，是无从更动的指派，走上去吧。

　　那三只轮子日夜碾轧，尖厉刺耳的声音传遍四野。无遮无拦的凶暴直逼过来，我的身后只剩下平原一角。我失去了亲人，失去了至爱，我没有了哀叹和悼念的时间，也没有了诅咒和怒斥的话语。我只剩下了我的身躯。

　　万分焦灼中我的目光荡起火焰，烧去了自己的衣饰。我把四肢、把周身都涂满了泥浆，与之混成一体。我恨不得化进这片大地，当凶兽恶鬼踏上我的胸口，我就伸长两臂把它按入土中。我相信要战胜不可一世的敌手也只有依赖泥土了，让泥土去腐烂它们，埋葬它们。

　　我安静而又暴躁地躺在泥土上，翻卷的泥流中我只是一朵浪花。从地心里涌出的一股力量使大地轻轻抖动，然后又是一阵波荡。大地变成了黑褐色的海，泥土掀起了大潮大涌，有了呼啸之声。泥土的激荡波澜壮阔，每一滴溅泥都有力量。那声响不是水的脆亮，而是土的钝音。这如同一面沉沉的鼓被擂响了，把一切都震得不能站立、不能悬挂，于是哗啦啦倒下来、掉下来，埋进了土中，又被土磨碎。

　　我在翻卷颠簸的泥流中狂舞，伸长了两臂。我的手抚摸着挣扎逃亡的恶鬼，死命地将其揪住，让其淹没。我感到了在泥流狂涛中飞翔般的自如和迅疾，我在暴怒的大地之上穿巡。我是个被母亲和爱人信任的目光抚过千万次的人，大地识别了我并馈赠了我。大地此时与母亲同在，她们已经不可分离，同心合力。

二十九

我问大地：当我按照母亲的指引，当我把一己融进你的心中，经历了那一场激荡之后，算不算是一次祭呢？如果算，那么能不能赎回？你说算的，但由于是一个人，还不足以赎回。你这是在告诉我：我需要寻找他们。

那是不言而喻的。这场由来已久的分辨和寻找，是我全部辛苦和执拗的一部分，也是伴随一生的无悔事业。不屈者，不败者，他们都在大地上。我要走近他们。我们之间常常隔着汹涌的水流，我要抓住一只舟。

亲爱的同志，我有一个故事真切动人，就发生在自己身边，请相信我，让我讲给你。你不可再犹豫，再怀疑。让我来告诉你，也请你来告诉我。这是一场互相诉说。这会使我们真的弄懂绝望和希望，弄懂什么是幻觉，什么是奢望，而什么才是结结实实的泥地。让我们互相包扎割伤，并相挨着等待。我们都是平原上生的，都有个母亲，有个心爱，也有个未来。而另一类是没有这一切的，因为他们是合成人，没有热烫的血脉，更没有生母。尽管看上去都差不多，都有眉眼四肢。辨别的方法就是看其有没有体温，有没有脉动。

因为你，我将倾尽所有。这不是恩赐和赠予，这是共有和共享。当那一天来临时，我们就手挽手地涉河，去寻找盛开的玫瑰，去看百合和蜀葵。那一天会有吗？会的，对于我们而言，一定会的。

三十

我们一起出发了。我们的目光交换着幸福，眉梢闪动着冷峻。来自哪里、走向哪里，我们都装在了心中，不言一声。霜沾在脚上，亮如荧粉。最后一口暖身的酒递过来推过去，天亮了。

怀抱着一个梦想，用微笑安慰左右。黑云从天际四面合围，隐隐的雷声也听到了。远处的烟尘腾到了半空，与黑云相接。阳光霎时给遮住了，一片阴影落在身上。这是那个时刻的前夕。我们就这样走近了。怎么如此地寂静啊。

你多么瘦小，我曾经赶你走开，因为我于心不忍。此时看着你弱小的身躯被稍大的戎装包裹了，心中一阵自豪和爱怜。好了，既来了就承接吧，我们一起。

这个时刻因为太静，我一闭眼就能看到那条泥路上倒下的身躯——合上的眼睛——长长的一溜睫毛像栽下的一排青杨。一双美目闭合了，它拒绝再看一个世界。今后呢？如果我们驱散了雾障，如果玫瑰和百合重新长起，谁能还我一双美目呢？

我跟随着你的目光，踏着它照亮的道路走上一生。我将永远不背弃那个誓言，直到最后的时刻——那个时刻在逼近，让我再看一眼你的目光。

三十一

对于无边的销蚀和磨损,一场激越的誓言毕竟太短暂也太简略了。我深知这一点。我们期待的是决斗,而对应的却是消磨。旁边有人失望地跌坐下来,大放悲声。我无言以对。

我想看着他自己缓缓站起来,并且不再倒下。那些虚幻而可怕的什么在荆丛中游荡,隐着形影。人无法捕捉充斥在空气中的磷火,又不能在冷寂中让它焚化。这种罕见的对峙让人几度绝望,沮丧的空气蔓延到远方。我们的呼唤虽没有山峰阻隔,可是很快被一片大漠吸尽了。困在饥饿无援的空地上,没有人迹,没有草,没有水,更没有道路。

我们背负着走下去,如果这力气一年还没有耗尽,那就两年、三年。时间几乎是无边的,大漠也是无边的,我们就背负着走下去吧。

耗尽了吗?

走下去吧,时间几乎是无边的,大漠也是无边的。走下去吧。

三十二

可是我们不会屈服。这一点也不奇怪。我们永远追赶,永远怀念,永远感激和仇视。因为你我都有生母,有脉搏,都是用下肢站立的人。

我们永远是我们。

1994 年 1 月 1 日

品咂时光的声音

《枕草子》

　　这是多么有名的散文。清少纳言，宫内小女官，作者。她是天武天皇的十代孙。由于当时没有录音录像一类技术，我们对遥远的过去只有依赖文字去理解和感受了。然而这种感受是微妙的，需要感受者有相当的能力，有对于文字的敏感，特别是对于另一个时空的悟想能力。阅读需要会意，会意这存留于墨色的一颦一笑、一嗔一悦、一情一景。文字之细腻纤弱，宛如丝线者，往往出于女性之手。

　　女性之中的女性，大约要数清少纳言一类。当年，像枕头那么高的一沓好纸就能引起她的写作欲，于是她就想把这沓纸一点点写满。我们可以想象她那时的心气高远，并想象她的字迹也是好看的，而且对自己的记叙也是小有得意的。

　　多么琐屑的文字。她真是耐烦。不耐烦就没有了这样的贵族文学。下等人的文学是粗放的，有时甚至需要一点猥亵和血腥。清少纳言的文字当然是属于上等人的。她是皇宫里的女官，自有自己的雅趣。弱不禁风的人和文，清淡、寂寞、多情，也有很多无聊。

　　在无聊中吟唱，不停地吟唱，这也是人生的一种功夫。

　　对她和她们来说，最主要的事情就是宫中一些人的心情和消息。还有似淡还浓的爱情。在宫中，给她们的一剂猛药就是爱情。她们在爱情的边缘徘徊的痕迹，就是这些文字，是隐而不彰的心路。

她们常常从中发现一些针头线脑的小事。这些小事因为极为有心的人才能拾起,所以也成了深刻见地的一部分。应对俳句之类,竟也成了大事。那些歌在今天看来是何等简单。可是这些歌中有那么多清纯迷人的东西,以至于会让人神往和迷惑起来。

当然,离开了一个国度的情与境,特别是她们的情与境,我们无法完全理解和体味这些歌。和歌,俳句,真是一些古怪之物,它比日本清酒更清。

如果说我们对文字的造诣本身着迷,还不如说是对于那时的皇宫生活,那时的一位宫女的情怀和见闻更感兴趣。出土文物的价值是无形的,无法用更通俗明了的语言解说的。我们在回避一笔大到不可以估价的无形资产,比如这些很早以前的文字。

《方丈记》

鸭长明失意以后就出家了。这与中国过去的情形十分相似。人在两极中生活,大起大落,繁华之后的冷寂无边,也真是抵达了一种艺术境界。然而实践起来并不容易,所以身在其中的人就有了许多常人没有的感慨。

那一茬日本智识者与今天稍有不同的,就是他们更为依赖中国文化。离开了汉诗和典籍简直不行,那会在精神上无法腾挪。博尔赫斯说到日本文化和中国文化的关系时,用了一句妙比:中国文化就在一边,它是日本文化的守护神。只有读老一代日本文学家,特别是智识阶层的文字,才会深刻体味这种"保护神"到底意味着什么、它的深意。

但是中国文化移植于岛国，经过了千年的海风吹拂，其中有了更多的盐味。

被中国改造过的佛教思想，还有庄儒思想，在古代日本文人心灵中有不可移动的位置。他们的观念中常常有"无常"和"空"，如同不停地读《红楼梦》中的那首《好了歌》一般。鸭长明记载了日本历史上一些有名的灾变，其惨烈令人惊怵。可是他也指出：经过了一些时日，也就是这样的大灾变，竟然在许多人的心目中了无痕迹，人们又照旧玩嬉享乐。他则是一个灾难的顽固指认者，所以他可以是智者和思想者。

他描述自己时下的状态和心境为："知己知世，无所求，无所奔，只希望静，以无愁为乐"。如果这是一种能够达到的境界，当然是神仙一样的生活。可惜这往往是不得已而为之的，是一种特殊境遇下的悟想和慨叹，虽然难得，但其中总会打一些折扣罢。

蓑衣和拐杖，草庐，是这些与独居者为伴。他的无愁楚无欲望，是自我流放的必需，而不太像得意的清唱。这一点中国与岛国的士大夫们是一样的，即被迫告别奢华者居多。寄情于山水，这时候既有机会，又有这种相濡以沫的体会和情感。

一位六十多岁的老人独居山中，与猿为友，这当然是走得够远的了。不仅如此，人们不可忘记的还有他先前的荣耀，于是也就更加增添了一些神秘。独居人的所有文字都简朴至极，没有什么修饰的兴致，极像顺手抓来的几把山土和草木，于是也就有了背向文章的平淡之美。

只是很少的一点文字留在这里，却可以长存。这其实仅是时光的秘密。人们还是不忍将那段时光抹掉。时光是属于所有人的，时光在文字里留下来，供后来人去品咂和玩味。

如果时光保存在一个人的无数文字中，那么只会有其中很少的一部分被珍视。

《阴翳礼赞》

没人会拥有如此独特的审美视角——可能除非是日本文人。谷崎润一郎对中国文化入迷，一生都不能走出这种迷恋。他是岛国上中国文化和艺术的真正意义上的专家，更是东方文明本质上的传承者和诠释者。在趣味上他是老派人物，是最懂得保存和玩味的那一类顽固者。然而无论是从历史还是从现实上看，往往也只有他这样的人才更懂得品咂生活，并且让我们听到品咂的声音。

他居然在礼赞"阴翳"——一种昏暗不明之美，即一种暧昧之美。这确乎是日本人才独有的趣味。后来的日本作家多次谈到了日本的暧昧，今天看真的不无道理。他反复玩味日本过去居室中模糊幽暗的情致，并且谈得十分入情入理。当年的日本还是无电时期，夜里照明要依赖灯烛，这在他看来是美得以保全的物质条件。而日本传统美的一部分，也随着电灯时代的到来而白白丧失了一大部分。

其实不仅是日本，就是中国，也有类似的趣味存在。那些轩敞明亮之所有时真的缺少一点情致，而需要将光线遮挡一下才更好。灯笼蜡烛之光的魅力并非全是来自怀旧，而实在是那种光色和润泽安慰人心。强烈的光会使人厌烦，而平和的光一般是反射光，是人类在长达几万年的时间里才适应的光源。

日本作家的细致口味却不是这个物质时代的人所能理解的。而我认为真正留意的生命正是应该如此的。一片秋叶，一只碗，一滴露，都有真切动人的心思在里面，而且绝无造作，这不能不说是一种生命的品质。

作者对于中国文化的留恋，既有强烈的民族性在里面，又早已模糊了民族性。因为中国文化是一种大陆文化，却也化为了那个岛国的母体文化，是同属于一个根柢的部分。所以那个时期的日本智识阶层人人能背汉诗，几乎没有一个博学之士不是精通汉文的。这种精细的寻思捕捉能力，其实与中国的佛道精神是相通的、一致的。

《和泉式部日记》

她们记录之下的生活竟是我们这个时代真正陌生的东西。也正是如此才让人分外企望和想象。那是怎样的一个时代，怎样的一种岁月，怎样的一群有闲之人和不能安分的灵魂。也唯有她们这群宫中女子才能做这样的事：与亲王、与贵族子弟以纸传情，由一个信差送来送去。那种等待和苦熬之情，一次次泄露出来。女子的羞涩和无奈，她们动荡如大海又隐蔽如平湖的情状，真是让人怜惜。

这是一首爱的长歌，绵绵无尽，火烈尽藏于内，看上去当然无非是一个安然温煦的和服女子，其实怀揣了能够烧尽千顷荒原的生命之火。等待复等待，为背弃而忧，为漫漫长夜而苦。没有人能替代也没有人能倾诉的经历，更没有大声张扬的空间。一个王子贵族可以和数个这样的女子周旋，而女子却独自用情。那边是荒唐的空虚，这边是孤寂的清苦。

和泉式部较其他女子直爽许多也大胆许多。她没有那么多含蓄和暧昧。在她眼里，亲王清雅秀丽，十分迷人。"谈话中我不由自主地总是意识到亲王的美貌",就像那时的男男女女一样,他们在极特殊的时刻里也不忘吟唱一二首歌。那些歌词都是随口唱来的、最简易最普通的,然而却有一种清醇之美,淡淡的,长长的,缠缠绵绵,最后把两个人黏到一起。

这种爱情生活在全世界已经绝迹。现在都是用另一种方式表达出那种轰轰烈烈,有时还要伴以毒品和疯狂。可是我们沉醉在这些歌中,有时会享受到深刻的爱情之美和人性之美。我们还会偶尔涌起这样的想念:只有如此的生活才是人的生活啊。

我们在粗鄙中过得太久以致不知其鄙。我们是苟活的一个时代和一群人。真正精致的生活已经不被人认识,就像粗陋的汉堡包竟然把精美的烹饪艺术打败一样。

爱情生活是她们的全部,如果最终绝望了,也就只有一条去路:寺庙。王宫里的女官,往往是情场和官场里的人,她们青春已去,也就削发为尼。从一极走入另一极,从大爱走向无欲,这真是东方一绝。这种实际故事,在中国古代当然是绝不缺乏的,在中国古典小说中也多次出现。

她们即使是在爱情炽热之时,也常常要在通往寺庙的路上奔走。为了祈祷,为了平安,也为了一条隐隐的归路。

和泉式部没有写她的真正结局,所以我们不得而知。其他女子的结局都像和歌一样凄凉。这使我们牵挂作者,牵挂一个多情多爱的女子。

《蜻蛉日记》

她以这样的口气开头:"有一位女性无所依赖地度过了半生。"

于是一段第三人称的哀婉情事便一章接一章地展开。写到后来,"我"字便出现了。男方被称为"那一位",这很像中国乡间的羞涩女子的口吻。与和泉式部不同的是,这一位女子的爱情就显得痛苦多了,聚少离多,因为她找到的是一个放浪男儿,仕途上一帆风顺,据她说此人"英俊过人",那官场上的模样远远看去真是令人羡慕,用她的话说是:"光彩照人"。可是我们知道,往往所有热恋中的人都不能准确地说出对方。

确实无误的只是她的男人不断地送给她哀伤,最后这哀伤简直变得无边无际。一副十分真切委婉的笔触,几笔就写出一个多情女子的寂寞有多么深。她每一次都要给男子送上一首歌,而对方每一次都要让人捎回一首歌作答。如果男方差人送歌来了,那么送信人一定会待在门外等她作答。

歌与歌的送还,是一个循环往复、一时没有穷尽的过程,也是一个情趣盎然的过程。今天看,这样的事情的发生真是无处理解,无可救药。日本的男男女女,这里是指宫廷里的这一拨人,真是有多得用不完的闲情雅致。他们受过良好的教育,穿着华丽的衣裳,能随口吟哦。爱情这种事在他们中间是经常发生的,大致是女子苦恋衷情,男子英俊潇洒然而薄情。我们在读这些美妙但也痛苦的故事时,有时难免生出天真的想法:究竟有什么办法能让这些男子变得稍稍规矩一些呢?

她只好住到寺中。这是实在无奈的选择,往往也成为最后的选择。可是这一次"那一位"却设法把她从山上迎下来,仍然给她日常的欢乐和痛苦。就这样没有边际的消磨,等待,哀怨,泪水洒个不停。纤弱的女子,美丽的女子,后来最大的幸福和希望就是寄托在亲生的儿子身上。

她在这幸福中微笑着结束了自己的篇章，一丝长长的苦味却一直留下来。

《紫式部日记》

这就是写《源氏物语》的那个人。作者以不无得意的口吻引用"主上"的话，就是："这一位是有才学之人"。她自幼熟悉汉文，遍读中国典籍，对白居易十分推崇。在古代日本女子散文中，从笔致的婉转多趣，从极为独特的表达能力上看，的确少有出其右者。许多论者将其与同时代的清少纳言并提，但现在看来，不说她那部高超的物语，仅有这部散文也显示了技高一筹。

极有趣的是，作者在这部随笔中也涉及清少纳言。"脸上露着自满，自以为了不起的人。总是摆出智多才高的样子，到处乱写汉字，可是仔细地一推敲，还是有许多不足之处。"这就是她对清少纳言的私议。她还说过更为刻薄的话："像她那样时时想着自己要比别人优秀，又想要表现得比别人优秀的人，最终要被人看出破绽，结局也只能是越来越坏。"

她评价当时的女才子们，用语都是极可议论的，写到和泉式部："曾与我交往过情趣高雅的书信。可是她也有让我难以尊重的一面。""在古歌的知识和作歌的理论方面，她还不够真正的咏歌人的资格。"说另一位擅长和歌的夫人："和歌并不是特别的出色。"

紫式部对于他人的预言是没有错的。但清少纳言晚年的寂寥和凄惨，不是因为其最终"被看出了破绽"，更不是因为"到处乱写汉字"，而是因为政治争斗：侍奉的主人政治上的失意。紫式部的结局也并不比清少纳言好到哪去。

多么可悲的才女之心。

紫式部的妙笔真是以一当十。她有赏读至美的情怀，有特别的玩味能力，多情而更会用情。她能从年长的道长(皇后的父亲)身上看出一种美，从小皇子的乳娘身上发现"这是一位很柔顺的美人儿"。她写中宫——皇后在小皇子出生前几天的样子："仪态娴雅，掩饰着临产前的诸多不适，故作安详。"写她产后："休息中的中宫妃面庞清瘦，带着些许疲劳，还看不出被尊为国母的尊严。比往日更加柔弱的美貌又年轻又惹人爱怜。""中宫妃美丽的肌肤娇嫩欲滴，飘柔的长发在休息时绾了上去，更增添了她的魅人姿色。"

值得一说的是她对于同是宫内服侍者的女官们的欣赏之情。当年群女汇聚于皇后身边，必是同性的寂寥和赏识，并结有深深的友谊。她这样观察一个叫宰相君的女官的午睡："头枕在砚台盒上，脸藏在衣袖下面，露出的额头柔美可爱，就像画上的公主一样。"一位叫大纳言君的宫女："是一位娇小的姝丽。白白美美，丰腴可爱……长长的秀发拖曳到地，比她自己的身长还要多出三寸。浓密的黑发滑落在衣裙上，美丽得天下无人可比。"写女官小少将君："有一股说不清的优雅风情。娇弱之状恰如早春二月里的垂柳嫩枝。"女官大小辅："身材小巧，面容有当世之风。""眉目生得紧凑，怎么看都是一位美人儿。"

最有意思的当是她与道长大人(皇后的父亲)的交往。这位大人身居尊位，有闲而有趣，其多情可爱之态跃然纸上。比如作者写道：她正和一个宫女说话时，道长大人从外面进来，她就赶紧藏了，结果被大人捉住了袖子，老人非让她作一首歌才饶她。她作了，老人也作了一首。另一次写这位老人在女儿（皇后）那里看到了一部《源氏物语》，因当时正巧就在梅树下，于是就写了一首歌给作者："枝上青梅酸，诱人折枝繁，才女若青梅，酸色有人攀。"她看了马上回了一首："青梅无人折，怎知味若何，未见来攀者，谁人誉酸色。"这一老一少的对答多么有情趣、有意味。更妙的是下边一节紧接着记叙：她夜里正睡时有人敲门，因害怕，没有开门，一直不出声地待到天明，早上却有人送来这样一首歌："昨夜秧鸡啼，暗中声声急，泪敲真木门，心焦胜秧鸡。"她立刻写了一首返回："昨夜秧鸡啼，敲门非秧鸡，若迎门外客，后悔来不及。"

我们于是猜测作者没有明言的敲门者。那必是一位可爱的、多情的、想必是年纪已经不少的男人了。作者曾经在敲门之事发生不久这样写到了皇上的岳父："道长大人醉步出来……大人醺态可掬，脸色更加红润，灯火下映出的身姿光彩照人。好一位漂亮的公卿。"

《更级日记》

作者是在偏僻之地长大的，然而极其爱好物语。她甚至默默地跪着祷告：让我早一些去京都生活吧，听说那里有看不完的物语。当时她只有十岁多一点，却如此着迷于物语（小说）这一类东西。在十三岁这一年，她真的要随父亲去京都了。虽然她也是生于官宦人家，也在后来做了宫中女官，但实在是几个女散文作家中最清苦的一个。她的文字，有一种特别的哀伤透出来。而且她还有一种他人所不具备的意蕴，有多多少少的怪癖。

书中最有意思的是那个"竹枝寺"的故事。这个故事以及作者叙述的技巧，都高妙得很。

故事说一个边地小国的男子在皇宫中担任夜里点火取暖的卫士，有一天一边打扫庭院一边自语说：我们老家院里的大酒坛子总是一溜摆开，坛口上的葫芦瓢随风倒，东风倒向西，西风倒向东，今天呢，咱却在这里受这份苦，连酒坛和葫芦瓢也看不见了！这卫士自语时却被室内的公主听见了，她马上掀开玉帘说：你过来！他慌慌走过去，公主就说：你说的酒坛和瓢在哪？快带我去看！卫士只好背上她走了。谁知这一走就是七天七夜。

接下去最棒的一笔出现了：皇帝和皇后不见了公主，心急如焚——有人禀报说："那卫士背着一个很香的东西飞一样跑去了！"

再后面就是怎样寻找公主、公主怎样不归，皇帝于是封了卫士为边地王子，公主一生幸福，去世后豪华的宫殿改做了竹枝寺，等等。通篇皆妙，最妙的当是"一个很香的东西"这一句。无尽的滋味都在其中，它包括了朝与野、公主与平民，还有武士与娇女，这二者之间等等不可逾越之鸿沟在一瞬间消解的情状，以及由此产生的不可言说的幽默感。

卫士之憨，公主之稚，还有野人之勇猛，龙女之单纯，一切皆活灵活现。

如此妙笔不可能是一人之创作，而极有可能是一个民间传说。但由她如此一记，倒真是绚丽逼人。

她的文字总的来说是凄苦的：所记之事渐渐不那么让人欢欣了。由一个从小向往物语的天真烂漫的女子，到一个身边没有亲人的孤女，一个老大而缺少爱情的女子，这个过程是不那么轻松的。她的文笔也由轻快转向了滞重，有时还透出不忍卒读的悲苦。

当年，即她刚入京都进入宫中的日子，唯一的心愿简单明了，那仅是一个最好满足的愿望：多多地读一些物语，特别是要把以前没有机会全部读到的《源氏物语》读完——为此她竟然一次次祷告！文学竟能对一个女子构成这样的吸引，致命的吸引，这是多么可爱和美好的事情。

可是我们不得不在作者这样悲凄的句子中结束全书："各自离散，旧居唯我一人，悲戚不安，耽于思虑，夜不能寐。"

《徒然草》

这是一些节俭然而又能尽兴的文字。随意记来，常有教训，偶尔让人有不适之感。如果是一位老人，饱经沧桑，这样的姿态就会得到原谅。可是现在的读者连这样的老人也不愿意原谅了。这只能算是读者的堕落。教训人也是一种个性和见解，只要有知，姿态并不重要。这就是我在读《徒然草》一书时泛起的感触。

一些美好的笑话，一些奇闻，更有一些经验，一些彻悟，一些厌世和悲凉之情，都囊括其中。见解广博，体会深刻，自信而风趣，所以极为好读和耐读。有一些记录和议论是难以让人忘却的。书中写到这样一件事：有一家居士生了个极美貌的女儿，于是许多人前来求婚。但是这个女儿只食栗子，其他东西一概不吃。父母这样拒绝求婚的人："这样异样之人，不该嫁人。"就是这么一则短短的故事，戛然而止，却让人觉得趣味横生，并留下无穷的怀想和思索。

在那个岛国上为什么会有这样的女子呢？而且她是居士的孩子！我们会联想到一些高贵的不可思议的人，他们往往是不可接近的。但这只是想象，更多的是平庸者的矫饰和伪装，一旦切近了解之后反而感到厌恶。但也的确有寥寥的清纯异数，他们是生来的不凡和脱俗，但他们也往往不幸，因为不见容于世俗。这样的人一旦失去了强大的保护力，就会被恶俗吞食。

当然，只食栗子的女子是不会有的，顶多是偏嗜此物而已。但书中传递的是一种理想，一种强烈的反俗情绪。高高的树上结出的一种甘甜之果，以此为食，高人一等，出乎意料。这正像中国古代一些神仙之类只饮清露一样。

书中对于人的容貌与品性的关系，处世的庸常之相，还有一些微小的趣味方面的辨析，都说得极为透彻。在思想见地方面，在世界观认识论方面，主要还是来自中国的佛儒。所以本书与其说是深刻，倒不如说是具体和有趣。几乎大部分的日本随笔和散文都有这个特征。它的风物、日常琐屑的记录，留给我们一些认识的知识，一些想象的依据，更有独特的岛国情调给人的微醺，这才是其重要价值所在。

《奥州小道》

松尾芭蕉的大名，其实主要是雅名。这些文字因为更早，所以也就更好。这是文字的一条历史逻辑，不是一般的道理可以用来解释的。古老的色泽，古老的韵致，它所拥有的一切构成的境界，已非今人所能抵达——不是能力，而是因为文运的流逝。世道以及人心对于文字的顾恋之情正在变化，人群普遍变得恍惚，越来越没有了真意存留，而只是自作聪明地敷衍塞责。对于美和真，对于人生的一些个性化探求的理解和尊重，包括一些由衷的向往，已经不复存在。

松尾芭蕉被日本人誉为"俳圣"，一生几乎都在旅行，不与世俗混淆，称得上真正的特立独行者。他的行止大有中国魏晋之风，在今天的商业时代，我们会由于不解和惊愕而将其视为疯子和神仙各占一半的奇怪的混合体。他的弟子各色各样，因为老师的行为就是这般特异。

一般人将旅程看作必经的一段道路，从一地到另一地的空间穿越；或是为了赏心悦目，即所谓的旅游者。而在《奥州小道》的作者这儿却是把旅程升华到了无人能及的高度。这是一场漫长的修炼，是精神的再造，是借此远离世俗之见的道场，是潜隐不彰的一次次精气的吸纳。伴随这个过程的，有一种最好的精神操练和思绪记录，这就是俳句的写作，还有旅行笔记。于是留下来，成为供后人摩挲的美文。

俳句这种文学形式在今天的中国文人看来似乎有点"小儿科"，因为它的简洁和短小，也因为它从唐诗中脱胎而出后的苍白。可是在真正的文学研究者那里，在有文学深悟力的人士那里，却绝不会看得这样简单。这其实是岛国的清韵，是东方的精神水晶。它是晶莹剔透的，既可把玩，又可唤起惊奇的一悚。简洁不等于简单，明朗也不等于直白。禅味厚蕴，似直还曲，可吟可书，实在是一种风雅文事。

芭蕉作俳句当然再合适也没有。他不可能长篇累牍地大写其"物语"，不能做第二个紫式部；也不能没完没了地记录那么多宫廷屑琐，成为清少纳言那样的人物。生活的清风停留在日本文人的舌尖上，他们品咂的功夫优于大陆人士。无论是清苦时刻还是悲凉之日，他们都不忘细细品味，并小声地说出种种滋味。芭蕉的书是一点点凑起来的，后来人读到的是一叠一束，其实它们仅是行动之中的边边角角，散漫碎小。也正因为如此，才有了特别的丰富和深邃。

读日本老一代文人的诗与文，会想起中国的典籍。还会想到中国文化的大陆架怎样延伸，一直抵达东瀛。

《北越雪谱》

这是一位北国乡间文人关于雪的专门记叙，乡情浓郁，知识奇特，有着别样的魅力。一个一生专注于乡情乡事的"土著"所能写出的文字，才有这般不朽的性质。

作者讲日本北越地区的雪之奇异，一开始却大用特用中国的阴阳理论，既让人哑然失笑，又让人笑过之后深长思之，觉得于滑稽中包含了特别的深刻。一切都是阴阳，这就是中国古典哲学。它既可以用来解决万物玄机，怎么就不可以用来分析雪呢？

老一代的日本文人若要深刻不凡，有一条道路就是大谈中国的阴阳之道。有时谈到了一些日常事物，比如我们人人熟悉的雪，就显得极为有趣。作者谈论的口吻和姿态，以及方式，活像一位学问满腹的名老中医。

开头一二篇文字即最津津有味谈大雪与阴阳的部分，可谓全书的精华。这些文字想把最通畅的事物讲得晦涩，又想把最晦涩的道理讲得通畅，既别别扭扭又顺顺当当，让人着迷。一位雪地雅士、乡绅，要讲出一段动人心弦的故乡奇闻了，于是拿出了惊人的汉学功底。

作者铃木牧之还十分善画，于是文中常有一些关于雪地事情的插图，一门心思为了讲个周到明白。他的图与文，在中国人看来真是受用，因为文化一脉；这些东西如果到了西洋人那里，必会让他们瞠目结舌。

这一幅幅大雪图会让中国北方人心领神会，因为他们全不陌生。不知中国东北的情形，只论山东东北部的胶东，于四十年前就有这样的盛雪。只是时过境迁，一切都不再出现了。巨大的雪标志了一个不凡季节的隆重声势，也是自然界的一个奇迹。现代人少有关于大雪的记忆，也少有关于大雨的记忆。其实这些有关自然的记忆与人类社会的记忆一样，都是非常珍贵的，可惜人们很容易就全部遗忘了。

书中还有一些猎熊、灾变、特产、掌故，等等记录，乍一看脱离了"雪谱"之范围，实际上更是锦上添花。这是雪国丰富图景的重要组成部分。一些奇闻事迹真是非雪国而没有，可让现代都市人大饱眼福。有些故事多么悲伤，但作者仍在娓娓讲述。关于一些可爱动物的处境，比如被称为"义兽"的熊，作者说它是"百兽之王，猛而知义"；接下去还写了一头白熊的憨态可爱，写了一则大熊救人的故事。作者写道：杀两三头一般的熊或杀一头老熊，整座大山一定会荒芜。

与此同时，书中也详细记录了一些猎人捕杀雪地大熊的过程，令人发指。

书中所写一些盲人急智、和尚风趣、北越土产，也增添了特殊的意绪，使人感到这是一部难得的民间文学。这样的书比起一般的虚构文字来，不知要胜出多少。

《断肠亭记》

读永井荷风的散文,让人想起二十世纪初出生的作家特有的一种情致,这里指东方作家——比如某些中国作家,他们风味相同。有些腻,烦琐,啰啰唆唆。可是他们在个人生活个人情感方面比较直爽,基本上是不担心羞惭的。他们往往不加节制地描写女人的肌肤之类,不断发出啊啊的声音。那个时期的中国作家和日本作家不知是谁感染了谁,反正都有一种不可理解的多愁善感的劲儿。如果过分地阅读他们,就会误解文学,以为其大半特征可能就是这种烦琐和哼叫。鲁迅留学东洋,也是那个时期的作家,但他丝毫没有这种俗腻的气息。

就像中国的徐志摩一样,永井荷风也在巴黎待过,在西洋闯荡过,然后回国,在文章中不停地对照西洋事情。

不过他毕竟对生活有一些不凡的怪论,如他说:世上最变幻莫测的有三样——男人的花心、秋日的天空、政客的脸色。还说过:对都市自然风光损害最大的也有三样——浑身铜臭的资本家、没有常识的学生、发情期的野狗。

他喜欢"三"这个数字。谈到名胜古迹,他说引得万人拜谒的热闹或极为冷清的各有三处;还说,艺术家的作品与名胜古迹的遭遇是一样的,再也没有比大众喜欢更能伤害作品的品位了。

他晚年的作品要好于中青年时期。这时他变得简洁了一些,可能是因为没有过多的力量絮叨了。他一直未变的是热爱自然风光,懂得品味都市的历史,能够真诚地怀旧和伤感。一般来说,那些不停地描写女性之美的人,许多时候也是十分热爱自然的人。他在一个城市里生活，常要一个人出门寻找好看的树和路，有时就为了记忆中的一个小酒馆而到处徘徊。

《千曲川速写》

岛崎滕村是日本文学史上极有名的作家，是著名的诗人和小说家。这本书是确立他写生派散文家地位的作品。

"我在青麦浓郁的清香中出发了"，这是书中的一句话，写在比较靠前的地方，所以可视为全书由此出发。一种亲切的春天的气息扑面而来，那么安静和辽阔。在仅有一百多字的《天牛虫》一篇中，他开篇即写："在山上，我经常遇见一位长着没有光泽的茶褐色头发的姑娘。"他极善于用一句朴素的、极为具体的事物引出一大片情致，这是高超的文学家才有的能力。例如："我在这片土地上，曾遇见过野蛮的女人"；再如："我们穿过村外的田地，走出刚长出新叶的白杨林"——作者对生活中的一切感受极为敏感和新鲜，而且极为清新。在这里，清新是非常重要的，因为不清新，即没有了特别的淳朴和亲切。尤其是写乡间生活的作品，一切要像刚刚生出的草苗一样，带着嫩绿和青气才好。

他写牧人的生活，说他放工具的口袋叫"山猫"；记载牧人的话："牛角痒痒"；还说："听一听母牛的叫声，就可以知道(牛)是否来了月经"。我们在阅读中，就像作家本人一样，"穿过开着紫色木通花的山谷"，心情有一种非同一般的舒畅感。

作家十分佩服西方大画家米勒，多次引用其言论："自然界的一切，不管多么微小，都是有性格的。那里的壁炉，窗台上的书，在我看来都有伟大的性格。""光亮的叶和暗影，使人激动、欢悦"。正因为这种认同,作家才写出了如此动人的文字。他真是从根本出发观察自然界的一切,其认真精神类似一个自然科学家。这一切再加上一份敏感多情的文学家的素质,也就成了一个非同凡响的艺术家。

他在当年曾经这样批评过日本民族,认为这个民族,"其国民性的缺点,是缺乏对自己的正确判断力和批判力";还说,对于此,"是青年需要思考和努力的"。

《自然与人生》

德富芦花后来定居在农村,自己建了房子,种了树木和庄稼。因为他以前几乎每隔五六年就要换一个住所,有一种漂泊感,所以这一次要定居下来。他定居不久,东京的一位绅士来访,看到这居所的简陋就流露出一种轻蔑。但与此相反的是,一位教徒来看了却非常感动。德富芦花喜欢田园,却不一定舍弃城市。这本来是一个简单的道理,可是在今天,在我们这儿就不是这样,别人一谈到乡间生活的必要和美,有人立刻就要嘲笑,说这是"城乡二元对立"。城乡各自都有自己的美和不足,为什么一定要对立呢?

德富芦花平时坐在窗前写文章读书,一抬头就可以看到山上的白雪,这不是很美吗?无论是不是二元对立,他反正是看到白雪了。他还说,自己想用双手同时握住都市之味和田园之趣——有这样的一种"立场和欲望"。这使人感动。因为我们从中看到了一位智者的心情。人在这种两极化的视野之中,必有一个开阔的胸襟。

在一篇《都市逃亡手记》中,作者写了一个动人的故事。一个男人在寻访了耶稣死去的遗迹和当时仍然健在的托尔斯泰的乡居,回到日本后总想找一个乡村居住下来："要有个家,最好是草屋,更希望有一小块地,能自由耕种。"夫妇俩就一路向西而行,好不容易来到了一条小河边,看到了一幢装着玻璃拉门的漂亮的小草屋,旁边一种叫满天星的树上挂满了美丽的红叶。一打听,这是个叫"粕谷"的地方。他们就在此定居下来。

德富芦花的文字淳朴而轻快。在《草叶的低语》中,他讲了一个被侮辱与被损害的故事。故事发生在中国大连,一个极短的故事,却曲折委婉,中间还有利刃逼颈那样的险峻时刻——妻子的不贞,富人的淫欲,男人的屈辱,都在这短小的故事中表达得淋漓尽致。作者是怎样开始这个故事的呢?没有那么多议论,也没有什么铺垫,而是这样写道:"一棵柞树果,扑哧一声落到地上,那幽微的声响尚未消失,只见一个人突然出现在廊檐下。"

德富芦花拜访过托尔斯泰,所以他在托翁逝世后写给了夫人一封动人的长信。这封信充满了对于伟大作家的敬爱和哀悼,同时对"敬爱的夫人"也有一些不无严厉的指摘。但他还是写道:"夫人,请放心吧,凡是见过您的人,有谁不崇敬您那正直而勇敢的灵魂呢……正如先生是不朽的那样,您也是不朽的。"信的结尾是这样写的:"祝愿您的晚年像俄罗斯夏天的傍晚那样温馨而美好。最后,我的妻子也对您所承受的种种重负,表示诚挚的同情。"

2004 年 6 月 18 日

八位作家待过的地方

我对他们这一类人很入迷。我不是说自己也属于这一类人,所以才有这样的癖好。我不敢界定自己是一位作家,特别是认真一点的时候,我不会说自己是一位作家。因为在我这里不是从职业的意义上谈论"作家"两个字的。而且我也不太希望别人从职业的角度去理解"作家"。

我对他们很入迷。只要到了一个地方,听说那里有他们生活的痕迹,就一定要去看一看。我想嗅一下那里的气息。因为那里总有一些隐藏、一些秘密会被我给看出来。这是我的一种能力。真的,我并没有觉得这样讲是在夸张什么。

每个生命都有一些不可思议之处。他们逝去了,但他们也留下了。生命是难以消失之物。生命的怪异也就在这里。没有人对生命的这种现象完全忽视。只不过有的人能够很确定地认知这一点,而有的人不能。一个生命在一个地方徘徊得久了,会将至关重要的什么留下来,并在长久的岁月中挥发不尽。这是肯定的。一处居所往往成为一个人的象征,因为它盛满了他的精神。这是需要感知的。

在他的居所里,无论是墙壁、窗户,还是他坐过的椅子、用过的一支笔、翻过的一本书,都会散射出他的原子。这是一种能量,它左右你击中你,让你察觉那个生命。他原来还留在这个世界上,观望当代生活,参与我们的岁月。

有一些强大的生命要最后离去,真的很难很难。

苏东坡之波

第一次接触这伟大的、浪漫的作家，是在胶东海边。一想起"苏东坡"三个字，就马上想到了那片天色，那片海浪，那种清冷的气氛。这就是我心中的苏东坡，关于他的感觉的全部。

过去的登州府所在地即今天的蓬莱城。城西北有个蓬莱阁，阁里有苏东坡那块有名的石碑。那块石碑上的字据说越写越自由，畅美的苏家书法就这样留在了高高的阁上，供人瞻仰，发出无尽的慨叹。苏东坡只在登州待了极短一段时间。这是因为当年朝廷黑暗，不断地对年迈的苏东坡任任免免，故意让其在上任的路上折腾。往往苏东坡刚到任还没有几天，新一道改任的圣旨又到了；更有甚者，苏东坡正走在赴任的路上，新的任命就在后面"飞马来报"了。这是催命。

故意不让一个杰出的人物安定，而且企盼他在百般折磨中早夭。用心之恶，古今皆然。

苏东坡尽管只在登州待了短短的一小段时间，传说中也还是为当地人民做了许多好事。站在阁上，凭海临风，想象他当年在这片大涌前的领悟。他的显赫与坎坷，大起大落，大概在古今文人当中也是十分罕见的了。对于世事的洞察力，他不会亚于当时和后来的所有智者。一个敏锐的南方人，多情的南方人，一个怀才知遇的诗人，一个常常倒霉的天才——就是这样一个人，做梦也想不到被支派到了这个海角。当然他后来还谪居海南，那里离死神只有一步之遥；但他毕竟是个南方人，往南，在我眼里并没有什么稀奇。让我稍稍吃惊的是他这一次竟然来到了我的家门口。我的出生地离这里

1998年10月,于台湾诚品书店

可太近了。

我长时间注视着这个神秘的伟人流连之地，试图寻到他的脚印。

我站在阁上，迎着北风，看着浪涌把海底的沙子荡起。这浪涌一代一代荡个不停，人生也只能这样注视它。人的感悟力原来是无边地有限。比如现在，一个人如此地怀念一个既陌生又熟悉的先人。

后来我又去了杭州。杭州与苏东坡的名字连得更紧。作家在这儿待的时间长得多了，所以作为也多。他在这儿整修了西湖，留下了举世闻名的"苏堤"。

我去杭州的时间是一个秋天，菊花正好时节。记得那一天有些冷，和我同行的一位朋友不断地在身侧发出"嗤嗤"的声音，夸张地表达着挨冷的感觉。天要变了，天色已经不好，偌大一个西湖显出了灰暗阴沉的样子。风在隐隐加大，湖水已经在拍岸了。秋天的感觉非常强烈。

我又一次觉得苏东坡一生都是在这种秋冷里编织他的梦境。他是一个浪漫的人，一生无论怎样坎坷，都童心未泯，都要设法做一些梦。他至死都要追求完美。他这一生，从南方到京都，被贬，被宠，宦海沉浮，多少次死里逃生。可他仍像一个孩童那样纯洁无邪。

他也有幸，后来结识了一个叫"朝云"的女孩。

朝云好。朝云非常好。她小小年纪，却有能力理解博大的、命运多舛的诗人，理解顽皮的、以酒浇愁的诗人。她娇惯他如同娃娃，他厚待她如同小妹。他们相持相扶走完了一段奇妙的人生里程。

只是自朝云死了之后，苏东坡就跌入了大不幸。命运对他一而再再而三地击打，然而只有朝云之死，才是致命的一击。

水波噗噗，都是诉说。

歌德之勺

1987年，从北到南走了一趟德国。尽管是草草地走。

来的时候落脚波恩，走的时候去了法兰克福。那一天时间很充裕，我就和朋友在法兰克福大街上闲走。走着走着，突然想起了歌德。这儿不是与老诗人的名字连在一起的地方吗？这儿有他最重要的故居啊。

我和几个朋友立刻匆匆去寻。

这是一个奇特的人物。在文学的星云中，像他一样的文坛"恒星"大概不会太多。在中国，也只有屈原、李白等才能和他媲美。然而屈与李离现在太久，他们的神秘有一部分是时间赠予的。歌德却离我们近多了，从时间上看，他显得亲切易懂。

第一次读《少年维特之烦恼》，扳指计算着作家当时的年龄，感受一个少年的全部热烈。那时觉得如此饱满的情感只会来自一种写实，而不需要什么神奇的技巧。现在看这种理解有一多半是对的。一件伟大的艺术品，究竟需要多少技巧？不知道。我们只知道它会是一位伟大的艺术家写的，它只要源于那样的一颗心灵。心灵的性质重于一切。

今天终于以另一种方式接近了你。今天来到了从小觉得神秘的这位艺术家生活过的实实在在的空间。多么不可思议，多么幸福。我们可以用手抚摸一下诗人触摸的东西，小心翼翼。我们试图通过逝去的诗人遗留在器物中的神秘，去接通那颗伟大的灵魂。

歌德故居是一幢三层楼房，当然很宽敞，很气派，与想象中的差不多。书房、卧室、客厅，最后又是厨房。我不知为什么，对这个宽大的厨房特别注意起来，在那个阔大的铁锅跟前站了许久。记得锅上垂了一个巨型排气铁罩。所有炊事器具一律黝黑粗大，煎锅、铲子；特别是那把高悬在墙上的平底铜勺，简直把我吓了一跳。

我从来没见过这么大的一把炊勺。

这样的炊具有没有办法做出精致的菜肴，我不知道。但我可以想象出当年这里一定是高朋满座，常常让诗人有一场大欢乐大陶醉。可以想象酒酣耳热之时，那一场诗人的豪放。大厨房可以让十几个厨子同时运作，他们或烹或炸，或煎或炒，大铁勺碰得咣咣有声。

诗人的一颗心有多么纤细。我难以想象他需要这样的一间厨房。为什么，想不出。这样一间厨房足可以做一家大饭店的操作间，太大、太奇怪。

主要是勺子太大。

从厨房中走出，到二楼，又到三楼——那里主要是一些关于诗人的各种图片，它们悬了满墙。我没有看到心里去。我好像还在想着那把大勺子。它是铜的，平底，勺柄极长。我就是弄不懂它是做什么用的……人的一生无非是"取一勺饮"，而对于像歌德这样的天才，其勺必大。

这样一想，似乎倒也明白了。

关于诗人的全部故事，我所知道的一些故事，都在这个时刻从脑际一一划过。回想他那两卷回忆录《诗与真》，还有他与那个年轻人的谈话录(爱克曼《歌德谈话录》),感受着一个长寿老人的全部丰厚。他在魏玛宫廷任过显赫的官职,一度迷过光学研究,七十多岁时还与一位少女热恋,激动得浑身灼热。长篇短篇戏剧样样皆精,一部《浮士德》写了几十年……是的,他像所有人一样,只是一个过客,只是"取一勺饮"。然而他的"勺子"真的比一般人大上十倍二十倍。

那天我坐在书房里,在一个非常精致的小桌前凝视。一排排漆布精装书,岁月已使其变得陈旧;它们有些褪色;为了保护书籍,一排书架一律加上了铁丝网。这些书既不允许触摸,也不允许拍照。但我忍不住心里的渴望,还是说服管理员拍了一张。

怎样评价歌德,有一段话我们是耳熟能详了。恩格斯曾这样说歌德的"两面性":"在他心中经常进行着天才诗人和法兰克福市议员的谨慎的儿子、可敬的魏玛的枢密顾问之间的斗争;前者厌恶周围环境的鄙俗气,而后者却不得不对这种鄙俗气妥协、迁就。因此,歌德有时非常伟大,有时极为渺小;有时是叛逆的、爱嘲笑的、鄙视世界的天才,有时则是谨小慎微、事事知足、胸襟狭隘的庸人。"

在法兰克福的歌德之家,我们能够很具体地理解恩格斯的这段话吗?

我却更多地站在诗人钟情的那个少女素描像前。她的眼睛一直望过来,既专注又茫然,好像随时都要与人展开一场永无终了的诉说和辩解。

在他的故居中,徘徊于诗人的物品之间。突然,上一个世纪的特异气息浓烈地涌来……

爱默生礼帽

爱默生在我们眼里够古旧的了。他是一位绅士，是在美国波士顿来来往往的大文人。由于他的作品离现在的潮流颇为遥远，所以人们一度把他视为很古典的作家。我们不太注意他的特立独行。他的确是美国的一位经典作家，那一茬一列几位，很让历史短浅的美利坚人自豪。他是当时"超验主义"的代表人物。至于什么是"超验主义"，现在讲起来已经颇费口舌了。

爱默生是一位极有名的演说家，常常去国外搞巡回演讲。那时的作家都是非常重视演讲的，他们的许多时间都花费在讲台上，花费在面对听众的这种方式上。由于这样做的不是一位两位，所以我们必得考虑其中的原因。可能是视听技术没有像现在一样大面积普及，这样那些作家要将声音和形象直接送到大众面前，也只得以这种方式。再说当时的听众远比现在要多得多，他们的兴趣更容易集中，这就给了作家演讲的群众基础。

爱默生的一生基本上没有间断演讲，他的许多重要作品直接就是演讲稿。他常常举办"春季系列演讲""冬季系列演讲"。演讲而成"系列"，这在我们今天的作家看来大概是不可理解的。他由于常常直接面对听众，而且又是个性情中人，所以免不了得罪人。那时就有人坚决反对自己的孩子去听他演讲，并连续发动有力的抵制。但爱默生从不畏惧。这使我们想到，19世纪的演讲者，不是或不完全是因为传播工具的不发达才大批涌现的。这也是时代风尚、个人勇气等诸种因素的综合结果。

无论如何，作家的品质在退化或改变。现代主义的一个重要特征,就是作家们更多地、纷纷地走向所谓的"自我",同时写作活动越来越走向职业化。他们再不屑或不敢像上一茬作家那样直接面向广大读者。大声疾呼者越来越少了;并且,一个"岗位"论者可以把退却和各种怯懦行为说得冠冕堂皇。

爱默生有太多的话要对人说。他是个多么不愿隐藏自己观点的人。当然,他觉得自己有这样的责任。这大概不错。一个优秀的作家当然不能太职业化,他如果说有自己的"岗位"的话,那就是永远站在牢记自己的责任,并始终要为这责任勇敢向前的"岗位"之上。非职业化的作家才是真正意义上的作家,才会融入精神的历史,他的思想才会织入时代的经纬之中。作家的最大行为就是写作,这样讲不错;可是一个作家的全部行为,他的一生,又会是一部大书:这样讲非但不错,而且还更为完整。

到了波士顿,立刻想到的就是爱默生。爱默生后来定居于一个美丽的小城,叫康科德。于是又去康科德。它离波士顿不远了。我很少见过有比康科德更漂亮的小城了,我相信像爱默生这样崇尚自然的人,才会毅然决然地定居在这样的静谧之地。

他的故居在小城西边一点,已经离那片有名的林子不远了。那片林子中有个极有名的湖,叫"瓦尔登",湖边上曾有个怪人、作家、爱默生的朋友:梭罗。故居是一座带阁楼的两层小楼,白色。同样是白色的木栅门围起的小院里,绿草茵茵。等了许久,从中午直等到下午四点,才是开馆时间。

门口已经有了三四个人,后来又是十几个。有人从远远的加拿大赶来;当然更远的还是我,从东方,从孔子的那个省来到这儿。美国人大多都知道孔子。他们很自豪地介绍着他们的爱默生。

我注意到这座小楼在作家生前得到了多么好的利用。楼梯的拐角、其他一些角落，都放了一些书架。与以前看到的作家和其他人物的故居不同的是，爱默生的书虽然也是精装的，但都是小开本的。这与我前几天刚刚看到的美国铁路大王故居的藏书就形成了鲜明的对比。那些书一律大开本，豪华，彤光闪闪。

屋角有一个衣架，上面放了一顶小小的礼帽；再不远处，就是他的那根手杖了。仿佛主人刚刚从外面回来，摘下礼帽放下手杖，就上楼歇息去了。于是我踩着吱扭作响的楼梯往上。一张简朴的床，床旁仍旧是小小的书架。墙上有夫人的照片。他一生有两个夫人，第一个夫人叫爱伦，与他成婚后一年左右就病逝了，年仅十九岁。他第一次结婚时二十七岁。到了三十二岁，他才与一个叫莉迪亚的女子结婚。墙上悬挂了两个夫人的画像，一个端庄，一个美丽。

一种爱默生特有的气息阵阵袭来。我打了个冷战。四处寻找，不知这气息从何而来。我看着楼上沉默的床，后来又从另一侧的楼梯回到一楼。我一眼又看到了那个斜放在衣架顶端的礼帽。是的，是它在这儿重现一个栩栩如生的爱默生。

1866年他获得了哈佛大学荣誉博士学位。就是这一年，六十三岁的作家给儿子爱德华读了刚写成的一首诗（《终点》），其中写道：

"衰老的时刻来临了，／应该收帆减速……"

佐藤春夫馆

这位日本作家在中国虽然影响不大，但也算个知名人物。他最有名的书，那本晚年写成的《晶子曼陀罗》，我们一直看不到汉译本。他那些用梦幻般的笔触写成的短篇小说我们也看得不多。只有《田园的忧郁》和《都市的忧郁》，被收进一些散文选本中。

极少看到有一个人像他那么厌烦都市，像他那样感知着走向现代化前夕的都市之病。作家本人已经深中了都市之魅。他深刻地反省自己，在一个角落抒发着特异的情怀。

作为一个小说家、诗人和评论家，他一生的创作可谓丰富多彩。在如上三个领域内，他都留下了自己的代表性作品，并产生了广泛的影响。

和歌山县的新宫市是他的出生地。而他的主要活动和生活的地方是东京。我于十月份到了东京，由于匆忙，竟没能到他的纪念馆去。为此，心中一直存有不少的遗憾。而在新宫市，我的这一心愿却得到了满足。到一个作家的出生地来看一看，这是非常之重要的。新宫市十分看重自己的作家，不惜花费巨大代价，将作家在东京的一座楼房原样不差地移建到了他的出生地来。屋内面貌摆设，一切皆依作家生前的样子；就连房子周围的景致，也尽可能一丝不差地"完全照搬"。

佐藤春夫与今天的日本作家差异何等巨大。走进他的居所，立刻会感受到一种强烈的"上一茬人"的特有情调。这是一处故居，更是一处纪念馆；以我的感觉看，没有哪一个人物的故居比这儿更像一个"馆"的了。什么才是"馆"，这要具体地感受才回答得出。馆里的小桌、小椅子、小榻、小扇、小屏风、小画、小橱、小茶几，一律精细而规矩，圆润润油滋滋，一下就让人想起中国二三十年代的一些文人居所；还让人想起城里老人的一些"公馆"。

在这儿喝茶最好。

我觉得作为一个居所，这楼房的光线好，透气通风的窗子设计也合理。只是楼梯太窄太陡了，主人一上年纪就有危险。馆里陈列的几幅照片中就有一幅主人站在陡陡的楼梯上。那是主人六十岁左右的样子。而我现在扶着楼梯上上下下都感到困难，脚下的吱呀声太大了。像许多老式日本建筑一样，它的板壁很薄，一律木结构，一碰咚咚，共鸣性很强。

　　与以前看到的西方作家居所不同，这儿透着一位东方老人的别一种情怀。比如西方一些作家的居所，给人更多的是一种舒适和随意感；这里则让人觉得闲适，多有情趣，是对生活的玩味，爽而不腻，清淡。住在这样的地方，穿和服好，穿西装不好；穿中式服装也好。我说过，喝茶更好。

　　佐藤喜欢抽烟，墙壁上挂的好几幅照片上，他都手持一根长烟嘴，上面插了一支香烟。

　　那一茬的日本作家汉文往往很好，书法也好。佐藤春夫的书法作品就悬在墙上；他的手稿镶在镜框里，也是毛笔竖写，所用的纸也是红条竹纸。他的砚和笔都放在一个显要的位置展出，在那儿静静的，散发着汉文化的气息。

　　佐藤六十八岁那年获得了政府的一枚文化勋章。老作家高兴地在自己的寓所前摄影留念。大勋章垂在胸前，衬着作家肃穆的面容。

　　四年之后，作家去世了。好像当时他正在自己居所里搞什么录音，突然就逝去了。

　　两年后，新宫市民会馆前面，建起了作家的一座"笔冢"。

艾略特之杯

美国有这样一个去处：它不算现代，没有当代都会最摩登的建筑，看上去好像也不那么令人眼花缭乱地奢华繁荣，但确是一个极有名堂的地方。它有故事，有传统，有自己独特的历史。这就是纽约区的格林威治村。

一些老文人都在这里留下了他们的踪迹，这儿的一些著名街道上，至今还能隐隐听到他们脚步的回响。

比如说"费加罗咖啡馆"。这真是一个美国人怀旧的好去处。它的有名，主要是因为当年的一些艺术家经常光顾。最有名的是大诗人艾略特，他在这间咖啡馆品味、写诗或获取灵感，总是流连忘返。

艾略特的代表作《荒原》中出现过这样的句子："喝咖啡，闲谈了一个小时。"他有多少时候是在这间咖啡馆里度过的？我们不得而知。当年一个大脑袋、梳理着非常整齐的分头的人坐在桌旁，侍者走过来，面对这位老熟人微笑，为他端来一杯热腾腾的黑色饮料。他像是在这儿消磨并不太好消磨的时光，构思着他那奇妙的、不能预知的未来。

如今这间咖啡馆极力想挽留过去的时光，而拒绝走进二十世纪末。为了这个愿望，它已经用尽了办法。比如当年的旧报纸、图片，一张张都贴到了墙上；这里有非常多的老照片；当年墙上贴的老猫画，现在有增无减；当年使用的粗糙的老杯，现在依然在用。这是一种沉重的粗白瓷杯，样子极笨拙。这儿的咖啡又太浓，一般人都不加糖，所以成了真正的苦杯。

只有这种杯子才是正宗的艾略特之杯,我这样想。成功,极大的成功之前的杯子,都是这样的苦杯。这样的苦杯最耐品味。

不仅是杯子,就是桌子椅子,也都老旧。侍者穿了黑色圆领衫,朴素非常。他们都一律随和、微笑,看东方人的眼神让人觉得有趣。

整个格林威治村罩在夕阳温和的光线下,等着黄昏。这里的生活节奏仿佛突然变得缓慢了。在纽约,唯有这儿显得懒洋洋的。这就与纽约的百老汇、洛克菲勒中心、华尔街等地方形成了鲜明的对比。这儿没有什么高大逼人的建筑物,让人活得亲切、安适。在纽约,这样的地方就等于北京城里的"四合院区"了。看着街头的建筑,各种装饰、色调,即便是一个对此地毫无了解的人,也会有一种怀旧感从心头滋生出来。每个人怀的都是不同的旧,并不一定是格林威治村的往昔。比如艾略特,他当年走在这里的街道上,想的就是自己的心事。

这儿是老文人区,老艺术家流连之地,气氛特异,风俗不古。如今这儿有一些奇奇怪怪的角落,什么同性恋酒吧"查理叔叔",著名的无政府主义者的定期聚会地,巨幅女性生殖器彩绘,所谓的前卫艺术;当然,这儿更有一些不错的画廊,有大大小小的书店,有东方才有的那种老古玩店。

这儿被称为"作家艺术家的圣地"。

圣地必有圣迹,费加罗咖啡馆算是一处。有人还会向你指指点点,讲述海明威、惠特曼,菲茨杰拉德……一串流光溢彩的名字。一个地方让一批,而不是一二位艺术家钟情,其中必有缘故。艺术家内心的向往在这里表达得多么清晰,这就是:他们可以远离奢华,但却不能没有为人的一份宁静、自由,以及蕴含了内在张力的那种创作的激情和欲望。

格林威治是一只满溢的杯，它盛了怀念、安怡、温情、激动，还有黄昏的光色。

梭罗木屋

多少人向我推荐梭罗的《瓦尔登湖》。几年前我看了。我得承认这是一本不会消失的书。不是因为它有什么惊心动魄的主题和思想，也不是耸人听闻的事件和故事，更不是令人沉迷炫目的才华。它的不可磨灭，是因为作者透过文字所表现出的那种怪谲异常的思路，那种执拗的不愿苟同性，那种认真而非矫情的实验精神。

他在林中生活了一年左右，而且那片林子离人烟稠密的康科德镇很近，在当年步行也不过三十分钟；现在步行大概二十分钟即可。据许多人回忆，那一阵的梭罗时不时地到爱默生家饱餐一顿，并在回去时带走大量吃物。再说那里有一个美丽的湖泊，湖里有鱼，梭罗常常垂钓。

总之在那里住一年两载不是想象的那么困难。瓦尔登湖边也绝非蛮荒老林。这些我在去瓦尔登之前就已经知道了一些，并有了如上的判断。我还不是那么容易就在书本面前冲动起来的人。我没有那么天真，天真到顺着梭罗的指示去想象，一路越想越远，最后感动得热泪盈眶。我有我的经历和经验，我知道什么才叫难和苦。我见过真正的苦难。瓦尔登湖边的苦太不算什么了。这是一个书生之苦，多少有点"为赋新词强说愁"的意味。

他的动人，在于精神。一个没有出路的大学生，一个被人嘲讽的年轻人，采取了近乎极端的方式，给眼前的文明世界来了一家伙。这需要勇气、勇敢，需要敢为人先的那么一种倔气和拗气。这才不容易。在一个文明世界敢于放弃，自我流放，敢于自愿地走向所谓的落魄，这绝没有什么好事在等着他。谁如果不信，就破罐子破摔地来一次试试。生命的实验不是闹着玩的，它形成的缺损、破洞，大多数时候不可修补。

梭罗一去不回头。不是不从林子中回头，他很快就返回了；而是他在已经选择的人生道路上再不回头了。从林中，从瓦尔登湖边回来的人，已经不能再像过去一样地做个好孩子了。结果他也从不打谱去做。他因不纳税而遭捕，还在里面写了《论公民的不服从》，准备在放他的那一刻宣读，对抗他认为的坏政府。人的自由，包括对坏政府的不服从，在他看来是一个人的基本尊严。这儿值得注意的两个字有"公民"。"公民"长期以来被赋予了一种奇怪的逻辑，这就是"服从"，而且是无条件的"服从"。这真是荒唐到了极点。公民的真正权利是什么，包括哪一些，从梭罗的这篇文章可以了解。此文应该成为当代公民的必修读物。他的这篇文章现在已成经典。

其实一篇《论公民的不服从》，即可概括梭罗的全部精神。不服从，就是不服从，不服从既成的一切陈规旧习与偏见。人生需要许许多多的探索和实验，勇于投身进去的，就一定是真正的人，大写的人，堂堂正正的人。

梭罗去瓦尔登一场，其实不过是一次行动的宣言，这宣言不是写在纸上，而是写在大地上，写在了瓦尔登湖上。

人们都愿意用诗人式的偏激来原谅梭罗式的言行。这其实是一种对探索者的侮辱。原谅者摆出一副宽容的样子，只是不知道自己的平庸与恶劣。请听听梭罗在文章中是怎样说的吧：

"现实地以一个公民的身份来说,我不像那些自称是无政府主义的人,我要求的不是立即取消政府,而是立即要有一个好一些的政府。""我认为,我们必须首先做人,其后才是臣民。""我有权承担的唯一任务,是不论何时都从事我认为是正义的事业。"

说得多么好。我们是不是自问过:我们曾经要求过这样的权利吗?这种要求现在看是那么合情合理。

我来到了瓦尔登湖。

我不想夸张,而是实实在在地说,我极少看到过这么美丽的湖。它看上去既不过大又不过小,而是正好。在视野里,它正好。碧绿碧绿,无一丝污染,四周都是高山,山上被绿色全部覆盖。关于湖的大小、形状,以及它的水产和春夏秋冬四时的不同景致,它的一些基本情况,尽可以去看著名的《瓦尔登湖》,它把一切都记述得详而又详。

湖的南面就是那片有名的林子了,梭罗就在那里亲自动手盖了一幢小木屋。这座小屋吸引了多少人的注意,引出多少意趣,已经是人人皆知了。它必有其特别之处,这是肯定无疑的。当年梭罗费尽心思搭起的屋子早已坍塌。而且我还怀疑是被好事之人给拆毁了的。中国、外国在这点上差不多,那就是都太愿意破坏了,而不太愿意建设。不过这个世界上的多情者,懂得事物价值者,也大有人在。所以后来林子里又建起了一幢小木屋,并且与当年的一丝不差。不仅如此,而且里面的陈设也一一依照原样。

现在与过去的不同处,除了人去屋空之外,再就是小屋前面添了一尊梭罗雕像。他在那儿伸着手,好像在继续向人们诉说倔强的理由,不服从的理由。棕黑色的木屋和雕像,简朴得就像梭罗自己。从小窗上可以清楚地看到屋内的摆设:一床,一椅,一桌。这些都在他的书中写得明白。

这屋子太小了,屋里的设备也过于简单了。这是因为一切都服从了主人回归自然、一切从简的理念。他反复阐述道:一个人的生活其实所需甚少,而按照所需来向这个世界索取,不仅对我们置身的大自然有好处,而且对我们的心灵有最大的好处。一切的症结都出在人类自身的愚蠢和贪婪上。人的一切最美好的创造,无不来自简单和淳朴。

他的理念是美的,因为饱受现代病摧残的当代人,越来越明白过分地消耗资源所造成的不可挽回的恶果,明白我们自身与大自然和谐相处的重要性。

因此我得说,我在瓦尔登湖畔看到的小木屋,是人世间最美的建筑之一。它非常真实,就像梭罗那么真实。而我们知道,时下的世界上,有诸多东西都是谎言堆积起来的。

作为一个作家和诗人,梭罗并没有留下很多的创作;但是他却可以比那些写下了"皇皇巨著"的人更能够不朽。因为他整个的人都是一部作品,这才显其大,这才是不朽的根源。

一个用行动在大地上写诗的人,我们要评价他,也就必得展读大地。

他是一个如此放松的人,亲近自然,与周围的一切和善相处。他在当年出门时几乎从不锁门。他发现来光顾这间小屋的人也大致友好,他们既不破坏也不拿走这里的东西。他觉得一切既是大地所赐,那么他也就没有理由将这些东西据为己有。他把木屋向着世界开放。

而今我看到的却是一个锁闭的小屋。

他离我们远去了,于是后人就把他的小屋禁锢起来。

蒲松龄之道

我看过蒲松龄的画像,彩色的,坐在大圈椅子上,穿了官服,一绺胡须。他希望留下一个官的形象,尽管一辈子求官不得。据说他的代表作《聊斋志异》就是刺向官府的,寓意极多。求官不得,又发现官坏,就刺官。

他离我们很近,所以关于他的行迹考证起来并不难。山东一带是他生活的地方,所以去的地方也比较多。他还曾到南方短期生活过。崂山上,太清宫面南大殿,左边的厢房就被指定为蒲先生当年写书的地方。这个厢房阴气甚重,方砖铺地,小桌卷边,很有些特色。

我已经去了崂山许多次,每一次都小心地探头看那个小厢房。里面有浓烈的香味和烧纸味。这气味传达的是一种说不清的感觉,但非常熟悉。我并不觉得有多么浓烈的宗教气息;相反,一种世俗的、底层的感觉,一种迷信状态,总是在烟火里环绕着。真正的宗教并不完全依靠迷信支撑,相反,它总是由求知的主体来确立。宗教离开了科学与思辨,也就开始变质。

蒲松龄的书总由极多的矛盾所交织,并不像一些研究者说的那么简单和纯粹。他们说他是借说鬼道妖来刺贪刺腐。其实他的兴趣分散得多,思想也芜杂得多。比如对待官场,他的态度就有羡与嫉,有恨与鄙,更有些不可割舍的情结在。他是一个迷信的人;而迷信,与我们现在讲的"宿命感"又有不同。迷信是一种更简单的、更浅直的思维。总之他是一个非常民间化、底层化,非常世俗化的文人。他是个文章高手,但又仅仅是个乡下秀才。他的境界还停留在乡间秀才的水平上,这又与他极高的文字技巧与修养不太相符。

其实这种现象古今皆同。当今文场也是这样。不少人在走"大俗大雅"的文路。这样做不是深得文章之道的结果,而是囿于各种条件走不出自身屏障的缘故。这样的道路也只能"大俗",并由此获得自身的生命力。但这样做到了极致,往往也只是第二流境界。因为这样做其实只是"民族唱法"与"通俗唱法"的混合物。而第一境界常常由"美声唱法"或"民族唱法"才能到达。因为手法本身也需要一种纯粹性。

蒲松龄之道,是松弛就便之道。

我从浓浓的烟火气中,真实地感到了这位说狐的高手。小桌冷清,冬天会格外艰苦。想一想这里的寒夜,烛光跳跃,老先生勉强握住一支毛笔,写出自娱的文字。一个失意的秀才如果没有自娱,简直就是要了他的命。

从崂山的写作厢房再回头看淄博故居。那里的陈设也像一个庙。那里面供的是蒲先生。

有这样的屋与人,才有那样的文字。这样的文字有别一种色彩。乡间隐秘都从他的笔底透露,各等传闻也都由他转述。他是一个民间故事的搜集者,也是一位整理者。他在记录和整理的时候并不那么忠实。因为他总顺着自己的心愿改写一二或大部。好在那些传说的精神仍然完好地保留了,这又构成了他的文章之魂。他的全部文字,其实正是以这样的民间魂魄来传世,来不灭。

中国民间喜欢迷信。如果想在民间畅通,一个文人就要装神弄鬼。蒲松龄的可贵处是他并不太装,而是真信鬼神。这又有了一份纯洁和简单。他的故事的魅力,自此也就滋生出来。这样,他既有了不平凡的一面，同时又有了民众喜欢的一面，二者得到了相当好的统一。

《崂山道士》一篇流传甚广，也是他的作品中较易诠释的一篇。故事生动、新鲜，而且发生在一个道教圣地，人们可以具体地指点言说，进一步地生动。还有一篇《香玉》，就是写太清宫的白牡丹和耐冬——它们变化的仙女。

我在崂山上看到了仙风道骨的人。他们就是道士。蓝衣，黑冠，白袜，裹腿。走路时双手轻甩，灵动生风，有些爽气。看着看着想起了蒲松龄笔下那个又荒唐又不走运的年轻道士，心中一笑。当年蒲翁真的在此写下了这个奇妙的传说吗？不敢轻信。不过他来过崂山，并多有流连，这大概是可以肯定的。

惠特曼的摇床

美国长岛出生了一位伟大的诗人，他就是写《草叶集》的惠特曼。以前觉得他非常遥远，远在天边。然而今天读他火热的诗章，随他一起歌唱"带电的肉体"，于感动之中又多了一份亲近。他是一个脉搏扑扑跳动的、远在天边近在眼前的人。他的一生最重要的创作叫作《草叶集》，他永远难忘的正是长岛的蓬蓬绿草："骑马围绕旧地，／观察沉思停留，／五十年前的景象，／我的童年……在我诞生的房子，／在一片丰腴的草地中。"

多么渴望看一眼他所独有的那片"丰腴的草地"。

这一年十月，一个最好的季节，我来到了长岛。从纽约乘火车到长岛不到半天时间。这儿风景如画，是美国人，特别是纽约人最为向往之地。然而在当年，在惠特曼出生时节，亨廷顿小镇还到处

2007 年 3 月，于阿根廷市郊

是林密草深的野地，据记载当时不过是一条街，两排木房。他出生的屋子就在这样一个地方，在一片草地上。

这是一幢十分简朴的二层木楼，外墙皮披满了木板，已被时光之手漆成了棕黑色；这样墙上几个乳白色的门窗，倒显得特别白亮出眼。楼的四周都是草，浓绿浓绿的草。

一推门进去就是一条窄窄的过道，过道一旁是厨房，一旁是一间稍大一点的客厅。这儿陈列了当年家里的日常用具，如切肉的刀，烤肉的架子。客厅连接着卧室，里面一个不大的壁炉，炉边就是一个触目的大床。这个大床上铺了蓝白相间的布幔，极像中国的蜡染布。床的四角立着木杆，支起了幔帐。诗人就诞生在这张大床上。而床的一边，又放了一个独木舟似的小床——摇篮床，极小极小。这就是他一二岁时使用的卧床，一个可爱的人生之舟。谁在当年想得到，这个平凡的娃娃将由此启程，驶向整个的世界。

踩着吱吱响的木楼梯登上二楼。这儿主要是两间：一间出售他的书籍和纪念品，一间悬挂了许多诗人的照片。有一幅黑白放大照片我以前从未见过，是诗人头戴礼帽、留着雪白大胡子、进入庄重的老境的一帧。这张照片特别令人感动，我在照片前默视了十几分钟。一旁有放大的诗人的手迹，这就是有名的诗句："船长，哦，船长／可怕的航程已经结束……"

当年林肯总统被刺，消息传到惠特曼家中，诗人立即写出了这首著名的诗篇。他在诗中称这位总统"脸极丑又极美丽"，说这位总统崛起于"木屋，林间的空地和树木"。这使我们想起诗人自己也是崛起在同一种地方。也正因为这种出身，这一类人才往往具有极强盛的生命力，这是其他人所无法比拟的。他们都是极普通的草叶，然而却永远不会消失。它们从天涯海角长到高山之巅，在天地之间燃烧。草，野性的草，织成无垠之海的草，在风中扬着波涌的草，永远都可以作为人民的象征。

而诗人从来都属于底层，是他们的一个不会屈服的、鸣叫的器官。

惠特曼曾在长岛当了一年左右的小学教师。有一幢红色的小房而今改成了私宅，它就是当时的小学校舍。从学校离开后，他又投身于报界，亲手创办了一份《长岛人报》。但这份报纸不过办了十个月，就被他出让了。他认为报纸的生命实在太短暂了，"报纸来得快，去得也快，生命和死亡几乎同时"。

这份报纸至今还在办着，并在上面印着创办人的头像，表达着它的非同一般的出身和渊源，也表达着后来人的永久的纪念。

办报结束后，他就只身一人去了纽约最繁华的曼哈顿。他在这个世界上最热闹的角落整整度过了十五个年头，据说至少在十家报纸做过，在印刷所当学徒，干过木匠，甚至做过房地产生意。这时候的诗人多半在为生计挣扎。他这一只航船在水面上徘徊，等待着一泻千里的机遇和时刻。

他从纽约曼哈顿出发，又去了布鲁伦。就在这儿，在朋友开设的一间印刷所里，他自己排字，印出了第一版《草叶集》。

我们仿佛看到诗人的小船正在起航，加速，船头顶起了微微的波浪。

然而这本书印出七年多了，诗人仍在为解决自己的生存问题而不停地劳碌。他一边补充这本心爱的书，不断地填进新的诗篇。接着第二版、第三版出版了。它开始走向自己的完美。它的粗犷的声音响彻美国、英国，最后传遍全世界。

我把长岛亨廷顿的草当成了绿色的海洋，我把诗人最初的摇床看作了一只航船。他从那里驶向四面八方,驶向我们。

北美洲的风雨日夜不停地冲洗着这间棕黑色的小屋。它默默不语。不,它在吟哦。

我们屏息静气倾听,听到了如海潮一般的呼啸。是的,这正是《草叶集》引来的咆哮,它已势不可当。

1998 年 4 月 10 日

访德四记

利口酒

——访德散记之一

如果有一帮老和尚偷偷摸摸捣鼓出一种酒，并且能够得以流传，那么这种酒不会错的。和尚造酒是犯忌的。优秀的僧人当然不会去干。但这是另一回事。我想说的是人间一些珍品的源路有多么奇特。

我们游过了西德的北部和中部，来到了南部城市斯图加特。一个下午，我们去城外郊游。太阳很低了，这时才有人想起回城里去。但要赶回去吃饭显然已经晚了点，于是有人提议在城外的郊区酒馆里进餐。

这还是来德国后第一次进这样的饭馆。

整个店像一座乡间别墅，全部用粗大的圆木钉成。屋顶大得很，看上去拙稚可爱。它在浓绿的草木簇拥之中与周围的一切相映成趣。美人蕉红得像火，野栗子树大冠如伞。木头屋子四周约几十米的地方，有一道削成方棱的木头栅栏。栅栏内有白色的金属椅子，有白木条凳。显然，这里面会是很有趣味的。

走进店门，大家都怔了一下。原来这里面十分华丽，简直一点儿不比维尔茨堡或汉诺威那些考究的酒馆差到哪里去——我们来斯图加特之前曾去过两个绝棒的酒馆，印象深刻。这个郊外的酒馆临近黄昏，灯火齐明，金属刀叉闪着光亮。枝形烛台上插满了蜡烛，桌子上的餐巾洁白如雪。墙壁上的装饰让人瞩目：一个野猪头，獠牙弯弯，小眼睛微微发红；鹿角尖尖，鹿的神情栩栩如生，如少女般温柔地注视着来客。这都是真实的动物做成的标本钉在了墙上的。还有壁画，画的内容当然是狩猎，猎人脚踏长筒皮靴，绑了裹脚，举着猎枪。一只棕熊中弹，腾空而起扑向猎人。不知为什么这些壁画都画得笨模笨样的，野物的神情多少有点像人。

这一切使你强烈地感到另一种生活的气息，即远远地离我们而去的山地狩猎、燃起篝火烤肉喝酒的那种情形。我们刚刚从山间小路上来，穿越了大片的丛林，再进这样的酒馆不是正合适吗？酒馆招待彬彬有礼，请客人入座，送盘碟刀叉，一整套动作连贯流畅，很像一种体态优美的舞蹈动作。但客人不会觉得有任何滑稽的意味，相反会从中感到源于职业的端庄和矜持。要点什么菜呢？菜单上标明了有烤土豆条、青豆等，有鱼——一种淡水鱼，样子像青鱼，产自城郊碧绿的小湖；有鹿肉、野猪肉、牛排、猪排等等。我要了一盘沙拉、一份烤土豆条、一份鹿肉。喝什么酒呢？酒的品种可真多，我们几个人相视而笑。

小说家 G 是我们的老大哥。他个子不高，穿一件黑色披风，多少像个将军。他伸出右手说："利口酒。"

我和另一位朋友也选择了利口酒。

原来这是一种无色液体，像崂山矿泉水那么明净，银晶晶的。只有小小一杯，我敢说那杯子比拇指大不了多少。旁边的朋友有的要当地啤酒，有的要葡萄酒，都是大杯子或半大的杯子，我们显然太不合算。我低头看看小小的杯子，见杯子的上半部有一道细细的红线，而杯中的酒刚刚达到红线那儿——也就是说，这种杯子虽然小如拇指，但却没有装满。

我端量了一会儿有趣的小杯子,与小说家 G 一同端起来。其实我们是用拇指和食指小心翼翼地将它捏起来的,送到嘴边,喝了很少一点。

"怎么样?"一边喝啤酒的人问。

我不能算是会喝酒的人。但我知道这一回喝到了一种古怪的酒。它的几滴液体在口中迅速漫开,使我感到满口里都是玫瑰花的味道。但轻轻咂一咂嘴,这种芬芳又若有若无地隐去了,有些微微的麻辣,并透出意味深长的甘甜。此刻的呼吸也充满了这种奇特的气味,令人神情一振。当我放下杯子的时候,这才感到舌尖冰凉,像刚刚融化了几块薄冰。

这就是利口酒。我怎么告诉朋友它是什么滋味呢?我只能和 G 一起喊一句:"好。"

接下去的时间是我们捏住那个小杯子,快乐、谨慎、心神专注地把它喝完了。

一直陪同我们访问的当地一位记者、对南部风物极其熟悉的 H 介绍了利口酒。他说这种酒是很早以前,由一座修道院里的一帮修士们弄出来的。怎么弄出来的不知道,反正是给世上添了一种美好的东西。现在这里的利口酒有好多种了,但他最喜欢的还是修士们搞出来的这一种。

我仿佛看到了一群修士不动声色地在高墙大院内走着,转过一个夹道,进入一间地下室,搬出了一个硕大无比的酒坛。

大家全都兴致勃勃的。H 先生竖起了拇指。

我仰脸看着屋顶天花板墙壁上的狩猎画,想象着很久以前这儿的独特风习,仿佛嗅到了山林中飘出的烤野猪肉的香味。那些好猎手也喝到了修士们的酒,你一盅我一盅,互相眨着眼睛。这样有劲道的酒显然猎人喝起来更合适一点，要比啤酒、葡萄酒之类更对他们的胃口。

有人问 H 先生这种酒是什么酿成的。

H 的回答有些含混，但我听明白它不是大麦和葡萄，也不是其他粮食和果子，而是玫瑰花瓣——究竟是否纯粹的鲜花瓣不得而知，但我确实听到了"玫瑰"二字。

天晓得修士们怎么冥想出这样的玄妙精微，竟然用娇羞艳丽的东西酿酒。我多少有些吃惊，我想起了小杯子上那道神秘的红线，那正是玫瑰的颜色。

这种酒在我眼里是无与伦比的，或许事实上也正是那样。因为它本身包含了美丽的传说，奇妙的想象，还有不可思议的工艺……我想这也除非是修士们来制造，否则是不可能的。

我知道中国的和尚、印度的僧侣，他们都有博大精深的著作，构成了东方文化中最瑰丽最深奥的部分。这显然都是静悟和冥想的精粹，是一度回避尘埃的结果。做大学问的人都是寂寞自得的，与世俗利害相去甚远。试想中国的一些书画珍品、诗文高论、健身秘术，玄妙莫测，很多都出自和尚道人。

我知道物质经济，与艺术神思的原理相悖也相通，它们有一点是相同的，那就是同源于一种生命的创造能力。创造力的消长荣衰，有时是非常奇怪的，它们往往在安静的时刻里慢慢滋生壮大，然后一举完成一件不朽的业绩。

小说家 G 微仰着身子离开座位，又伸出右手。他大约在最后一次赞扬利口酒。

这座郊区酒馆不会从我们的记忆中抹掉，因为它太有个性了。来西德后见过一些有个性的酒馆，印象都非常深刻。我觉得欧洲人返璞归真的愿望非常强烈，这大约与他们的经济发展现状有关系。走在这块土地上，你到处可见他们满怀深情追忆的痕迹，而酒馆只是其中一例。

坐在酒馆里，进餐（物质营养）的同时，不由自主地经历一次精神的洗礼，显然是很棒的。他们要尽一切可能，寻找一切机会，让人们去重温一个过去了的时代。

记得在北部和中部城市，在闹市区，类似的酒馆也不少见。例如在恩格斯家乡附近，大约是美丽如画的中部城市乌珀塔尔，我们就见过一个别具风采的酒馆。

那个酒馆从外部看是玻璃结构的现代化建筑，正门装饰得很洋气。可进去之后，你就会大吃一惊。因为它的内部空间非常之大，出乎意料，真正是别有洞天。整个空间又分成不同风味、不同色调、不同内容的很多很多区间，你可以随自己的意愿和趣味去选择。比如既有举行鸡尾酒会的大厅，讲究、富丽，又有散发着原始气味的、装饰了各种野物标本的小宴会厅；还有东西方各种风格的、各自独立的一些小型餐馆。有的地方是一个怪石嶙峋的山洞，摸索着进了洞才豁然开朗，原来又是一小酒馆。泉声潺潺，水车的木轮当真在转动。一处又一处圆木钉起的小屋，每一处里面都飘出酒香，响着叮咚的碰杯声。

这就是那个酒馆内部的情形。

我们一看就可以明白主人用心良苦。它提醒人们是从大自然中走出来的，那儿的一切仍然像是伸手就可以触摸，青藤缠绕，篝火嫣红，号角频频，狩猎的呐喊震动山谷。酒、野味、休憩的幸福，这一切都是勤劳和英勇开拓换来的。昨天刚刚逝去，人类还多么年轻。

记得每一次宴会都要摆上点燃的蜡烛。现在的电光源已经是五花八门，但唯有蜡烛的光焰在这里长明不熄。仅仅是仿古和怀旧吗？我想这和那装点成原始意味的餐馆一样，给人的感觉是复杂的。

比如在巴伐利亚州府，老市长在市政厅的地下室里招待我们——地下室的墙壁上就和斯图加特的郊区酒馆一样，画满了狩猎的彩色图案。而且这儿的天花板上画了几个很大的动物，画了持枪的猎人。这使我们这些刚刚从繁华的街道上走来的客人进入了一个全新的世界。这是老市长相中的地方。他在此款待遥远的东方客人。墙壁上的图画在我看来仍然是笨模笨样的，倒也特别淳朴自然，透出了绘制者虔敬宁静的心态。那次宴会间，好像是慕尼黑市的文化长官伸手指点着墙上的图画，解释了它的内容。

总之，这儿不断向我们显示过去了的那个时代。这个时代当然不仅仅属于欧洲的民族，同样也属于亚洲。茂密的丛林和那时候的一切风俗一块儿消失了，人们只好根据记忆去复制出来。每个时代都有属于它自己的东西，我们在追忆寻找的那一刻里，也就变得丰富和成熟了。

试问现在还可以产生利口酒吗？现在还有那样的修士吗？我听说西方的修士在旅游旺季开办旅馆接客，而东方的僧人也开起了小卖部，经营图书宝剑和无笔画之类。没有过去的修士了，也不会产生那样的利口酒了。谁要想在充满刺激的迪斯科舞曲里轻轻呷着利口酒，谁就要执拗地维护那样的一种风范，一种传统，一种可以为今人所用的美妙的成果。

那天，直到太阳完全沉没我们才离开那座乡间酒馆。车子向着通往斯图加特的城区开去，我们频频回首望着稀疏淡远的灯火。夜风里，不知为什么玫瑰花的香味十分浓郁。这使我们又一次念出那种酒的名字。

我们那次旅行知道了修士们也会酿酒。

并且知道了玫瑰花也可以酿酒。利口酒，利口酒。

1987 年 11 月

梦一样的莱茵河

——访德散记之二

它流动在欧洲的土地上，流得格外响亮。河水的喧哗声响彻东方。当我走在这条河的岸边，面迎着湿漉漉的风，却驱赶不掉梦一般的感觉。

看看欧洲，看看欧洲的河。

我从胶东西北部小平原启程，来看看欧洲，看看欧洲的河。

它肯定没有我原来想象的宽，苍绿的水面，翻着波浪，一艘艘货轮和客船在河道中奔驰。河两岸是大大小小的城市、遮满了绿色的青山、蓊郁的森林。这里游人很少，真可惜了绒毯似的草坪，可惜了这滋润的气息。一株挺拔的丝柏，立在茵茵草地，远看像喷涌直上的浓烈烟柱；而鸽子和野鸭比人多，一群群鸽子落在堤岸的草地上，我向它们走去，它们向我走来。野鸭子待在游船小码头的木踏板上，我走向踏板，它们专注地看着我。淡淡的水雾流动在河面上，使这条大河看上去更妩媚也更安静了。

我不能不去暗暗比较东方的河——那些无比亲切的、各种各样的、闻名于世的和默默无闻的，尤其是芦青河。芦青河河道也许还要宽于莱茵河,它以不可阻挡之势,在几千年前切开了胶东屋脊,奔向渤海。可是有多少人知道芦青河呢?我爱芦青河,也爱莱茵河。在这平等的爱之中,我心里滋生的是些什么感触呢?一丝惆怅,一丝委屈,抑或一点点愤愤不平吗?

  一天黄昏,我与同行的诗人Z迈过波恩铁桥,在河的另一岸漫步。我们去看一棵茂盛的丝柏,因为在河的对岸观察它,它直冲九霄。踏过一片草地,穿过紫荆树和杜鹃花交织的小径,走到了大树下面。它的枝条一致向上举着,连每片墨绿的叶子也向上举着。整个树是一支巨大火把,照亮了宽阔的河面。它的燃不尽的油性,我相信是来自这油汪汪的河。

  暮色里的莱茵河如诗如画。一条河的美丽除了它本身的壮观,更重要的大概还要依赖于两岸的景色。河行千里,山谷和平原都让河脉串为一体了。举目望去,变化多端的峰峦、密不透风的树林,覆盖了一切的草地,一切都让人感到一种特别的欣悦。我觉得人在这种环境中生活更容易心境平和,滋生出一些美好的想象。大自然是那样地与人贴近,人在大自然的怀抱中,大自然也在人的怀抱中。我想这时如果有一个调皮的摄影师走在河边,扬起他的摄影机,无论从肩上、胳肢窝下、背后,甚至低头倒立,只要随手一甩,按动快门,就会产生一幅很好的风光照片。

  莱茵河滋润了欧洲。

  芦青河滋润了华东的那片平原。

  在我童年的记忆中,河水是清澈的,水下的卵石和小鱼都看得见。河边是野椿树和槐树,是一望无边的荻草。有一次我翻过河的入海口处的沙堤,一眼看到的是随地势起伏的绵延辽阔的茶花——它们雪白一片,迎风飘荡,真正是如火如荼!这条河留给我的是无限的思念，是一生的温馨。我后来离开了它；再后来无数次地跨越这条河，看到它慢慢变得浑浊，水流正向中间萎缩……但我心中的河，却依然是清明闪亮的，它永远被一片绿色簇拥着。芦青河，你不可改变，你不可干涸，你必须一直生机勃勃！

可怕的是它真的在干涸、变浑。由于大量砍伐树木、开垦荒地，水土严重流失。河道里隆起一处处沙丘，河水要在这些丘陵间蜿蜒。它裹挟着那么多泥沙，负担沉重，于是就将其堆积在河床上。我曾满怀希望地去寻找童年的野椿树和无边的茶花，还有那油绿深邃的丛林。结果一切都没有了。我在河边的荒地上，在松软的沙滩上漫无目地地走着，觉得自己突然间变得一贫如洗……使我振作起来的是不久之前的事情。那时我又回到河边，终于看到了大片大片新植的小树苗，还看到了堤下的草坪，刚刚围成的花坛。那会儿我兴冲冲地沿河堤一口气走了十几里路，想象着明天的河，寻找着昨天的河。我知道一切都在开始。这一切做得晚了点，但终究还是做起来了。

莱茵河暗绿色的波涛拍着堤岸，送来一股奇怪的气息。多少船只来来往往，从高大的铁桥下穿过去。船上彩旗在风中一齐抖动。汽笛声低沉短促，像是怕惊扰了两岸的沉睡。河水传来的那股气息，我渐渐明白了是工业大都市的气味。河上还有多少波恩这样的铁桥？不知道。我从桥上走过，总是对箭一般驰过的车辆有些担心。大桥的人行道很窄，行人走到弧形桥面的最高点，可以强烈地感到它在颤抖。再低头望望下面，河道正像桥面一样繁忙急迫，航船如梭。这是一条充满了旋转、追逐、摩擦的河流。

我同样想象不出莱茵河的昨天。它像我记忆中的河流那样宁静淳朴、充满了天然野趣吗？我想会的。两条不同的河流之间有什么在联结着。它们都有过昨天,也都会有明天。莱茵河是否干涸过、荒芜过?它像东方的那条河一样生长着,变幻着,终于成为眼前这样的河了吗?

一切都像梦一样。我与 Z 诗人去看过的丝柏挺立在草坪上,它的沉默使我一阵阵惊讶。有一位荷兰大画家多次描绘过它,如今它就在这河畔上燃烧。有时我又觉得它就是东方那条河岸的野椿树。它那么陌生,又那么亲切,一如它守护的河流。我不得不承认,我更喜欢的还是那条童年的河,那条河里洗净了多少调皮娃娃身上的尘土。它更容易让人亲近,让人理解。它的美是不加雕琢,也不被扰乱的。它的波涛上只有白帆,有欸乃之声,有老人和孩子的笑声。牛在岸边哞哞长叫,羊从堤坡上小心地下来喝水。

波恩大学的 K 教授与我一起沿河走去时,和我谈了很多莱茵河的事情,使我吃惊。比如说,这河里就看不到一个游泳的人。那不是天气的关系,而是人们惧怕污染过的河水,认为在这条河里泡过会生皮肤癌。波恩人幽默地说:"莱茵河如今可以用来冲洗胶片了!"那意思是它的化学污染严重。这条河流经几个国家,沿途几个化工厂毁掉了河水。K 教授说如今已经没人敢吃河里的鱼了,尽管淡水鱼味道鲜美。这是真的,因为我在波恩期间没有吃过,也没有看到销售淡水鱼。显然,现代生活已经如此严酷地改变了一条河。欧洲的文明也没法解决污染问题。虽然这里的水还算清明,不像东方的有些河流那般浑浊,但这里正在开始的,是一场无色无味的毒化。这更可怕。

我把 K 教授的话告诉了 Z 诗人。他说:我们的黄河跳进去洗不清,可你洗吧,保证没事!这条河(莱茵河)可以洗得清,不过谁敢去洗呢。事情真是奇妙得很,看上去不怎么干净的,倒很卫生。不过我想明天的黄河，谁也不敢说怎么样，正像芦青河经历的变化让人感到莫测一样。每一条河都有生命，都在成长和更新。似乎每一条河都要经历那么几个阶段，告别一个阶段，就同时告别了一些欢乐和痛苦。我们没法自由选择，悲怆地遵循了铁一样的自然法则。

我在波恩住了两次，共一周多的时间。可当我以后回忆欧洲之行，首先想到的，却是莱茵河。我永远不会忘记湿润的河风给我的难以言传的感觉，忘不掉一个东方青年心中的波涛。河风将我的头发撩起来，我迎着风往前走，一直走下去。早晨的太阳和晚上的太阳都映红了大河，可一个是火热的，一个是宁静的。我在河边沉醉，畅想，流连忘返。可这一切带给我的又绝不仅仅是欣赏的轻松和愉悦，而是更为复杂难言的心绪。

第二天就要动身去汉堡了，那时又将看到欧洲的另一条大河，易北河。我久久地走在莱茵河边，我想此刻远在东方的朋友和亲人，你们知道我现在看到的是什么？是一株普通的树、一片熟悉的草、一道石砌的河堤……什么都不陌生，什么都不奇异。我们的土地上也有这一切。我们保护它们，并让它们壮大、繁茂。绿色不仅仅只是荫护欧洲，河水也不仅仅只是滋润欧洲。同样，东方那些淳朴的河流，也该强烈地、意味深长地吸引欧洲的想象。晚霞的红色又铺展下来了，大河像少女一样羞答答的。鸽子轻灵地落在我的前方，我向它们走去，它们向我走来。野鸭子也看到了我，它们总是神情专注。我伸手向它们，也向莱茵河摇了摇手。

这是否是告别的手势，我也不知道。我只知道在举起右手的那一刻，心中充满了温暖和宽容。我想我多么喜爱这些小动物、小生命；我会动手植树种草，而对它们永不伤害。我知道还是莱茵河两岸的浓绿，才使人多多少少忽略了它的纷乱。绿色，还是绿色；没有绿色，也许人类会疯狂的。

我最后一眼看到的，还是那株枝叶向上的大树。它从茵茵草地上长起来，直冲云霄。我还是原来的印象，觉得它像喷涌直上的浓烈烟柱。

1987 年 7 月

去看阿尔卑斯山
——访德散记之三

我到了欧洲没有几天，心中就滋生了一个奢望。有一天我向同行的朋友说："不知能不能安排我们去看看阿尔卑斯山？"朋友笑了。我知道他也想看，哪怕只看一眼也好。

东方人心中矗立的是世界最高峰喜马拉雅山山脉的珠穆朗玛峰。但他们也知道西方的名山，知道阿尔卑斯山的名气有多么大。这座雄伟奇绝的山脉西面起自法国境内，经瑞士、西德、意大利，东到奥地利。很多大河发源于这个山脉，像波河、罗纳河，还有莱茵河。

到了欧洲，不看看阿尔卑斯山可太亏了。

当时我们正在北海之滨，在汉堡。那是德意志联邦共和国的北部。而我们一直惦念的山脉却在这个国家的南部。

德国北部的秀丽风光，异地风情，一切一切陌生的让人应接不暇的事物，使我们一度把那座山的影子抛到了一边。但后来到了汉诺威、特利尔，又到了维尔茨堡，正一点点接近德国的南部著名城市斯图加特和慕尼黑。离阿尔卑斯山越来越近了，于是心底的那种兴奋之情又悄悄地泛了上来。

M先生是一家报纸的记者，访问途中一直为我们开车，同时又是天底下最棒的向导。他跟我们在一起玩得愉快极了，我们高兴的时候，他的蓝眼睛就溢满了光彩。他的英语说得不太好，常用的几个单词从嘴里飞出来，十分响亮。他告诉我们，车子再往南开，就可以遥望到一架大山了。

"什么山呢?"女小说家L赶忙问了一句。

M洪亮地喊道："阿尔卑斯!"

棒极了，一切都要如愿以偿了。车子在南部山区飞驰着，公路两旁的景色更加秀丽。车内的人不可能感到疲倦，因为窗外吸引人的景致太多了。我们都觉得这儿比北部，特别是比中部还要漂亮。丘陵起伏，林草荟郁，森林的气息越来越浓烈。在无山的间隔地段，隆起的慢坡高地被密密的绿草覆盖，呈流线型连绵数里，真是绝妙的画境。

绿色的原野上总能看到几只雪白的肥羊。它们好像专门为了点缀成画而来，洁净得纤尘不染。灰色的大盖木屋孤零零地坐落在草地上，每隔一二里就有一座，像童话里的建筑。后来我才知道这是贮干草用的房子。奇怪的是你如果用一幅图画去要求这儿的原野的话，就会发现缺了高地山坡不行，缺了白羊不行，缺了灰房子更不行。

简朴的村庄就在山岭旁边。村庄里除了教堂之外，一般没有太高大的建筑。几乎没有一座平顶房，房顶都比较陡，房瓦是红的或者灰的。小房子挺精神的。整个村庄像用清水洗刷过，洁净地待在谷地里。从一座座城市中穿过，每到了小村庄的边上就感到亲切。

它使人想到东方，想到东方的生活。这儿的宁静和自然，这儿的独特的气质，是在汉堡和不来梅那种城市寻找不到的。

我曾想象过小房子里的生活，想象这儿的农民怎样过日子。他们的土地上水草茂盛、庄稼油汪汪，羊和牛都肥得可以，小房子有的一层，有的两层，方方的隔开很多间。如果用我们习惯了的经验和标准来判断，他们显然舒服得很。

当傍晚车子穿过村庄的街道时，偶尔会听到悠扬的钢琴声。这时暮色一片，尖屋顶、木栅栏都沉浸在红润里。屋子旁边的花圃中朦胧灿烂，巴掌大的叶片在微风中摇动不止。

时间刚好是盛夏，如果在东方，在黄河的下游地带或泰山山麓，正是暑气蒸人的季节。但这儿却像初秋那么凉爽，人们出门还需要一件外套。在我们的华东平原上，此刻勤劳的农民们刚刚擦一把汗水，在田埂树荫下喘息吗？太阳落山时，他们会把衣衫搭上肩头，迎着村落上腾起的炊烟和浓烈的米饭的香味走回家去。母鸡扇动翅膀，白鹅伸直了长颈。广播喇叭正报天气预报，小孩儿把尿溅到了姥姥身上。家庭的声音驱走了一片暑气，院子里的大槐树逗趣般地掉下一个绿壳虫。灶间里的风箱还在呼嗒嗒地响，女人一边往灶里抓草一边看着男人。她去捅火，白色的灰屑扑了她一脸。火焰映出的是额头上一道道皱纹。男人喊了她一声。

我们的车在著名的斯图加特市停留了一天，就径直开往慕尼黑了。

秋一样的凉爽，鲜啤酒一样的清香，这一切都没法不使人神情振奋。M先生两手握着方向盘，常常要告诉一点什么。路旁的山坡上种满了啤酒花，一行一行规整极了。这儿的啤酒花产量是世界上最高的。如果晚来几个月，那正好会赶上这儿的啤酒节了。那可是个盛大的欢快的节日，是世界上真正独一无二的场景。啤酒节又可以叫成"草地节"，你于是可以想象得出啤酒与大自然的关系了。

我们终于来到了阿尔卑斯山下的这座名城了。

从哪里看起呢？这座洁净得如同一只天鹅的城市，这座像冰晶一样闪亮的城市。伟大的艺术家施特劳斯就诞生在这里，是市民们引以为荣的，也该是这座城市的殊荣。我们看到了市政厅附近的巨大喷泉，看到了在广场一侧如痴如醉地吹奏着的土耳其人……可是阿尔卑斯山呢？

我们到"大都市旅馆"里住下后，太阳还没有落山，有人提议趁这段时间去看看它。他找到 M 先生，说："这会儿去看看它吧。"我们都知道"它"指什么。M 先生说："时间恐怕来不及了。"不过他说着却将我们引上了车。

车子愉快地驶出市区。

车子爬上了被绿树掩映的坡路。路旁山坡上的树好密，几乎每株松树都笔直高大，那颜色使注视它们的一双双眼睛也变得明亮了。由于根须扎在一座水分充裕、土层肥沃的山脉上，真正是苍翠欲滴。我们已经踏上了阿尔卑斯山的领地，但离它的那些终年积雪的峰峦还有很远。

M 先生将车子停在一个湖边。我们首先被这个湖泊给吸引了，一下车就伏到了湖边的铁栏上。湖水碧绿清亮，白雾在远处飘移。木船慢慢地游动，三三两两，显得湖面很旷远。湖的另一边消失在大山脚下，也许它顺着山麓转到了另一边去。

大家全都无声无息地看着。这个湖泊是不应该被惊扰的。湖面上徐徐吹来的风撩起了诗人的头发，拂动了女士们的风衣，洗着我发烫的脸颊。

M先生告诉大家，阿尔卑斯地区有空气纯化监视设备，这儿的空气必须纯正清新。还有，湖中绝不准许以油为燃料的船只经过——你们看到那几个全是木船了吧？

当我们正议论着湖水的时候，不知谁在身后喊了一声："看！"大家一块儿转过身去，一齐抬头仰视——不远处，那雾气迷茫的地方有银白色在闪耀，原来那就是德国境内的阿尔卑斯山高峰。它的雪衣在傍晚的光色下闪烁，又被雾幔不时地隐去。峰巅万仞，云气苍茫，藏下了说不尽的神秘和冷峻的威严。

M先生笑着。他终于把我们带到了这里。

我们就这样望着这座高山。我的心绪这一刻非常复杂。我相信一个东方人从遥远的地方跑来看一眼这座名山，都会有很多的感触。那种意味是说不清的。究竟为什么要来看山？看山得到了什么？这一次行动的意义又在哪里？

阿尔卑斯山沉默着，所有望着它的人也都沉默着。怎么回答呢？我不知道。我只能说它在这一刻所给予的某种震撼，是我久久不能忘记的。

天色暗了。我们没有时间离山再近一些了。就带着巨大的满足和深深的遗憾，踏上了归途。

夜色中穿越密林中的山路，这在来德国后还是第一次。我们将车窗打开来，让山间清凉的空气透入车厢。四周一片沉寂，似乎能听到树叶飘飘落地的声音。身后的大山和湖泊隐在了夜色丛林之中，但我此刻仿佛仍然听到了水珠飞溅，就像敲击玉盘；雪峰的倒影映在湖镜上，星海一片，突然有一只鸟在遥远的地方啼叫起来，一声比一声凄厉，一声比一声急促。它叫了一会儿，声音才渐渐地舒缓下来。我想这是阿尔卑斯山之巅的一只孤独的鸟儿。

这就算看过了阿尔卑斯山?

我心头掠过一丝微笑,在微弱的光线下去看同车的几个朋友。他们奇怪地全都闭着眼睛,模样有些好笑。我碰一碰诗人。他睁开了那双布满红丝的大眼,咕哝了一句德语。两天以后我才明白他说了一句什么话,那句话可不怎么让人愉快。

在慕尼黑市匆匆忙忙又兴趣盎然地游览,不知不觉过去了两天。这个啤酒王国让我们喝足了它的啤酒,大家得用双手才举得起硕大的杯子。我们觉得整个联邦德国的城市夜间都亮如白昼,慕尼黑似乎更亮一些。欧洲电力充足,看看它们的灯就知道。再加上金属结构和玻璃结构的建筑较多,可以与灯交相辉映。这儿的灯店给人留下强烈印象,里面的花色品种太多了。可以与这儿的灯店相比的,记得只在波恩和汉堡看到过。我买了一个红色的台灯。

第三天下午是休息、郊游的时间,不是正好用来去看阿尔卑斯山吗?这回我们有时间一直将车开到山根下。想是这样想了,但不好意思跟 M 先生说,因为他几天来开车太疲累了。可是令人感激的是 M 先生自己提出了进山的建议。大家一时无语,只让兴奋在眸子里跳荡。

赶快上车,这是我们离开慕尼黑市前最后的一个下午了。

女小说家 L 穿上了一条鲜红发亮的裙子,坐在我们中间。也可能是多了一条红裙子的缘故,我们觉得一个什么节日来临了。也许有人会感到费解:繁华的城市有多少东西等待我们去瞥上一眼,可我们却一再匆匆地上山……这是为什么?

不知道。也许就因为它是阿尔卑斯山吧。

M 先生告诉,通主峰的有一条缆车。那么说我们可以亲自用手去捧捧积雪了——我从来没有在盛夏摸过白雪。当车驶近了高大的山峰时，我们大家对其他东西都视而不见了，因为都一股心思去看这让人惊心动魄的大山了。

这次可以看得更清晰了。山色青苍，森森逼人。巨大有力的石块呈千姿百态凸立，使你强烈地感到很久很久以前那一次熔岩的愤怒。一道峰刃将另一道挡在阴影里，阴影重叠，白雪皑皑。云流在山口上涌泻，似有撕裂绵帛的声音隐隐传来……

可惜开缆车的时间已过。但我们无悔地站在山根。这儿冷风飕飕，真是个严肃的地方。

我们的车仍在夜色里往回开。大家坐在车中，仍像上一次一样闭着眼睛。半路上，我又推了一下诗人，他又咕哝了上次说过的那句德语。这回我听明白了，他在说："别了！"

1987 年 11 月

默默挺立

——访德散记之四

从法兰克福乘车到波恩，心情异样地激动。车子在高速公路上飞速行驶，两旁不断出现森林、起伏的草地和麦田。偶尔有一块油菜花嵌在田野上，明亮耀眼。这里看不到一处裸露着的泥土，一切都在尽情地生长。林子里，早熟的各种果子已经泛红，鸟儿在树杈深处呼叫应答。一阵雨水冲刷着马路和林木，使这个世界纤尘不沾。我们的车子飞驰着，不断把人带入崭新的境界。

从飞机上俯视这片土地，给人印象最深的是绿色占去了绝大部分面积，而一座座城市和村庄只是夹在大片绿色的缝隙里。绿色在这里成为最主要的色调。我从哈尔滨飞往北京，看到的情况恰恰相反。这条飞行路线是较好的绿化地带，但给人的感觉是绿色只算点缀。欧洲这片土地得天独厚，气候湿润，雨水充足，任何种子都可以在最短的时间里鼓胀起来，伸展叶芽，疯狂地生长蔓延。于是山不见石，田不见土，连高大雄奇的建筑也给遮掩起来了。

这个国家面积不大，山水有限。但由于一切都被茂盛的植物遮盖了，绿荫婆娑，就让人觉得奥妙无穷，意味深长，也分外含蓄。我们的司机H是一位顶呱呱的司机，可他的本来职业是一名记者。H先生沉默寡言，他见我们一路上十分高兴，也就一直微笑着。

一路上大家的眼睛一直注意看两旁的树木，贪婪地饱餐田野的秀丽风光。很多树种似曾相识，但又叫不上名字。有一种红叶树红得人心里一动一动，谁见了都要脱口喊一句："哎呀，快看！"黄色的、浅绿的、紫红的，任何色彩镶在深绿色的丛林中，都会让人眼前一亮。H先生满意地微笑着。

我突然看到了一片棕红色的高大树木，像是一种奇异的松树。它们默默挺立在山坡上，一动不动的，别有一种风韵。我伸手指向窗外，说："你们看！这种颜色的树……这么大一片！"大家一齐转脸去看。与此同时，H先生鼻子里哼了一声。我看见H先生的脸色略有阴沉。翻译同志告诉大家：H先生说那是死去的一片松树——它们是被酸雨慢慢淋死的。目前，这个国家的大片土地都面临着酸雨的威胁。你们还可以看到很多这样的树，很多。

我以前看过关于酸雨的报道，印象不深。它没有在头脑中化为形象的东西。而今天，我再也不会忘掉酸雨了。我知道了它有多么可怕。如果酸雨继续出现的话，那么整个大山不是要慢慢光秃吗？

酸雨是死亡之水。

车子向前,我们接着又不断地发现一处处死去的松树。它们死去了,但并未倒下,只是树杈僵硬,默默地站立着。这种无言的站立,这种沉默……有一种可怕的东西传递出来。

如果想象一下它们当初仰脸向天迎接雨水的情景,会是很动人的。可酸雨首先使它们失明,然后是残酷的剥蚀。最后的时刻来到了,它们终于没有来得及与人们告别。实际上也无须告别。因为酸雨的创造者不是天空,不是上帝,而是人类自己。

我们到了波恩,又到汉堡,到大大小小的城市,到阿尔卑斯山下……到处都是一片浓绿。可见这个国家在环境保护方面用心良苦,这里到处有劳动的血汗,有长远的眼光,有一切尽心尽力的痕迹。非常重要的是,从这一切可以看出这个民族的宽容,对大自然其他生命的尊重。鲜花是生活中绝不可少、最为珍贵的。对一个人的敬重,莫过于向他(她)献一束鲜花。那么看吧,花店处处,芬芳四溢,橱窗、街心、山坡、阳台,到处都是用心培植和任其生发的鲜花。一株嫩芽、一棵小草,只要是绿的、有生机的,就会得到保护。一个人走在蓬蓬勃勃的树林和花草之间,会感到安宁和坦然。失去这一切,我想心灵深处一定更容易荒芜。在这儿,在欧洲的这片土地上,就是这样的郁郁葱葱,一片苍翠。

可也就是在这片土地上,我看到了一片片死去的高大树木。它们默默挺立。

它们告诉你绿荫遮蔽之下,还有另一个欧洲。

这儿物质丰富,工业发达,科技先进,很多人生活得又惬意又条理。可是人与自然的关系是世界上无数法则、无数关系之中最重要的一个,如果这方面出现了严重问题,其他所有方面的条理都显得微不足道了。如果人类文明与地球灾难一块儿发展和扩大，这种文明最终就会将世界引向死亡。也就是说，人们到了再一次调拨生活的罗盘的关键时刻了。你在这调拨中会进一步审视人类迄今为止的一切行为，重新权衡与大千世界密切相关的所有事物。你会认识到，对大自然的绿色生命仅仅是一般的爱还远远不够，仅仅是一般的保护也无济于事。

酸雨在世界的好多角落都降落过。但它只有降落在一片浓绿的土地上，降落在最懂得保护自然的现代人身上，才显出了真正的残酷无情。

我忘不了进入鲁尔区的情景。鲁尔区是联邦德国的工业发达地带，是发生经济奇迹的地方。可是当汽车驶入这里的高速公路，两边的森林从车窗旁飞速闪过时，你会感到一阵阵痛楚。一片又一片焦干的棕红色树木沉默在那儿，挺立着，无声无息。它们高大的身躯笔直伟岸，主干上伸向两侧的枝杈差不多都很对称。绿叶脱光了，成了一具多么完美的死亡标本。注视着鲁尔区的这些标本，任何人都会有一种悲壮的感觉。

核电站的巨型建筑矗立着；一些不知名的工业建筑群像山峦一样隆起。无数大烟囱插向云天；红红绿绿的各种线缆集成一大束，分别向四方蜿蜒。蒸汽喷向天空，很快漫成白云一样。雨水哗哗地浇下，鲁尔区的一切又在淋雨了。谁也不知道这是不是酸雨。雨中，大地一片寂静，连高速公路上的喧嚣也退远了。只有蜻蜓在雨丝中平稳地向前滑翔。

鲁尔区好大，森林的覆盖面也好大。我几次以为已经驶出了鲁尔区，但 H 先生总是摇头。快穿越鲁尔区吧。

H 先生的眼睛注视着前方，从不看路边的景色。我一路上仔细端详着他,觉得他像一个老熟人。其实这是我认识的第一位欧洲朋友。他有一张看一眼就让人信任的面孔,这张面孔透露着坚毅和果决。我在想象着他、他的民族,想象着一个世纪以来东西方的一些重大变故和演化交流。一个民族有一个民族的总体性格,互相无法替代。人与人的隔膜和理解同样都是无限的。我眼中的 H 先生是质朴的,是把激情深深潜入内心的欧洲人。我相信他不用看也知道鲁尔区有一片又一片棕红色的大树矗立在绿野之中,他会怎么想呢?他正在思索什么呢?他的民族面对这一切,被轻轻拨动的是哪一根神经?起飞了的鲁尔区不会一直这样沉默吧!它也许首先肩负起人的一种庄严,表现出经济巨人的聪慧和气魄,力挽危澜,化险为夷。

但愿如此吧。

在遥远的地方,酸雨曾使一片片稼禾成为焦叶,山石上的植被洗光了,鸟雀飞向远方。我们面临着共同的焦虑,两片美丽的国土都洒上了死亡之水。但这些给人的启示又不会是相同的。每一片土地上抵挡灾难的方式都是不同的,有的有效,有的无效。不管怎么说,大自然已经在逼迫人类做出重要的反应。如果人们站在凄凉的田野上面容痴呆,麻木不仁,那么又将有苦涩的雨滴轻轻地洒上他们的额头。

鲁尔区即将穿越。大地明朗清爽,雨后的风从车窗吹进来。开阔的麦田波浪滚滚,金黄色的油菜花又在熠熠发光。森林闪在背后,大海就在前方,一块一块翡翠似的色块抛闪过去。一层层的林木在山岗上扩展开来,真正是无边无际。可这时,又一片焦死的棕红色大树出现了。

它们身躯高大,笔直笔直,默默挺立在山坡上。

1987 年 7 月

北国的安逸

法国翻译家、汉学家 Chantal Chen-Andro 女士在她的一本书里为我出了个题目：什么东西——它可以是一个词、一种事物、一种现象——会马上令人联想到中国和中国人？这个题目出了足有半年多，我却一直没能写出来。原因是我想不出这种能够直接引起联想的东西(事物)到底是什么，甚至还陷入了困惑。她作为一个汉学专家，在表述上绝对没有问题，我也相信自己当时即理解了她的意思。问题是我迟迟没有在文章中做出这个回答，一直心怀不安和歉意。

现在，置身于黄河北岸的阵阵秋凉中，我自然而然地渴望起一种特别的温暖，并且不由自主地想到了怎样度过即将来临的冬天。而且我还想起了过去几年中的这个时节，即秋末冬初在东南亚地区，特别是在欧洲出差时，在湿冷的寒风中怎样瑟瑟发抖，想起那时的窘迫和对灿烂阳光的期待。我曾经想到了中国北方热乎乎的大炕。当时如果有那样一个去处，我会毫不犹豫地直奔而去的。真的，在中国胶东冰冷的冬季，那时我们每次从街上返回，要做的第一件事就是赶紧偎上炕头：寒意顿消，满身惬意。可惜的是，如今不仅在国外，即便是在生活了几十年的这座北方都市济南，大概寻遍满城也找不到一座火热的大炕。

然而告别了它，对有些人而言就是告别了一种生活，一种传统，一种独特的享受。这种享受实际上仅仅是属于中国，属于北方。它在一个游子的心中则更多地代表了中国式的煦热，集中了故乡和热土的一种想念和温情。

在这个秋天里,我好像真的找到了那个事物(东西),它就是中国北方温热的大炕。

是的,一想到炕的形象,它所包含的意蕴,特别是它在冬天所给予的那种安逸,也就想到了我们中国人才拥有的那种生活。想想所到过的国家,好像接近于这种大炕、这种居家习惯的,在东亚一带还有日本的榻榻米、韩国的暖床之类。不过它们与中国的大炕仍然还是不同的,它们看上去更多是相当于中国北方的"地铺"。标准的炕一般比双人床还要大得多,由土坯或石料做成。最典型的炕是用一种叫作"大墼"的片状土坯垒起的。大墼由黏土掺和了麦草拓成,坚韧,保温性能好。北方的中国,特别是东部沿海和辽阔的关东,几乎家家离不了大炕。在那里,一说到炕就想到了家,特别是想到了"我们的家"。在可怕的冬季,即便温度降到了零下四十摄氏度,只要有一个烧得热乎乎的大炕,那么这一家人就可以安然过冬了,这个家也就是可爱的。大炕的确让人充满了留恋。漫天大雪与呼呼响的火炉总是成双成对的;而火炉的烟道只能穿过大炕。这是一种极巧妙的设计,一种节省能源的良方。

大炕与床的区别在北方人那儿是非常清楚的。说到中年以上的北方人,他们十有八九会感念炕的好处。而对于床,对许多人来说那不过是不得已而用之罢了。炕宽大、稳固、随意、耐用。炕十分沉着。床比起炕来要显得单薄和轻浮,也不够坚固。一些有腰腿病的人,一些上年纪的人,一离了炕就会难受。还有些人只有在炕上才能睡得安稳,一到了床上就要失眠。我曾在胶东海边农村看到一些有趣的场景:冬天里,暖醺醺的大炕上放了小孩子,放了怕冻的红薯和南瓜,还有一只猫依偎着老人。入夜后一家人常常围在炕上剥花生剥玉米，男人时不时伸手到烟笸箩里抓烟；来了串门的也马上爬到炕头，一起做活，说说笑笑，传递见闻。这就是一幅北方农村的"过冬图"。我相信这样的情景许多人都不会陌生。

到了冬天，只要进了一户人家，好客的主人就会说："上炕暖和吧。"不仅这样，他们挂在嘴边上的还有："上炕吃饭""上炕说话""上炕歇着""上炕抽烟""上炕看书""上炕喝茶""上炕打牌"，等等。这让人常常觉得炕才是一切，炕是一个家庭的中心。的确，有时候我们不得不说，一个家庭是以炕为中心组织起来的。人的生老病死都在炕上，从出生到终了，都是在炕上。炕与人的亲密关系真是怎么说都不过分。

记得从北部广大地区进城的人，由他们亲手设计的公寓楼曾特意在主卧室留下了修筑大炕的地方，惹得城里老户哈哈大笑。笑过了，设计者照旧筑起大炕，并通上火旺的炉子。

炕不是床，所以不能说"一张炕"。它要说成"铺"；更多的时候还要按"座"来算，平常都说"一座炕"，听口气就像说一座山一样。山是不能移动的，因而它一直装在游子的心里，化为永恒的参照和长久的思念。

2002 年 10 月 18 日

2009年1月，于万松浦书院

从沙龙到小屋

这次从中法文化年的"巴黎图书沙龙"离开，受马赛大学汉学家杜特莱先生邀请，与朋友一起去了南方。大学的学术活动安排不紧，这正好与巴黎的情形相反。我以前来法国时，只在巴黎和里昂、里尔几个地方转过，并未深入美丽的法国南部——普罗旺斯地区。这里的清新自然与繁闹的巴黎相比，真是另一个天地。有过几天图书沙龙上的经历，南方让人产生大舒一口的感觉。

法国图书沙龙虽然没有法兰克福书展浩大，但也够吵够闹的。这里是张扬和卖的地方，一万个嘴巴在嚷，这对于安静一隅著书的作家来说实在不是个好地方。在书展期间，我们作为"主宾国"的被邀作家分批上场，有时每人一天要有两三个活动，演讲、座谈、解答、见面，累而无趣。思想和艺术之类一旦化为商品，最尴尬的又会是谁呢？

我在这二十年的时间里断断续续参加着一些"国际文学活动"，邀请方大半是文学出版界和其他文化机构。即便在美好的交流中我也没有感受到多少真正意义上的"文学"。在西方，作家与出版者、出版者与读者之间，早就是卖方和买方的关系。一种成熟的文学商品市场以恒久不变的规律运行着。几个执着的作家，不要说弱势的东方作家，能够改变这种现状吗？西方与东方一样，南方与北方一样，最好卖的从来都是同一种东西。这些是不会变的。世界上任何一个地方——不，在拥有长久资本主义传统的西方，在商品经济的发达之地，"卖"字只会叫得更加响亮。

杰出的作家迅速被市场接纳的机会少而又少，偶有接纳也不会让其幸福个半死。像我的朋友一样，他们在任何情形下都是平静的，市场只是他们的目击物。在物欲横流的世界上，杰出的作家在世界范围内都会是"异类"和"陌生人"，所以当一个民族的作家寄希望于另一个民族时，常常就会发生一些最无聊最幼稚的事情。世界上也许再也没有比让文学"走向世界"的呼号更可悲可笑的了。文学是心灵的激越和沉寂之物，是一部分人的生命冥思，有许多时候其境界和情致是难以言喻的，又怎么会变成体育赛事那么简便和易于操作？

在文学商品之河里，如果是出奇的下流与尖叫，也许一夜之间就会"走向世界"。

如果不是，如果哪怕稍稍含有一点真正的个性与美，那么就极有可能等到"一千零一夜"。

但在所有的夜晚里，写作只是作家本人的粮食和茶。他们不会大胆奢望自己的劳动会成为一个民族的粮食和茶，甚至连小点心都不是。但这仍然不会使写作者绝望，仍然会使他们感到幸福。然而也仅仅是拥有这种幸福的人，才有可能给未来和人类提供一点点食品。

美丽的普罗旺斯郊野上我们看到了什么？有不绝的绿色，起伏的山岭，有每个春天都适时而至的花团锦簇。但这会儿在我眼里最美的，是隐于山野的一幢幢小屋——它们大半很小，小到了不经指点就会被忽略的地步。可是啊，这些小屋一旦被指认就会让人怦然心动，就会发出奇异的光。

山坡上，丛林中，偶有褐色黄色的石屋，一问，是画家塞尚、毕加索，哲学家海德格尔等人的故居。除了毕加索的居所是大的，其余都不太起眼。如今它们沉默地诉说，潜隐地炫耀，质朴地光荣。这些远离尘嚣的居所使他们在当年尽可能地保护了自己的生命力，伸长了对于整个世界的悟想，创造了无与伦比的思想和艺术。

这样的小屋多么适合享用自己的粮食和茶。塞尚当年怀着一个理想，从外省到了热闹的艺术之都巴黎。但他的作品从来也没有挤进过官方沙龙。四十岁上，塞尚干脆回到了南方，住进了这样的小屋之中。从此，那些闹市的浮华、可疑的潮流、追逐与攀附，更有不被人欣赏的寂寞与苦境，统统被驱到了天外。它们一起消逝了。

伟大的塞尚，今天我们从巴黎的图书沙龙跑出来，站在春风里注视你的小屋，竟忘记了你是一个享誉世界的人。

2004 年 4 月 9 日

远逝的风景

怀斯(Andrew Wyeth, 1917—)

他执守故乡，不去远方，而且能够在现代抽象艺术最为风行的时代坚持自己的写实主义。后来，在怀斯艺术越来越引人注目的时候，有人即多次指出他的作品中所蕴含的现代性——当然，一个优秀的艺术家活在现代，呼吸着现代的空气，与真正的现代主义原不会有什么根本性的隔膜。可是我们时下究竟被什么所感动？是艺评家所谓的"现代性"吗？不，不是这样，或不仅仅是这样。还有，这儿谈论的"现代性"又是什么？一种技法，一种现代人看取事物的观念和视角？一种艺术思潮？最后它到底是什么我们也不知道了。我们常常把一个时期最盛行的某种倾向，甚至是模式，作为它的同义语给接受下来了。其实真正的现代性之中所理应包含的一些要素，如一个时期所独有的深刻表达和发现，它的方向性和穿透力，对应时代而爆发的激情，却常常为我们所忽略。

怀斯的写实艺术在我眼里即是真正的现代艺术。只不过他不是采用惯常的另一种技法的现代艺术而已。像一切好的艺术家一样，他抓住的只是现代艺术的本质。是的，怎么会有一个动人的艺术家可能是思想陈旧、背时、意识老化的木头人呢？我根本不信。

我被他独特精到的表达给深深吸引了。他是这样的艺术家：一生好像只画故乡的两个村庄，而且是两个不大的村庄。画邻居、房子、道路、鸟、树木和草，仅此而已。他一生着迷的就是身边这个世界，想穷尽它的无尽秘密。他的情感，好奇，热爱，包括憎恶，也都在这里了。这样的艺术家，目光仅仅投射到方圆几公里或十几公里，真是奇特啊。他不仅不显得局促和偏狭，反而因此而有了深度和强度。他抓住了自己的感受和见解，也抓住了自己的认识。这就是他的非凡之处。一般的艺术家做不到，他们远没有这样的安静从容；一般的艺术家由于担心自己落伍或背运，总要及时大胆、稍稍有些莽撞地开拓自己的世界——外部和内部的世界。结果其中的一大部分在这样做的时候反而要丢失了自己，因而变得非常平凡，以至于平庸。

怀斯安心却又执拗地一路画下来。邻居的一个残废姑娘，从她的少女时代到她的老年，怀斯都画了。她的命运风霜能够牵动他一辈子，又怎么会不打动我们？对人如此，对物也如此。对一棵草，时常看到的草，几十年看到的草，他也是这样。这就很难没有命运感。所以，他就伟大了。

他眼里的房子，它的历史，它抵御风雨留下的深皱，都通过画笔传达给我们了。在艺术中，我就不信痛苦会背时，命运会背时；还有，我也不信深刻的怜悯会背时。真情、专注、坚定、不妥协、敏感，这些为人的品质在艺术家那儿一旦凸显，就必会长久存在。

从一般艺术的行情看——现代艺术是有"行情"的——那些长嘴多舌的所谓的大鉴赏家是不屑于谈论乡土艺术的。可是事物往往具有极大的讽刺意味，这就是：真正的艺术可没有什么寂寞的尴尬，也没有多少这样的痛苦。到头来是大鉴赏家自己忍不住寂寞，是他们过来凑热闹。真正的艺术是自由的，独立的，更是自信的。怀斯的自信和自足一开始就存在着，只不过越是走向成功的后来，就越是被人察觉。后来，许多人不仅可以从中看到特异的美，还可以看到他们曾一直为画家感到遗憾的现代性——至少是组成了这个国家最能引为骄傲的现代艺术的一部分。

雷诺阿(Pierre-Auguste Renoir，1841—1919)

他在生命的最后时节说道："我才刚刚有成功的希望。"这使我想到了海明威的话：身体好的时候脑子不行，后来脑子刚训练得差不多了，身体又不行了。德拉克洛瓦也说过："什么天赋才能，真是造化的残酷讽刺：它要等你精研多年，把需要用来进行创作的精力消耗净尽之后，才会降临于你！"

至爱艺术的痴迷者就是这样理解自己的生命与艺术。原来他们一切为了艺术、一切服从于艺术。身体也仅仅为他们的艺术而存在。他们的一生都被同一个精灵所引领，直至到达一个最高点上，这时候的精灵才微笑说：就是这里，它是这样的。但这时也大半是艺术家的最后一段行程了。"朝闻道，夕死可矣"——但也毕竟是刚刚闻道，是不可挽回的遗憾，是大悟之中的大告别。

只有最勤奋最优秀的艺术家才有这样的感受和心理境遇。

他被美狠狠击中的时候，我们往往是知道的。许多大天才到了这个时候，都无法隐瞒。他总要通过画笔、文字、声音甚至是岩石泥土之类表达出来。雷诺阿眼中的女人，无论是少女还是妇人，都在感动陶醉他那一刻时变得不同凡响。他在这种情境中深深沉入，体味，特别是惊叹。他惊叹生命、人体的美，而且这种惊叹之声与其他人绝不相同。他的惊叹是无声的，却不是通常的叹息。他把倾诉隐藏得很深，看上去好像只是惊羡而已。

阳光，鲜花，女人，还有水与光，是这些在一起。天真，丰腴、单纯,是这样的品质。他一生主要画了女人,也画了许多儿童、男人。他画的许多裸女都有儿童的神气。这说明他非常疼怜她们。疼怜女子的艺术家——听来这毫不令人吃惊——其实不然。只有最优秀的艺术家才会这样。当然,这只能是一种深刻的疼怜。我们看到的常常相反:有人站在生存的高处,带着莫名的优越感去看女子。至于那些猥亵的目光,就更不值一提了。爱,带着微微的惊讶去爱,就必会抱有疼怜。

他用"丰硕"两个字去概括她们描绘她们,而又并未因此失去当代的审美感动。他认为是美的,那么受众也认为是美的——当代人给予的这种慷慨和宽容,真是令人惊讶。他爱的笔触深入了肌理,探寻了奥秘。她们像水果,像梦幻,像朝霞。他让她们一个个都慈爱和善良,生出美好的其他生命。这样的性质,这样的人,应该是丰硕的。她们是世界的结果,尽管这个世界也很不像样子。可是正因为这个世界是我们的生息之地,我们才要爱这个世界——于是也就爱了她们。

他与许多现代画家一样,在伟大完美到不可思议的传统艺术面前,感到了深深的不安和自卑。当这自卑稍稍消退一些的时候,他们就开始寻求时代的支持。他们在自己的土地上吸收力量,开始一生当中最为重要的一次突围。这就是传统的突破,是前所未有的崭新画派的诞生,比如雷诺阿和他们的印象派,再比如其他诸派。生命不息,则派生不止,这是用不着奇怪的。奇怪的只是艺术家们在同一种土壤上成长的不同结果,是其中某一个人所表现出的挺拔的力量,是他真正不同于别人的个性的魅力——这才是我们所谈论的意义,也是为我们所着迷的,如雷诺阿。

他心中的女性,她们天真烂漫的温厚,如此强烈地感染着我们。

　　雷诺阿的老年来到了。人人都有老年，雷诺阿的老年是一个纯粹艺术家的老年。不同就在这里。他的心灵永远活跃动荡，不安和激越。多少幻想，多少计划，多少展望，一直堆积到最后。他的心不会老，这让我们看看他在去世前三年为妻子塑的胸像就知道：多么甜美，憨稚，还戴着花。

卢梭（Henri Rousseau，1844—1910）

　　他是这样一个艺术家，能够用自己的质朴和真实、朴拙和单纯让别人羞愧。艺术家既以洞察力、以强大的思维力见长，那么同时又可以是如此简单纯洁的吗？是的，卢梭的人和作品就说明了这一点——许多的艺术家也说明了这一点。而能够做出这种说明的，往往都是真正的、极其不凡的、卓尔不群的艺术家。那些在创作中用尽巧趣的，从来都不会是最优秀的。但是，单纯简洁的艺术对一般人而言，还会产生费解，还需要时间来帮助鉴别；而不需要时间帮助就能当即识别的，则会是另一些大慧眼，比如当时的毕加索和诗人阿波里奈尔等——他们当年就极为重视寂寥的卢梭。另一些为数甚多的人总被机巧小术给蒙住，这些人都是潮流和风头的势利眼，又哪里会有直取本质的能力。

　　看卢梭的画，会有微微的惊讶。他眼中手中的人树草虫——一切的动植物，都是那样充满了童趣。他画的动物的眼睛和人的眼睛一样，都是那么一副呆板而多情的样子，在脸孔上的比例都成问题。这样的眼睛总是睁得很大，很动情，直盯盯地望过来，然后也就让人害羞了。我们的经验中，只有儿童才用这样的方式和心情来作画，这是因为他们对于初来乍到的这个世界、对于诸多险情和阴暗还没有更深的体会，同时也没有被这个世界的污垢所沾染。儿童的深刻，也就在于其直接性和单纯性；儿童的可爱，也在这里。

卢梭画的一切事物，都色浓，鲜亮，丰满，壮硕。这就有个心情和视角的问题。他看取的是他心中的，是不受他人打扰的自我印象。而我们大家看取事物时，却要自觉不自觉地观察别人的眼色，所以最后得出的结果都大致差不多。这说明卢梭比我们更特别，也更爱这些事物，更愿意与这些事物交流。每一片叶子都被他画得很肥很厚，敦敦实实，好像他在那一刻一边画一边郑重地指出："叶子！叶子！"这是他在心中据为己有的一片片叶子。他画动物与人，所用的心力和耐性都无不如此。他要先在心上拥有了，然后再画出来。我们看到的，都是他拥有过的东西。

他这样的笔触，是极不利于用来谴责的。他太多情太纯洁，画不出坏人，也画不出内含恶意的事物。他把视野中的一切都单纯化了，朴拙化了。然而这也正是力量之所在：给物欲横流的现代世界来一个全然不同的提醒和诠释，立此存照。他的作品不可能不促进我们的反思，因为我们都从儿童时期走来，都或多或少葆有一颗童心。

以简单对应复杂，以纯洁反衬污浊。这是艺术永恒的力量。他的表达之路多么直接多么切近，所以他对于我们是一种始料未及的深刻。他用最温暖的心情安慰了烦躁不宁的现代，所以我们不由自主地就要爱护他和他的艺术。

高更（Paul Gauguin，1848—1903）

他那么卓越，超凡脱俗，勇气和道路令人铭记。许多大艺术家有一个共同点就是：他们在人生之路上总有一些极大的动作。这里说的不仅是指高更告别闹市与家庭，前往土著人的小岛终其一生，更重要的还有其他：进一步冲破专业规范和禁忌，更大胆更不顾一切地、酣畅淋漓地表达自己的欲求和力量。

这让我们看看以前的画家和他们的画就可以明白。纵横交织的探求，成功与失败，不甘与妥协，踌躇，因袭，勉为其难的坚持……在新的时代，在金钱与性的压迫中，画布与颜色之下，到处都发出了吱吱尖叫。这样的时刻再也不能像以往那样使用画笔了。现代主义的抽象艺术越走越远，尽管方向不尽相同，号叫声却越来越大。高更在当年并不完全赞同他们，有时甚至是反感和绝望的。古典的药不能再服了，当下的无聊号叫也令人厌恶。他深切地感到必须重辟新路。他以自己的痛苦铺开通道，极力想抓住一种本质。他这样尝试了许久。

巴黎作为一个艺术的中心已经太久，这里不乏古典杰作，也充斥着变革的新音。一种饱和的挤压的痛苦，像森林一样茂长的颜色的丛林，难以寻觅自我的焦灼，这一切合并一起，会轻而易举葬送一个艺术家。然而高更却不失时机地找到了出逃之路，这就是众所周知的那个塔希提岛。

告别闹市并非有多么了不起。许多人都有过这种选择，这只是形式而已，并非一定反映出一个人对其选择的独一无二的深刻理解。所以说我们更要看其后来，看其行为的结果。代价既有，结局如何？行动者在通往终结之路上究竟做出了什么？如果仅仅是遁世，那也没有什么让人惊讶的——如果是新一轮冲刺的开始，那就要让人肃然起敬了。我们对每一个重要举动的背后，总是有着极大的期待。

高更以未被现代文明改造浸染过的土地为依据，理解着生命的性质和力量，体悟它强盛和茂长的本能。结果一种浑莽强悍的笔触出现了，他笔下的塔希提岛在阳光下放出强烈光芒，岛上的人个个都是野旺的生命，目光直接，动作淳朴，情感自然。这一切与当年的巴黎情调是多么不同，更与不计其数的所谓的当代绘画大异其趣。贫弱的绘画艺术又一次，并且是极为重要的一次，被注入了原始的生猛血液。高更作为一个人的不可重复的个性，他的态度和情感，他对整个世界的见解，以至于他的某些怪癖，也都在此刻经历着一次全面的展示和袒露。

那样触目的大色块，那样率性酣劲的线条，显然正在表明一个不甘屈服的艺术家的奋力反抗。我们可以透过这些画面听到他粗长的呼吸和不断的拼力声。他追寻的是健康、原生，是生育的机能，是强大不测的自然之子。只有对世俗物质放弃了追求，对一般意义上的生存贪欲能够冷眼相观的、非常放松的人，其目光才会有这样的穿透性，其笔触才会有这样的镌刻力。这其中渗透了画家的多少理想，多少向往。他急于融入其中的焦灼和痛苦总是一再地让我们感到了。我们可以得知，他画这种生活，他住在岛上，却不一定真正地融入了。这种痛苦的深度其实只有画家本人才能体味。因为无论如何他还是一个巴黎之子，他的血液让其发生了自觉的伤痛。就是这种伤痛才使他有了清晰的、深深透着惊讶的表达，才使他把这种表达变成了可能。

看看那些女人和男人的目光吧。这些目光你熟悉吗？这又究竟是什么目光？他们的注视当中包含了什么？所有这一切都那么费解，有时真有点似是而非。我们只被这目光纠缠、击中，久久不忘。这仅仅是土著人的目光吗？不，这是人的目光——它们有别于一般意义上的乡村和都市的目光；原来这是从自然深处投来的目光。还有，这目光为什么如此拗气如此陌生？他们当时在注视画家本人——这一点我们不要忘记——这目光肯定表明他们与画家情感和理解上的某种关系，以及二者之间的多重距离。这距离是难以消融的。

当然，正因为有了这距离，我们才可以窥见一种特异的美。然而在当时，高更是因为这距离而痛苦过的。

马蒂斯（Henri Matisse，1869—1954）

绘画艺术由极端忠于表达对象到追求某种神似，走向抽象，有一个过程。在西方，照相术的发明可能极大地推进了这个过程——绘画要进一步与照相区分，就必得走向变形和写意。而在东方，写意作品的出现却要远远早于照相技术，这是颇为让人玩味的。既然照相技术可以逼真再现对象，那么一丝不苟的描摹就成为多余。这显然会进一步促使传统西方绘画艺术的衰落。印象派的出现，使西方美术加快了走向抽象的速度和节奏。而后来的毕加索和马蒂斯更是让这种艺术自由飞舞起来。所以说，他们是飞舞的精灵。

但我们这样谈，总有点陷入一个稍稍庸常的怪圈，即过分靠近了某些艺评家——那些从来都是依据形式创新而大发感慨的艺术啦啦队员——而不能更进一步地深入艺术生命的核心去理解艺术本身。是的,形式从根本上说无论如何也还是微不足道的,而我们在面对大艺术家于形式方面所做的不安而顽强的探求方面,也必须是着眼于他们艺术生命的演变和更新——他们的生命在形式的改变中极大地释放了,而不是相反,不是在一种游戏中的无谓消耗。那样将是可笑复可惜的。在真正有内容的艺术家那儿,这种情况当不会存在。他们在越来越自由的同时,也总是变得越来越有力。他们为了有力而变革,变革也使之更加有力。反过来,次一等的绘画者总是以形式的激变,以形式上的刺目与怪谲而招人议论,爆得虚名。除此而外,他们并没有在生命历程中真的抓住了什么奥秘,反而呈现出内在的虚弱,没有了充满张力的表达。

马蒂斯则始终专注,对自己的追求充满了燃烧般的热情。这是一个少见的孜孜不倦者、革新者,永远对绘画艺术保持了探险般的兴趣。他的强烈个性更多的不是依靠新的形式而生发,而是新的形式更加深入和便捷地表达了他的个性、他对世界独一无二的认识。他画的打牌者、读书者,其眼神的特异,简直让人过目不忘。你会从画幅之间领略一个真正有趣的、幽默的、对生活有着别一种理解的画家。这当然是一个奇特的生命,就是这样的一个生命,而不是其他,才使他的艺术走向了另一个峰巅。他对于自己的时代、对于历史,都是宝贵的。他不仅没有重复别人,而且始终都在努力创造,所以他也就永恒了。

像一切生命力极为旺盛的人一样,到了晚年,他以更加活跃和不安的灵魂,抵挡着背叛的肉体。只要一有可能他就显示出这种反抗性,开始多方尝试。他摆弄起剪纸,这看上去有点像小孩把戏——但我们知道在大艺术家那里总是能够点石成金,纸片在他的手中很快有了灵气生命,它们或飞舞或歌唱,在宇宙中再也不能安息，就像活着的马蒂斯一样。

达利(Salvador Dali，1904—1989)

人们愿说这是一个天才的浪子，一个罕见的怪杰，等等。他的特立独行，狂徒般的喧嚣，不仅没有使自己的艺术名声折损，反而因此大大加强。这是他的喜剧还是受众的悲剧，没有多少人给予剖析。我在西方曾亲眼看到拥挤的"达利展"——那时没有一点好奇，只觉得满心悲凉。

他曾自比毕加索，说像对方一样，都是不朽的西班牙人。好像真的不朽了，好像真的像毕加索那样，一生丰富斑驳，不可思议的怪异。其实一切还远没有那样简单。上一个世纪的艺术在心灵上的回荡还没有逝去，更没有从遥远的回音壁上折返；不仅如此，嗡嗡作响的现代机器正高速运转，冷静清澈的黎明还没有来临。但是，即便如此，即便在这样特别的时刻，我们也大致可以回眸，可以试着将艺术的水流沉淀一下，把漂浮的泡沫轻轻拂开。

大概没有人否认达利的能力，甚至也不能否认他的才华。你可以去看他的《窗边》，还有诉诸画笔的对于"漫无目标的化学师"的描述。他的能力和匠心，也完全可以从一些画作的局部写实中窥见。问题是这些能力是否足以支撑起一位伟大的艺术家，因为我们知道"能力"在"伟大"的构成中并不占有绝对的意义——甚至连"才华"也不能算作最重要的因素。除了"能力"和"才华"，一个真正伟大的艺术家还需要什么？什么才是最重要的条件？这样至大的问题从来都是难以回避的，而这时候却是必须要回答的。

我们如果将达利对比一下"笨拙的"画家凡·高，即可以强烈感知艺术家们的不同,并可明显地评定他们在质地上的差异和分量。还可以对比一下更为"笨拙"的画家卢梭——甚至连他也是沉甸甸的,能够在心灵上冲击我们。而达利既没有燃烧的热烈,也没有那种底层性和悲剧感——完全没有这样的特征和倾向。

原来天才的艺术还渴望一种灵魂去引领。到底是什么生命,一旦在先天和后天中注定,就必要在一生的劳作中显现。

艺术家在绝望中是要号叫的。不顾一切地号叫,以微小之躯对应无边的浩渺,真是痛苦。可一切都无济于事,一切都不过如此。痛苦并不因号叫而减少,古往今来的艺术之域宛如星汉宇宙,它的无垠之象会依然存在。个体的,一己的,短暂的,消失或记录的,一些区别,一些声音,一些画面,一点印象,仅此而已。达利属于号叫者,属于冒死一搏的角色。可惜他的号叫首先扰乱的是自己,是耽搁自己的创造,并深刻影响其艺术品质。这只能是一种不幸。

由于绝望和失去善意,就必然要失去美。他的许多作品都让人产生极不愉快、极不舒服的感觉。有的作品不能不说是令人厌恶的,令人产生呕吐感。更多的是简陋、草率、空泛、耸人听闻,这些在达利那儿不仅完全不是禁忌,而且早已习以为常。可是,我们无论进入怎样的时代,有些道德上和伦理上,以及审美的基本原则是未曾改变的:我们仍然在追求完美,尽管它是各种各样的;我们仍然需要心灵的震撼和启迪;我们也不拒绝艺术中的"痛苦"和"悲剧",但那会是我们乐于领受的诸多"不快"之一。

五花八门的现代,无序和无伦理的现代,使人类生活的一切方面都产生了幻觉和奢望。有人是极乐于与永恒的道德对立,与不变的伦理冲突,与几千年的人类经验抵牾,并且唯恐不炽唯恐不烈。而这与人类真正的勇气和抗争并无多大关系。争当艺术狂徒的幸福，许多人都想品尝。他们当中的一些人似乎真的品尝到了。他们好像得逞了。他们看上去差不多——不，他们俨然是或已经是个成功者了。他们的号叫战术已经成功，他们得计了。拒斥，狂吼，公然标榜大谬，立起反叛的大纛，语不惊人死不休——他们的战术几乎个个一样，都源于同一个师傅。

对于这一切，其实我们完全可以淡然漠视，而不必过于认真，不必相信。

我们只需还以平常心，只需相信其中固有的某一部分，这包括他们的能力和劳动，他们的汗水；还有，他们曾经有或确实有过的那份才华。其他的，大可忽略不计。因为即便在艺术领域，对于那些不劳而获和过分的贪求，我们也不能鼓励。

列宾(Ilya Efimovich Repin，1844—1930)

看到这个名字，会首先想起《伏尔加河上的纤夫》，想起那幅托尔斯泰肖像画以及《哥萨克人写信给苏丹》……伟大的俄罗斯在十九世纪产生了两位巨人，这就是托尔斯泰和列宾。他们都拥有如椽大笔，都是一个时代最忠实的记录者和不朽者。

像一些伟大的艺术家一样，他总是在使我们深深惊讶的同时感到阵阵羞愧。他劳动的质量与数量，特别是他的劳动精神，更不要说渗透在这些劳动中的高贵灵魂，总让我们产生深刻的自卑。那个时代的空气与水土已经流失更移，那样的伟大孕育已经不再。列宾可以用长达十年的时间完成一幅巨画，可以在二十六岁的年纪里画出不朽的《伏尔加河上的纤夫》。我们感叹天才的同时还能说些什么？大概我们难以释怀的还有他那可怕惊人的耐性与顽强，他的不知疲倦,他的专心与痴迷的本性——整个生命都化为了艺术,他是为绘画艺术而存在的一个生命。

像托尔斯泰一样,他的爱盛大而广泛。同样,他比一般人更懂得厌恶。他就这样不可避免地将这些深刻的情感表达了一生,用一支画笔。当他表现爱的时候,我们会被一种感激之情、被一种源于生命的欣悦所笼罩。可是更多的时候他在表述一种复杂的意蕴——可能不仅有挚爱,还有深长的怜悯,有疼,甚至有说不出的遗憾和亏欠。他怀念着,思想着,往昔与今天交织一体。

像托尔斯泰一样,像所有伟大的艺术家一样,他无法忽略俄罗斯大地上的苦难。苍茫无边的原野上有无数挣扎的生命,他们是平民,是为生存而苦苦追求的人。他在感受他们的生活,他们的无望和沮丧。作为一个艺术家的他目击了,记录了,诉诸手中的画笔。他这时候也就产生了对自己的怜悯。这就是伟大心灵的特征。

他与那个时代的许多艺术家一样,常常关注巨大的历史场景。浩大的场面、一睹难忘的时代镜头,总是对他有特殊的吸引。这一茬艺术家有能力处理宏巨的题材和主题。而现代主义走到了死胡同的今天,艺术家们或者萎缩在自我一角,或者干脆把宏巨糅成渺小的碎屑。而列宾这样的艺术家无论表达巨大还是微小,都同样能显示出一种生命的执着力:一旦抓住就永久不可滑脱的坚定性。他的目光尖锐无障,足以穿透一切伪饰。

列宾与托尔斯泰的交往长达三十多年。两个巨人走近了,一起走向永恒。从他们身上我们可以领会大心灵与大时代的关系。这个时期与画家过往的还有高尔基、安德烈耶夫、斯特列别托娃这样一些杰出人物。

他身处一个动荡的岁月。这样的岁月往往也是英雄辈出。他用自己的艺术安顿了自己，完成了自己。他在不知满足的艰苦劳作中，经受了多少惊涛骇浪，同样也享受了多少幸福和温情。我们从他留下的瑰宝中读到了许多奥秘，这其中就写有坚持、热爱、悲怆、激越……这是怎样的人生，他的一生都在奋争的洪流之中。

米勒（Jean Francois Millet，1814—1875）

一个出身乡间，一辈子都在专心描绘农民和田园的人，会给人另一种感动。米勒的质朴可爱从如下的生活细节中流露无遗：初到巴黎这个艺术中心时，由于自己在乡下长大，比一般人饭量大，竟然一时不敢多吃，一直饿着肚子；第一次去卢浮宫，因为不好意思找人问路，结果一直在大街上转悠了好几天时间。要知道当时他已是二十三岁的青年，竟是如此羞涩自知，忍耐，坚守内在。

这样一个人，正如我们通常所预料的那样，他一旦结识了许许多多的人，一旦在艺术的中心接受洗涤和陶冶，与各色各样大大小小的艺术家过往，打开了眼界，必会爆发出常人不可比拟的伟力。这是一个久居乡村外省的艺术家必需的一课，这一课对于他当然太重要了。这果然使他的技法大步前进，仅仅几年之后，就产生了《欧普琳画像》这样的杰作。进入巴黎不久，他的作品即开始经常参加当时的沙龙展。

从穷乡僻壤到闹市，如果这是必修的一门功课，那么在最聪慧最有定力的人那儿，还是要适时终止。他们将依靠自己的主见和悟性，最终知道自己要在哪里落脚，哪里才会让其茁壮成长，成为安身立命之地。所以米勒后来还是回到了乡下，住到了一个叫巴比松的小村。结果，这里成了他一生的恩惠之地，也成了许多优秀的画家如卢梭、柯罗等人的恩惠之地。他们在此寻到了安静，获得了力量和灵感。没有什么能够比大自然给予艺术家的滋养再大的了，最杰出的人物往往把这种滋养作为成功的基础。这里将是他们的安居之地，繁荣之地。对于米勒而言，好像巴黎的喧哗已经远逝，昨日绚丽统统忘个干净，一切都在重新开始。我们在后来极少看到他描摹繁荣闹市的作品，而进入他的情感世界、他的视野的，永远只是农民，是田野。他们的日常劳作，悲伤喜乐，都深深扎入记忆。他画的都是他们的日常生活情状，哺育，打柴，播种，收获；当然，还有出生和死亡。阳光，天空，土地，云彩，它们的变化让他分外敏感。他画了那么多动物，羊和牛，特别是羊。柔顺的、给人温暖和乳汁的羊让其难以割舍，他一再地画了它们的神情，就如同他一再地画了女人的神情一样。女人和羊，这二者的神情在他那儿多少有些相似：甜美，和煦，让人心生怜惜。如果没有对大地和生命的感恩，也就不会有这样的表达。作为一个伟大的艺术家，米勒的宗教感情，他的善良，让人一望而知。

　　他几乎一生贫穷。但是贫穷并没有折损他的才华。这很难，我们知道这常常有多么难：无论是贫穷还是富有，对于艺术家都是一个坎，一个不好通过的险峻考验，它们会构成一道道不好逾越的关口。不过这一切障碍对于最优秀的那些人呢？比如凡·高，比如歌德？观察中我们会发现：倒像是这些困厄和阻障正好在帮助他们，一起成就了他们的伟业。伟大的艺术原来都是设身处地的艺术，是忠诚于土地，永远不会背离和偏移本性的追求，是与性命灵魂紧密所系之物。

　　贫穷让米勒更深刻地理解人生。所以他笔下的人都在为最基本的生存而斗争，于是这种斗争更加令人过目不忘。劳动的意义，在他这里更直接更可信，也更好理解。他关于劳动的解释一点也不晦涩，更不深奥。劳动在他那儿就是一种本能，一种必需，一种品质和道德。劳动也呼唤着他浓烈的宗教情怀。所以劳动不可能是不美的，因为没有劳动即没有一切。

他的画是如此柔和，还有些谦卑，并且一律优美、和谐，是真正的田园诗。但这一切却并没有让人忽略了辛劳和苦难。他的善良、他对原野的高声赞美，都是来自艰辛的乡间生活，是这种生活培育的结果。

杜菲（Raoul Dufy，1877—1953）

在我们看来，杜菲一辈子的大部分时间都在画一种儿童画：稚拙的涂抹，过于鲜亮的颜色，堆积一起的不成形的小人儿。他好像还画了一大批未成品，一些草图，急就章——就是这样的一个画家。他如果生在上一个世纪，或者是生在了世纪初，他的劳动就要变成笑柄。可幸运的是他生逢其时——这个时代正等待一些不安分者，一些痛苦的另一种表达者。所以说是时代造就了他，他是时代的一个幸运儿。这个时期在发生转折，试图给予艺术家全新的命运。鼓励创新、试验、冒险和突破，以打破原有的艺术板块。因为这个时代正被上一个世纪的伟大和完美压得喘不过气来，早已经不耐烦了。艺术领域呼唤无数的尝试者，只要有足够的勇气，就先自具备了重要的条件。当然，要真正成功，最后还是需要才华，需要情感，需要刻苦——需要这一类通常永远不会改变的因素。杜菲具备了机缘和条件，所以他就成了。

我们从他的作品中不难发现其强盛的生命力，其源源不断的、频繁的艺术冲动。也就是说，他首先具有了一个优秀艺术家非同常人可比的巨大活力。

在艺术领域，一些人成功了，一些人失败了。这当中的原因不可尽说，但有一点是再清楚不过，这就是：生命力的强盛、它的非凡活力在极大的程度上决定了一切。艺术是需要不安的——深深的不安。就是这种不安才能让其行动，让其左冲右突，让其一次又一次去实践和试验。无数次变法的机缘产生了，勇气出现了。杜菲，以及许多在艺术潮流中领一代风骚的人物，都是变法的高手。我们在他们的作品面前，时常会听到一种焦虑的低吼。

终于，人们在眼花缭乱的创新面前，不得不把一切早已形成的清规戒律忽略掉。人们简直不再追究他们的错失。想当年心烦意乱的画家也是信笔乱涂，就像当年巴黎的作家们所试验的"自动写作"一样——想看看放弃了缰绳的脑子里到底能出来一些什么新奇玩意儿。他们用潜意识理论给自己垫底，不停地"挖潜"……不能全部否定这样的艺术实验——从绝对的意义上，我们人类敢否定什么？可是我们也不得不承认，这一类工作的成果是复杂芜繁的，其中有生命深层的感动，还有许许多多的扯淡。他们的意义主要还是在于解放别人——那些真正意义上的大艺术家；他们往往只是给予未来的集大成者一个推助。他们本身仍然是牺牲者，是艺术史上的悲剧人物。

杜菲的一大部分创作，是肯定牺牲掉了。他的成功之中的扯淡没有多少人愿意谈论，唯恐被人当成乡下佬和外省的老擀。这正像没敢人于谈论毕加索的扯淡一样。人们过多地谈论的只是这些处于艺术转折期的弄潮儿的奇异，是他们的革命和贡献，是艺术发展史上的标志性意义，等等。好像离开谈"标志"也就空无一言。如果一个艺评家混到了只能谈谈"标志"的地步,那么也就真的可怜巴巴的了。

艺术始终需要悟想,需要深爱中的吟味,需要这个过程中的感动。这里面,也许真的不必在乎什么"标志"之类。好就是好,令人感动就是令人感动,至于"标志"嘛,可以到艺术史中的记载中去找,那里面总是不缺少"标志",总是有许许多多的"标志"。

凡·高(Van Gogh,1853—1890)

我们终于谈到凡·高了,神圣的凡·高。在当代,他已经是不同艺术领域中的崇拜人物。他的作品在商人那儿已经化为金子,或者是远比金子还要昂贵十倍的珍奇。但是像他那样的心灵不仅用金钱无法沟通,就是用一般的艺术和精神也无法接近。他会在任何时候任何地点,拒绝那些流行的艺术热望者、大知音和中产阶级的高雅情调。因为他只是最平凡的人群中的一个灵魂,一个底层的感受者和传达者,一个不屈服者和抗争者,一个实践善良和使用决心的人。他是贫民的儿子,是他们痛苦而尖锐的眼睛。在这样的一双眼睛面前,我们往往只有在无可奈何的沉默中压住自己心底的惊叹才行。他的境界是高不可攀的,因为那是底层艺术家所守护的最后一道防线,也是权利。这其实也是人的防线与权利。凡·高可以让我们明白,当一个人面对无情的外部世界时,顽强的精神会怎样迸溅出火花,直至燃烧为熊熊烈焰。

我走在慕尼黑、曼哈顿、巴黎等最著名的艺术博物馆里,在星汉灿烂之中,在无法穷尽的艺术、不同时代不同流派的大荟萃面前，常常有一种无可逃匿的眩晕感。在跨越时空而来的多角度多波次、频繁急促和陡然有力的各种撞击之下，那根本来敏感的神经已经麻木疲萎。可是，几乎是无一例外，只要一走近凡·高，一走近他的展出单元，立刻就会感到一片辉煌之光扑面而来。就这样，最昂扬的音乐陡然奏响。世界马上改变了，双眼睁大了，一切又重新开始了。

这是怎样神秘的力量，这力量又从何而来？

当然，一切只能源于他的这个生命。他的生命仍然在持续不断地发散——首先是从源头，从他执笔之时，从那一刻的怦怦心跳开始震动我们，使我们至今不能安宁。他眼中的一切原来与我们有巨大区别，就是这区别让我们双眼大睁，心上一凛。这区别当然是来自他的目光，它有强大的剥落和穿凿的力量：世界上的所有事物都被我们的眼睛蒙上了一层庸常的布幔，但这布幔在凡·高那儿马上被刺破，或被抽揭一空。世界裸露了，本真显现了，所以他让我们看到的就是强烈的光，是逼人的颜色，是疾旋与燃烧，是轰响和炸裂，是呼叫和奔突……我们每个人本来都拥有这种直视的能力，不幸的是，后来的生活给予我们每个人无尽的磨损，我们必要丧失。而只有神奇的凡·高保留了。

凡·高做过教师、画店营业员、传教士、书店店员、画家。这些职业是那么不同，可是在凡·高那儿并没有人们想象中那么大的差异。因为他在以同样的心情去做，同样用力，同样真实。他赋予任何工作的，都仅仅是一份生命的虔诚。也正是由于这种对于工作的非同常人的理解，他差不多把每一样工作都给做"砸"了。最后是作画——他现在被公认为最伟大的画家之一，可是当时却被看成是最不成功的画家，几乎没有卖出过一幅作品。他没有一般专业人士看好的技法，简直没有受到什么正规的，更不要说是深入独到的专业训练了。他的画被看成可笑的涂抹，形式上一塌糊涂。那些直接而强悍的笔触、生猛可怖的画面，能够毫不费力地逼退那些艺术沙龙的宠儿。其实比起凡·高而言，许多人等于生活在温室中，他们没有经历真实的风雨阳光，当然也没有接受过催逼，没有倾听过号叫，没有接受过起码的人生打击。他们怎么具有理解凡·高的能力呢？

真实的生活，底层的生活，有时候、许多时候都是刺目的。但是在漫长的人生旅途中，生活的真实面目还是要显现——最后总是要显现。这是一个顽强的规律。每到了这个时刻，人们也就开始理解了凡·高，只不过稍微晚了些。

凡·高的艺术，像许多真正的艺术一样，是直到最后才被接受下来的。

他留下了大量书信。人们阅读这些书信时，才知道他是多么热情、对生活多么挚爱的人。人们读得泪眼汪汪。其实他的画作已经再好不过地表达了这种热烈。他的巨大的慈爱并不需要直接说出，他的柔情也并不需要。因为他全部都画出来了。他正是为这种爱，而不是为这种艺术，交出了自己全部的生命。

马奈(Édouard Manet，1832—1883)

马奈似乎是一个特殊的大画家，他往往让艺术评论家感到不知所措。他一度似乎不愿与后来的印象派为伍。但他又命中注定要做一个背离传统的人。尽管他在观念陈旧、极为刻板的老师身边待了许多年，可是他热情奔放的性格，追求自由独立的天性，却使他一步一步走到创新的前台,走到更加清新的天地里来。自由对于强盛的生命总是具有巨大的吸力。像许多真正有力的改革者一样,他也是从传统之路启程跋涉,所以他更可信,更沉着,有着更为坚实的基础,并对传统的两个方面都具备深刻的认识。与众不同的是,他更是一个自觉的变法者,一个对于绘画历史有着清晰洞察的人。这样的人往往走得扎实,有时虽略有拘谨,难免按部就班,但终会走得遥远,走进一个辉煌。

他没有莫奈那么粗犷,也没有德加那么勇敢,更没有后来晚辈那么狂放不羁。出身于贵族的马奈一生养尊处优,算得上一位绅士。他的典雅与柔弱是无法克服的某种阻障,但恰好也构成了不可重复的独特的艺术品质。这种特质或可反拨艺术转折期的某些倾向,如恣意发泄和形式至上。《瓦伦西亚的罗拉》《草地上的午餐》《露台》等四十岁之前的这些杰作,其色彩、构图,以及整个画幅流露的气质,每每让人想起传统大师。但它们比较传统绘画而言,的确变得更为简约,颜色上也更加明亮撩人。这就是印象派形成之初最大胆的创新,是这一重要流派的一声昂扬前奏。

直到晚年,他的那些使人双眼大睁、招来一片喝彩的作品,如《弗里·贝热尔酒店》和《推勒里宫花园音乐会》,尽管多了一些蓬勃生气,有着强烈逼人的效果,也仍然与后来以莫奈为代表的印象派画家有着极大的区别。这就是出身对人的决定力。他让人想起旧时中国那些无法脱下长衫的人。马奈这些既不同于自己前期,又不同于时代新潮的作品产生了奇特的魅力。它们斑斓华丽,显示出另一种高贵情调,也在更为广大的时间和空间里流传,受到更为广泛的理解。

他对于艺术上泼辣无忌的年青一代是心存犹疑的。面对更无顾忌的冲决般的奔突，他不能不有所保留。他甚至有些畏惧和规避。但他的那颗永不安分的大艺术家的灵魂，对年青一代充满生机和锐气的创作又不由得产生深长的共鸣。他们的一切对他都足以构成真正的诱惑。就是这种矛盾和吸引让其在原来的道路上不时地停留，欲前又止。这些，都自然而然地在创作中留下了痕迹。也许正因为如此，艺术史上总是将其作为一个过渡性的画家看待，直到今天，许多重要的画派选本竟然屡屡将其忽略。在此我们又一次看到，有人需要的永远只是刺目的标记，是关于"艺术"的某种"谈资"。但标记虽然属于成就的一部分，却并不等同于成就。无论是过去还是现在，在一些人那儿，好像一个艺术家如果不加入某个流派，他们也就无话可说。比如辉煌若马奈者，竟然也常常遭此冷遇。

其实马奈对于印象派的犹疑和距离，正好表现了他自己的强烈个性。所谓的"卓尔不群"，就是在赞美一个人对于潮流和派别的怀疑，就是在描绘一种距离之美。血脉既然不同，道路也理应相异。这本来是情理之中，却长期以来处于理解之外。马奈的游离和矛盾，从另一个方面也恰好表明他作为一个伟力长存的艺术家所具有的"自我中心"的性质。这在艺术史上是绝不鲜见的现象。一个艺术家之于流派，如果其足够伟大，那么表现出的情形只能有两种：或干脆直接就是执牛耳者，或仅仅是个启迪者和推动者。而马奈显然属于后者。

不幸的马奈只活了五十多岁，并且到了生命的最后还接受了痛苦的截肢手术。他死后，一些公允的声音出现了。德加说："他比我们所想的更伟大。"多少人都表达了类似的遗憾和悲伤。甚至有人为他痛苦而死。不出所料，他的画作标价开始上涨，一涨再涨；一个规模巨大的纪念画展也在举行……画家的声誉蒸蒸日上。

如果不谈论印象派的时候，人们对于马奈仍然津津乐道，那该多好。如果人们只是沉浸于他的作品，在他无与伦比的创造面前感动不已，那该多好。

莫奈（Claude Monet，1840—1926）

作为印象派的代表人物，他需要户外光线，需要从阳光下获得强烈而准确的印象。他一生都坚持在野外作画，依赖自然光的启迪。这种极端化的要求使他不同于其他画家。他是一个对天色变幻、对物体在不同光照下如何发生神奇改变最为敏感的人。光源是他的印象之源。令人目眩的强光，昏暗的幽光，它们所掩藏或彰明的奥秘都被他及时捕捉，并为此不倦地做了一生。他相信事物的深刻性蕴含于光色闪烁之间，他可以通过瞬间感受的真实记录，让无数片断连接和再现，以组成一个阔大逼真、生鲜不朽的彩色世界。

他的劳动建立在深刻反省的基础上。以往的一切不足以支持新时代的伟大艺术家，他必须寻找新的理解和新的依据。形式上的变革在他这儿又一次与精神内容血肉相连，成为一种必需，不可丝毫剥离。急遽变化的当代生活也不断发出呼唤，它们激活了一个艺术家的心灵。摆在他们面前的问题总是这么简单：或者回到原来，或者走向未来。但是那些不能在自己的时代发出积极回应的艺术，也必然是等待死亡的艺术。形式上的呼应，说到底也是心灵的呼应，是对于社会生活的一次又一次不安的洞察。

莫奈在现实生活中一度不能停息，他总是实行大幅度的迁徙跋涉，以寻找真实而确切的感受。世界的复杂和苍茫，决定了艺术家必要寻找，也由此提供给他们各种成功的机会。以前曾经有过一个画家像莫奈一样，如此专注痴迷于光线的方向及强弱这一类琐细的"小问题"吗？可以看出，在他那儿，无论是哪一张画作，都能够确切地回答"光从何来"。这好像是微不足道的——对于别的画家好像是的，然而对于莫奈就完全不同了——对于整个绘画史于是也就完全不同了。他对于光的执着探求，使他终于能够抓住全新的东西，这构成了他行为的意义。

他关于《浮翁大教堂》的一系列作品，即是专注于某种实验和理念的最好说明。他在正午、黄昏，在一天里的许多时刻去感受它记录它，结果也就让我们看到了那么多的不同。他描绘它的角度没变，但它的面目却极大地改变了——有时睡眼惺忪，有时灿烂逼人；有时老态龙钟，有时又容光焕发。关于它，他同样没有给予过多的细部镂刻，而只为人们存个印象。

如许多画家一样，随着老年的到来，他笔下的事物变得越来越明媚越来越强烈。这既是一种生理上的反应，更是源于生命的企盼，他企盼眼前的世界变得更加明亮，以便让昏花的双目看得更清。视界里的东西开始模糊，他所以也就更加需要大色块和大光芒。给我浓重的颜色，大把的光线，巨响的声音，充足满盈的水和空气，让我再一次好好观察、体味和感受这个难以告别的世界。

为什么现代绘画比起传统绘画更亮更新更强烈？其中的一个原因就是人类面前的这个世界经历了五千年的文明，它的确比以往陈旧了。画家作为这个世界的描摹者，首先要做的一件事就是动手揩拭，不停地、一而再再而三地揩拭。他们终于让一幅幅现代画面变得新亮逼人了。时光是有灰尘的，时光的灰尘在无声地落下，如果一个艺术家没有足够的警觉，也会被埋掉。现代绘画，也包括各种艺术，如文学、电影、音乐、戏剧等等，都需要惊醒，需要擦拭，需要越来越多的光。

在这个意义上,莫奈是又一个自觉的先行者。他最为敏锐和直接地喊出了:我们需要光。他大把大把地使用了外光,到室外的炽烈阳光下——光的最富有之地去找光。就这样,他把世界绘画艺术裸露在阳光下,并由此进一步带进了现代。

我们看莫奈的画,有时会有一种被强光逼得几欲掩目的感觉。是的,画家本人真的被户外光灼伤了。他后来得了白内障,失明,不得不做手术。就在他完全失去光的时候,他还梦想着光,不停地画。

与一般的天才型画家不同的是,他是一个积累型的大艺术家。随着老年的到来,他将经验、艺术、财富、耐心,将所有这一切一并积累起来。他很好地安顿了自己。他需要大画室,需要户外光线,需要心目中的景物,需要行动不便时的艺术备用——这一切他都拥有了。他建起占地许多亩的园林画室,并且有了自己的桥、水潭和荷花、各种大树。他可以在自己的园林里大画不止,可以一遍又一遍地画睡莲,直画成惊人的巨幅。

勃拉克(Georges Braque,1882—1963)

勃拉克首先是艺术史家的宠儿。只要"立体派"这个词儿在绘画史上不能消逝,勃拉克就不能消逝。他来了,走到了现代艺术的长廊里,然后就再不离去。在他的起步之地,印象派和所谓的野兽派都辉煌过了。更为重要的是,前边已经有了伟大的凡·高和高更,还有过莫奈等等一切杰出的变革者。他最初的绘画未能避免地带有他们的余韵,也有那样的热烈和鲜浓的色彩,特别是有着一种朴拙和神秘的意味。但是到了后来，他越来越不安于这种状态。如果是一般的求索和努力，他将不可能走出他们的影子，无论怎么冲撞和奔突，也顶多撑出几个不为人注意的棱角。他深知这一点，于是无时不在谋划一种改弦更张——许多的艺术家都有这样的焦苦难耐，不同的是其中的大部分并没有勇气迈出第一步，因为那毕竟需要孤注一掷之心，需要更多的坚定不移和果决、倔强和韧性。

就这样，勃拉克走向了自己的远方，走进了矗立的"立体派"的丛林。他的革新受到了毕加索的决定性影响，但却远比毕加索简单和专一——他仅仅是沿着对方的一种发现和发展的可能性，往前不停地推进，直推到一个极端。从《大裸妇》开始，再往前，又到了《树》和《港口》《葡萄牙人》《有葡萄的静物》——他仍然有勇气往前，一直往前，终踏入一片令人瞠目结舌之地，令受众大呼小叫。至此，他本人，更不要说那些对艺术史比较敏感的人了——他和他们几乎同时意识到：勃拉克成功了。

然而这种成功的代价是巨大的。画家本人也许有些始料不及——在艺术之路上一直被围困堵截的艺术家许多时候是没有工夫瞻前顾后的，于是他们只剩下奋然前行这一条路。这里勃拉克与毕加索稍有不同的是，他没有像后者那样长久和持续不断地处于创造的不安之中。勃拉克在很长的一个时段里停顿下来，这个时段也就是"立体派"的成熟期和发展期。他全力完成和巩固了这个流派，无暇顾及其他。结果他在"立体派"的丛林中营建一生，耗去了主要的生命力。也许这就足够了。

像许多艺术的变革家革新家一样，他被作为某种标志记载了；然而他作为一个真正伟大的艺术家——这一生仅有一次的机会，却永远地失去了放弃了。艺术家的真正目的并非只是为了被当成一种现象记录下来，而是为了展示和释放一个生命的全部的雄心：感知、责任、欲求、诗情、创造和追求完美的能力、深入探究和追溯的品质……而勃拉克停留于形式与技法的冲突，内容相对贫弱单薄。他走入了一个自建的迷宫。这个迷宫让他人穿行和探求之时，会给予前所未有的启迪；然而亲手修建这迷宫的人，却是一个真正的苦力。

当然，他的艺术表达那个时期的总体心事，正是时代情绪的一部分。每当艺术处于激变的时代，这个时代就肯定是人类精神处于空前不安的一种境况之中。战争、宗教冲突、灾难的威胁，综合一起的苦难，给许多人带来了无法回答的质疑和痛苦。没有现成的答案，已有的一切都显得单薄了，简略了。如何表达自己的感受和印象，如何把活生生的感性呈现出来，这一切都成了无法摆脱的大问题。一个艺术家在这样的总体境遇中能够有所超越，也就获得了最终成功的基础。

然而勃拉克没有这种超越的迹象。我从这些立体主义的代表性作品中感受不到旷世杰作的那种力量。我们难以被击中，也没有产生强烈的共鸣和震撼。它们甚至是不美的。零乱，草率，勉强的连缀和脆弱的组合，没有说服力的线条，无谓的晦涩和费解，过分的游戏，对受众与艺术同样地轻慢……我们常常得到的是这样的一些感觉。这正是我们的不易满足之处，是我们在感谢一个艺术开拓者的同时，所保留下来的一些遗憾。

柯罗(Jean-Baptiste Camille Corot，1796—1875)

作为一个影响深远的风景画家，柯罗一生画了大约三千多幅油画，而其中的大部分都是风景画。他柔细多情的性格从这些对大自然的讴歌中展放出来。他致力于捕捉田园之美，并将自然生长造化的一切与人工创建之物进行观照，寻找二者的和谐与共生。他一生的大部分时间都在古典之光的烛照下，探求不已，画面中总是渗流着悲剧性，呈现出忧郁的笔触。他的写实功力是无与伦比的，他把准确的描摹和镂刻视为一个画家最重要的功课，视为一生必须具备的能力。他曾要求自己的学生画出一丝不苟、生动逼真的人物肖像，并且认为：一个人只有具备了如此的条件，才能成为一个好的风景画家。这就使他无论使用怎样的笔法，追求怎样新颖奇特的表达，也仍然能够细腻再现自然。柯罗的经历表明，古典主义在优秀的艺术家那里往往是必走的一段里程，他们正是从此走向更为自由和阔大的表述天地。

柯罗在对大自然的忠实探索和倾心领会中，不拘一格地改变着自己的画风。大自然的诗章在心中合奏，激越非凡的旋律溢出了既定的疆界。柯罗在强烈的光线下感到了陶醉，在炫目的颜色中找到了共鸣。他用前所鲜见的类似于后来出现的印象派的技法，或以稍稍率性粗粝的画笔，画出了心中的企求和印证。这正是他对自己原有秩序和成规的一次次颠覆，是他的激情燃烧不息的结果。这些，构成了他与当时许多风景画家的区别。

与卢梭、米勒等画家一样，柯罗长期着迷于巴黎郊区的巴比松，成为巴比松画派最重要的代表人物之一。大自然所给予的安静，滋养的美感，是他一生取之不尽的财富。世界上只有一部分艺术家才会这样长久受惠于自然——而他们往往是最为卓越的那一类。

他画的人物楚楚动人，其笔下的女性差不多都是同一种眼睛。

他画了十三幅裸女，她们大多躺卧在大自然中。令人感到奇怪的是，即便是没有其他景物的肖像人物，其形象好像也没有脱离自然，没有独立存在——他们只是大自然的一个组成部分，是它的附属品而已。他画的许多街道，古代的和现代的建筑，也好像是天生就存在的、大地上的萌发之物，它们如同树木和山峰，看上去仅仅有季节的区别和变化而已。

柯罗一生未婚，独自一人拥抱着绘画艺术。像所有将生命奉献于事业的伟大人物一样，他从来不知疲倦，勤奋过人，直到最后，直到死亡夺下他手中的画笔。

德加（Edgar Degas，1834—1917）

在现当代画家中，伟大的德加是最能感动我的人之一。这首先是因为他这个生命的性质，他在一切方面所能引起的心底的强烈共鸣。就我所理解的人与艺术的关系而言，他所走过的道路成了最好和最透彻，也是最生动的一次诠释和展示。孤寂，内在，小心的介入和勇敢的探索，退避与观望，心底的热烈燃烧和外部的矜持冷漠，警觉，执拗……艺术成了他一生唯一的忠贞不渝者——这一切都源于一个激荡不安的、高尚的灵魂。

他的绘画有着淳厚而雄浑的色调与气势。一生的所有作品都处于一种明晰有力的状态，直到荣誉走向峰巅也不曾稍稍松弛和欺世，直到进入晚年也没有半点随意和轻率。他的生命越是接近尽头，燃烧得越是炽亮逼人。

他画了那么多浴女和舞女。这一类题材极容易做得俗套，或者流于艳丽浮泛，一味性感。而德加却始终以一种柔善坚定的目光注视她们的美丽，画出了另一种客观和真实。她们在舞动，在洗浴，在擦干，在裸露胴体。她们是这个世界上最直露的美、最逼人的诱惑，同时又堪称永恒的纪念和回忆。这一切都是德加赋予的，他在教给世人怎样注视另一个世界。

难忘他的《烫衣女工》中那个打哈欠的姑娘：痴憨、简单、淳朴，一个我们都可以感觉得到的普通劳动者、女性。他的《擦干自己的女人》中的女人形象，其实就是最美的舞蹈，这个形象在浑然不觉中进入了一种感人的韵律。这时候已经不是体态之美而是一种音乐之美，是声音的回响和震动，是不息的萦绕。这时我们不由得会想到：没有什么能比得上他所给予的这种盛大的礼赞，这礼赞不仅送给了女性，而且送给了所有热爱生命的人。

与另一些画家看重的自然光、外光不同，德加着迷于室内光，留意于灯光下的温情，那另一种生活的本真与热烈。在相对狭窄的空间里，他笔下的人物显得凸出耀目，饱满丰腴。他让人的视线内收，心情敛起。夜生活的魅力、都市的热度，与他冷静的画笔之间形成了奇特的间离。这种张力在他的整个绘画生涯中能够保持到底。他的非同常人的收敛与内在，使之走入冷静明晰，他从不曾美化什么，即便对于女性也是如此。但是他由此而形成的效果，却是无法比拟的持久和强烈。

与艺术界、思想界一切自信自尊、独立顽强的卓越人物一样，德加对于挤成一球的名利场是从来鄙视的。这种名利场的性质中外古今皆然。德加尽可能地避免参加热闹的巴黎艺术活动，而且非常厌恶。他写道："我以为今天谁要想致力艺术并且有一些成就，或者最低限度想替自己保留最清白的人格的话，就必须再次过孤独的生活。实在太无聊了。"他对于自己所处的时代、对于这个时代艺术与商品的关系有多么清醒的认识。他接着写道:"可以说,就跟证券的价钱一样,画幅是由有所获的人们的冲突所产生出来的;可谓需要别人的思想以求生产出合人胃口的东西,像商人需要人家的本钱以便好从投机中获利一样。这一切生意经使精神处于险境,并使评判变成假的。"我们都知道一个人的孤独生活意味着什么,然而这在德加看来仅仅是为了"最低限度"地替自己"保留清白的人格"。

晚年的德加视力不济,差不多成了盲人。这个时期他却产生了至为动人的创作,这就是大量的蜡泥雕塑作品。人,动物,所有的形象无不靠记忆和感受去创造,也无不在他深情的抚摸之下变得神采飞扬。这真是"只以神遇而不以目视",大师的气脉在蜡泥之间游走不息,结果它们马上呼叫欢歌,成为不灭的生灵。这个时刻德加身上所发生的艺术超越,是艺术史上最值得细究的现象之一。炽烈的创造之火熊熊燃烧,直到把一切——连同自己的肉躯一起化为灰烬。他没有永恒的设想,而只有劳作的欲望。但是欲望化为过程,也即不朽了。随着艺术探索的深入和年龄的增长,他几乎越来越与世隔绝。他真正痴迷的只是工作,是深思默想,是自己的冥思所欲抵达的那个神境。结果他留下的创造物多到不计其数,但却不为人知,那么多油画、雕塑,都堆积在一个角落里,为灰尘所覆盖。艺术在这儿成了生命的基本需要,成了对一己的安慰和记录,化为一时一地的想念。这就是我所理解的精神至上者,是他们的最高也是最后的处境。

康定斯基（Wassily Kandinsky，1866—1944）

康定斯基的前半生与后来的创作几乎迥然不同，是不能同日而语的。他四十三岁之后的作品虽然同样地浓重刺激的色彩，同样地热烈，但质地已经大大改变了。我们知道，在艺术史家眼里更为看重的是他的后来，谈得更多的也是他的后来，即是他进一步的激变、那些革命性的奇思怪想、形形色色的狂写纵涂——在他们看来只有如此才能给以往的艺术世界里增添点什么，才能对日益麻木的当代心灵给以惊悸和震荡。他们注重的是效果，是惊讶之声，是嘘叫和不安的神色，是各种声音的当代综合——至于是什么声音，那似乎倒并不重要。有时在他们看来是完全不重要的。这就是商业时代的游戏规则，在这种规则中，复杂的艺术要素几乎可以大大缩略，以致可以弄成几句简单到不能再简单的广告语——谁违背和忽略了这一规则，那就意味着世俗社会里的背运，意味着推销经营的失败。在现代社会，这已经成为一条不变的艺术／商业原则。

康定斯基是深谙此道的，所以他的后半生是不择手段的，更自由更果决，能够忘乎所以。他的确在商业上的成功率比以往高得多。

在现代，各种声音的交织作用之下，清晰的思辨和深入的悟想已经被淹没，有时即便不淹没也足以混淆不清：或者被涂改，或者被扭曲。现代的狂想曲是一首急速旋转嘶嚎一路奔驰而下、一直冲向未知悬崖的飞车。而艺术从来就是这种狂奔和疯癫的直接表达和伴奏，是作为一个时代的表征。所以艺术制品在方法以及目标上，本来就可以有各种尝试，有各种实现自己的方式——不言而喻，可以更加毫无忌惮地制作皇帝的新衣。一个艺术家如果能把无数这样的新衣在艺术的长廊里悬挂,一旦多到阻塞了通路和视听,也就来到了所谓的"成功之日"。在当代,这已经成为一条无情而现实的规律。

时下的商业时代,能够伸手指出这一皇帝新衣的,也只能是"当代儿童"——以儿童般的纯洁无私,以他们新鲜生命的勇气。除此,我们将没有任何办法,我们真的将无计可施。

一个对于当代世界做出如此强烈的反映、满目都是激越高歌与群弦和鸣的艺术家如康定斯基者,竟然也在愤怒绝望的艺术生涯的后半生穿起了皇帝的新衣。他没能超越自己的时代——他在那个关键之期,在艺术激变的分水岭上只要稍稍地超越,也就走向了真正的卓越。可悲的是,当代艺术史与商业之道始终是合二为一的,它们需要的永远只是简单明了,通俗易懂,是一望而知的"特征"和"标志"。舍弃了这些,即无法对匆忙急躁的现代人做出解释。无法解释即无法推销,当然也无法"著名"。然而在种种的"成功"背后也仍然充满了艺术家个人的辛酸。这儿有一个难以回避的简单事实即是:任何"著名"都是由不同的元素组成的,人们在分析种种"著名"的同时,首先要考察的还是这些元素,是它们固有的质地。

人们在冷静的时刻会请教那些振振有词的"里手",请他们指出那些抽象画如《研究的重要三角形》《无题》和《微光》之类的"伟大绝妙"——缘何"伟大",又缘何"绝妙"?有人也许会无数次言说其"艺术的根据"——一个一生都忙于绘画的艺术家怎么会没有一点"艺术的根据"?问题是这些所谓的"根据"能否支撑并一直支撑下去?要知道它们全力顶起的是多么沉重的存在,它稍有不慎就会坍塌的。

我相信自己的疑虑并非陷入一种怪圈,也并非一定要回到古典主义或新古典主义,以至于印象派;并非为了把现代艺术创新下延到印象派为止,在此画上一道可笑的艺术底线。我所求证的只是艺术作为一种生命现象,它的深刻感与形式美,它源自心灵最终又要回到心灵的不变的规律——以及充斥其间的自娱心态与游戏性质、它的合理性与必要的限度——诸如此类。这大概既不算苛求,也不算复杂。

毕加索(Pablo Picasso,1881—1973)

面对这样一个不可思议的强悍茁壮、伟大狂放的艺术家,我们常常只有惊叹。其他都是惊叹之余,是曲终之后的惋惜与回味,或许还有细细的咀嚼——品咂之中的苦味和甘甜,以及咸涩。

在人类的历史上,有一些艺术家是难以超越的,他们本来就是这样一些强大特异的生命。这些生命仿佛有无穷无尽的创造力,一生可以纵横涂抹而不知疲倦,声域出奇宽广,既可以放声豪唱也可以浅唱低吟。当他停止创造的时刻,也就是他告别这个世界的时刻。他们几乎无一例外地拥有一个长长的生命、漫漫的创造的历史:从很早即开始起步,直到最后才缓缓终止。毕加索最早的作品是十岁左右画出的,如十四岁的《裸脚女孩》《老渔民》等杰出的作品——仅此一条就决定了这是一个非凡的绘画天才。这个稚嫩的生命竟然对人生和世界的苦难、对世间奥妙知道得那么多那么早,这难道仅仅是"学而知之"吗?面对这样的人物,我们使用惯常的和耳熟能详的、已有的那点儿知识和经验去加以解释,够用吗?

纵观他一生的无数作品，可以从中找到各种倾向各种情绪，这些奇迹领略不完也诠释不尽。它们本身即组成一个宇宙，其中繁星闪烁，风云变幻，既有风和日丽也有雷鸣电闪，更有惊涛骇浪。那种动人的美，让人过目不忘的最为独到的呈现与表达，简直比比皆是。我们可以一口气列举出《站在球上的孩子》《特技表演者的家庭与孩子》《奥尔嘉肖像》《持扇的女子》……多到一时难以穷尽。最伟大的艺术家，他们的心底从来都是充斥着不安：怀疑自己的意义、自己的创造、自己的人生道路——他们似乎无时无刻不在怀疑。这种怀疑的结果就是艺术生涯中的无数次激变，是无头无尾的探求，大嬉戏和大玩笑，包括大绝望大痛苦；还有恶作剧，装傻与佯疯，傲世与自卑，欺世与自欺……是这一切综合在一起，让后来人去清理和辨析，去极为困难地分拣。后来人常常是不知所措的，他们也过于认真：在这亘古未见的一大摊斑驳灿烂面前也只有叹息，而没有能力去鉴别——他们甚至在这样的生命面前连起码的冷静都要丧失，视听失灵。这就是艺术家和受众的双重悲剧。这种悲剧没有个终止。毕加索的悲剧没有个终止。

有人不止一次指出他是现代绘画史上的"巨灵"，除了"野兽派"以外，几乎开创了所有潮流的先河。这似乎是一个事实。但所谓的"潮流"和"流派"就真的那么重要吗？是的，它们使当时和后来的艺术处于激活状态，它们也使各种尝试变得可信和可能。但这些就是无可置疑的成就，或者干脆就是最重要的成就吗？当我们面对一大堆千奇百怪、巧思百出，有时直接就是丑陋怪异到目不忍睹的东西时，难道不应该产生一些怀疑吗？

是我们错了还是当年的大师错了？追问的结果是：大概谁都没错。是时代错了。人类正被物化、异化，正在走入失去自我的现代荒漠。作为个体，一个生命，你尽可以呼号，但没有回音，更没有应答……至此，我们或许可以稍稍窥见毕加索当年的伤痛。人类对于这个时代的最好最有力的反抗，大概也就是像当时的大师那样，做下这疯癫无忌、大喧哗和大游戏了。他要可意地尽情地嘲讽一番，既嘲讽自己，又嘲讽时代；既嘲讽去者又嘲讽来者。因为不如此就不足以表达心中的全部感触、百感交集无从摆脱的矛盾与痛苦。最盛的生命力，最深的牵挂，最长的忧虑，还有最强的悟性——就是这样的一个人，他一旦面对着捉弄人的上帝，又能怎样呢？

不仅如此，他还要面对一个颠倒黑白、指鹿为马的时代，特别是一个虚荣的时代。看来一个艺术家被逼到了尽头，就偏要穿上皇帝的新衣，偏要以此为乐——他与另一些人的不同就在于他的自觉与清醒。毕加索兴之所至任意涂抹，像儿童一样嬉戏不休，上下游荡四方徘徊，进入化境般的流畅自如，实际上却是隐含了一个生命的全部悲凉无告。这儿有泪水，有傻笑，更有绝境的哀求；在他这儿等于是以歌当哭。一个天才的生命在大限面前，在那个残酷的必要来临的挣扎面前，也只有报以相同的挣扎——不，是鬼脸，是苦笑，是喜上眉梢的大快意。

就最后而言，就其背后的意义来说，毕加索是消极的。

他没有将一个人追求完美的努力、将这种生命的搏斗进行到最后。他以另一种方式表达了自己的屈服。我每一次看到他的不可征服的创造，就在心里发出悄悄叹息：伟大的毕加索，屈服的毕加索。

塞尚(Paul Cézanne, 1839—1906)

对于受众来说，艺术上的机智小巧总是更容易招来喝彩，而那些浑重有力的笔触在当时往往是不被理解的。塞尚就属于后者。他在当年频繁的艺术探索和实践中是一个走在前面的人，一个真正的开拓者。作为一个古典大师的忠实临摹者，他具有雄厚的实力，高深的修养——而正是这样非同一般的基础，才有他后来岁月中的沉着发挥，才有真正意义上的创新与拓进。比如他的大胆走向写意，比起另一些率性涂抹者，其艺术根据要坚实得多。他之后的晚辈画家很少有不受其影响的人物——也正是因为这种异常艰辛和独自追求的意义，这种对于他人的恩惠，他迎来了后一辈艺术家的真诚敬礼。同时代的画家还极少有人能像他一样，敢于和能够推动创新之路上的一块块巨石，坚定不移地往前迈步。

他画了许多幅《大浴女》。入浴图，水果等静物，自画像和家人画像，这三者构成了塞尚的重要创作。这是最能拨动画家心弦的对象。同样是画入浴，他与德加是多么不同。他的浴女不仅成群，而且大多在野外，有山石林野相伴，有水光云气衬托。这样的入浴图不太可能是画了实景，而更有可能是想象中的构思创作。他倾向于表现一种自然力，一种人与万物交融的统一性。他还对"自我"的探究坚持不懈，不断从正面和侧面画出自己在不同时期不同时刻的神态。他画自己，画身边的人，画亲人，特别是画夫人的肖像。

在现代画家中，难得有人像塞尚一样，给人以大力内敛、大巧若拙的感受，在审美上呈现如此特别的气质。他几乎从来不取巧智，而总是全力以赴，下笔滞重。然而就在这种天真淳朴的笔下，蕴含着一种张力、一种别具深度的理解。一个艺术家的勤奋、自省和谦逊的品质，时常从塞尚的画作中渗流出来。这是可以持久的美，可以在时间的长河中历经反复淘洗而不会褪色的美。漫漫艺术之路，他的追问常常响起，但却总是沉着应对，不断尝试。我们知道，巧妙对于艺术家而言是一种难得的天资，但如果不擅于使用，过分依仗，不给予必要的阻遏和克制，就必会被机巧所害。而我们在塞尚这儿看到的正好相反，他不仅没有这种危险，反而与所有的机巧统统疏远，将其悉数搁到了一边。

在同一代画家中，他对外部世界的深切感受，他作为一个艺术家与自己时代的那种紧张关系，是最为明显的。大色块，深笔触，浓重夯实的基调——似乎只有这样才能表达出心灵的强烈回应。在此我们明白：优秀的艺术家回应的不完全是或根本就不是这个时期的艺术风气，而直接就是时代本身。线条和色彩这一类东西当然也有声音：它们在塞尚这儿是钝响和闷震，是中国人常说的那种"大音"。

但就是这样一位杰出的画家，当年作品参加官方沙龙展出时却总是落选。许多人认为他是一个典型的"失败者"，而且无可救药。四十岁之后他回到了法国南部故乡，让更为自信和健康的艺术道路在眼前展开。此刻，那些闹市的浮华、可疑的潮流、追逐与攀附，更有不被人欣赏的寂寞与苦境，统统被驱到天外。它们一起消逝了。大地的力量，它的永久的安慰，时时涌现和源源不断的慈爱，最为可信地支持了一位卓越的大艺术家。

大约在四十岁与五十岁之间，他画了一幅《垂发的塞尚夫人》：夫人的神情很让人想起画家本人。他与她在共鸣，她在这个时候只是他心灵的倒影。整个画面上人物占的比例很大，夫人的宽肩差不

2021年4月，与香港青年作家座谈

多占去整个画面的二分之一,像一座山。她成了一种难移的力量,一个依托。她的神情有一种陌生感,沉着、执拗,非常倔强。这多像画家本人的某种写照。

蒙德里安(Piet Mondrian,1872—1944)

他作为几何抽象画派的先驱,"新造型主义"的提倡者,却对后来的建筑业、对工艺设计之类产生了很大影响——这个事实恰恰也是人们多次强调指出的。但是到了这个阶段,他作为一个画家,像《风车》和《花前少女》这一类杰作早已成为久远的回响了。人们等于在谈论另一个人。实际上他已经走向了装饰艺术,成了工艺师,而不是从前那样的纯粹的画家了。

早年的蒙德里安显然是一个才华横溢的人,这从他二十岁左右的作品,更从他的《风车》系列清楚地表现出来。他从十几岁开始画风车,一直画到下半生。他笔下的风车有的绛紫,有的灰蓝,有的火红,有的幽暗,有的漆黑。这是一些在广袤平原上的重要而巨大的存在,不可疏漏地,同时也是神秘地进入了画家的视野。这多少有点像凡·高笔下的向日葵和丝柏。前一段最为引人注目的,还有画家留下的为数不多的人物画——画中人物的眼睛常常大大睁起,陌生地注视这个世界,充满了不信任感。

从四十岁左右起,画家起码是在某一方面疲惫或厌倦了——现代画家中的许多人都在重复类似的道路——他们没有耐心或没有兴趣在其一贯的道路上攀登了。他们真的厌倦了,烦腻了,不得不重新调度自己的画笔,并且无一例外地松弛下来。他们走入制作、拼接,或者是煞有介事的筹划。倾注心力的昨天真的已经逝去。西画源发于严格的解剖，有其坚硬的逻辑在，这就不同于东方艺术的大写意——所以后来的西方现代艺术家无一不从东方艺术中寻索灵感和根据。那种大笔一挥之中的便当和快意，真是对了他们这一刻的心情和胃口。当然，这样谈论和作比，也并非完全否认他们从东方写意中寻到的积极意义。比如说，西画由此而增强了感觉和印象，使之进一步抓住了艺术的本质，并催生了新的流派和技法。这是无法否认的。但是西方绘画从此也给自己留下了一线逃遁之路——一条松弛就便之路。总之蒙德里安也在退却，但他不是向着一般的写意和抽象方面走去，而是走向了进一步的边缘，搞起了几何图案和色块拼接之类。

像别的大画家一样，有了那样非凡的功底和才华，无论怎样抽象怎样拼接，怎样可意地折腾，最后总会搞出一些名堂来，并且总会有极其惊人的表现。这都是无须怀疑的。他们这时候不仅是阵地在转移，而最令人惋惜的是心力在涣散。作为一个艺术家，其内心里至为宝贵的那种东西几经耗散，已然减少。这从毕加索到勃拉克再到康定斯基，几乎无一例外。令人遗憾的是，艺术史家在谈论现代艺术的时候，却很少从这个至为致命之处谈起。艺术史家面对不可尽数的怪异和斑驳，已经有些慌了。

蒙德里安的著名的四方形，他的那些彩色几何图形，真是透明得优美。不过作为一个真正意义上的现代绘画大师，他已经提前退休了。他转行做了一个出色的工艺美术师。

夏加尔(Marc Chagall，1887—1985)

夏加尔经历复杂，人生漫长。可是他一生童心未泯，顽皮了一辈子——这恰好也成为他现代绘画的不可缺少的助力。从传统绘画的角度看，他几乎没有"正经"画过一幅画。而在同时代的其他画家那里，无论怎么刁怪，总还能"认真"画上一两幅。夏加尔随心随意地画了一辈子，好像没有遭受什么精神上的巨创。当然这只是从形式上、从外部去看。真正有所作为的大艺术家，他们心灵上没有什么轻松者，几乎无一例外，他们必要历尽灵魂的痛苦和蜕变。夏加尔大概并不特殊。

不过至少看上去他的确是玩了一辈子。他二十一岁时画的《死者》和《乡村节日》，那么怪异多趣，真像半是游戏的儿童画。一般而言这种游戏状态要到了一个画家的晚年才会出现，可是在他这儿，一切都大大地提前了。除了游戏倾向，另有一种神秘气氛也是贯彻始终的——他曾以通达阳界与冥界的"灵媒画家"自居，即认为自己是一个可以从人间直接走入冥府，并且能够往返自如的人。他二十二至二十三岁之间画出了两幅动人的杰作：《艺术家之妹》和《诞生》。还有稍后的《士兵与民家女》《诗人马辛》。这些作品显示了多么强烈的个性，表现出画家对于人生极为深刻的理解。谁能忘记那个一手拿羽笔一手高举书本的姑娘的怪异神情？还有那个正在喝水（酒）的诗人，额上一团光，双眼出神，面容敦厚多思……至于《诞生》，那只是画家无数复杂绘画作品中的一幅——他的作品常常是人物烦琐、头绪极多的，有时候甚至让人有画面拥挤到不堪重负之感：簇簇小人儿拥在床下、天空、腋下、窗外、幕后、屋顶、轮下……这让人想到画家的童稚状态，想到他非同一般的单纯性。

传统绘画发展到了夏加尔一代，非有巨大推力而不能突破。夏加尔的方法比起立体派、印象派、野兽派而言，其革新的意义则来得直接和便捷得多。他把绘画返回一种童趣状态，进一步走向平面化和单纯化，从事无巨细的烦琐中求得统一和简洁。这就使他走入了另一种自由，更加率性自为，心随手动，简直什么都可以画，怎样都可以画，从构图到取材，几无禁忌，更无风险。他可以尽心尽意地画一些怪人，更不用说情节的极其荒诞性。他刻意把自己的人与物推向极端，笔触越来越笨拙，也越来越夸张，越来越不拘小节——这似乎也是他成功的奥秘。

但是毋庸讳言，他的成功也包含了极大的风险。由于数量巨大的作品中不乏草率之作，也就失去了许多机会。一个大艺术家仅有才能、有强烈的个性还远远不够，因为这种伟大还要依赖几十年如一日的青灯黄卷的生活，还要计量成吨的汗水，还要投入无数的心力。而这后者，几乎成了许多现代派画家后半生的共同弱项。

夏加尔的老年是安顿得非常好的。大概正是有了这种安顿的原因，他的老年创作丰富，活力不减，仍然是那么多趣和幽默，那么顽皮。

米罗（Joan Miró，1893—1983）

也许与一般的画家不同，从一开始，米罗的画笔就是那么自由奔放。这大概显示了他的胆量和勇气，他的不安和必要冲撞的决心。这样他画到了大约二十四岁左右，好像才渐渐感知了一种局限——一种无法超越的疼痛。对于他所崇尚的大师，如塞尚、凡·高、马蒂斯等，米罗只能心仪而不能攀越。他认为必须毅然决然，另辟道路。其实他一开始作品中的那种粗拙狂放难以驾驭，就显示了内心里的焦灼和痛苦。在他这儿，一场突围是迟早都要发生的，只是更早的时候其方向还无法预料。

　　这之前，另一些画家的突围方式我们已经了解，如马蒂斯，再如毕加索和凡·高——现代画家的突围本来就多得不可胜数，现代绘画史其实也可以称之为一部"突围史"。他们当中的绝大多数能够在未来的道路上始终如一，倾注心力顽强探索，最终守住了一个底线——道德的和审美的。这期间他们偶有嬉戏也适可而止——如毕加索，皇帝的新衣偶尔试穿，但并不认真。另外，更重要的是由于他的量级、品质和才华所决定，即便是最嬉戏的作品，也总是流露出非凡的活力与激情，显示出不可超越不可复制的特异之美。而这后者，远不是米罗所能达到的。所以皇帝的新衣一旦被米罗穿上，也就永远脱不下来了。

　　像他的《无题》《集锦》，雕塑《人物》《女人》，以及无数的这一类作品，除非过量服用现代药的奇特艺术评论家，一般人是不能评析的。米罗像许多所谓的前卫艺术家一样，过分忽视了现代受众，忽视了他们的心智与常识。这种忽视有时当然是可以的，似乎也讲得过去——无数现象都将说明画家此举的合理性，说明有一大部分受众是不值得尊重的。但是米罗他们所犯的一个致命错误，是既淹没了创造中的热烈激情，又抛弃了冷漠的智慧。他们常常让受众走入这样的尴尬：不再相信艺术。还有，从接受和鉴赏的角度看，他们至少是忽略了时间因素。时间的穿透力、它的智慧，是怎么估计也不过分的。受众尚有时间来帮助自己，时间会让他们中的大多数有能力伸手指出赝品。

　　当然，在艺术鉴赏方面，有人是极善于在荒唐可怕与无聊之间找出所谓"深意"来的。一切的质询和怀疑都会被指斥为简单粗暴，或者是对现代的懵懂。说白了，这些人不过是要合穿同一件皇帝的新衣，不过是些共谋者。

我们暂时还没有办法与这一类"杰出"和"当代最伟大的画家"达成共识。因为设若如此，我们就得摈弃从伦理范畴到审美理想中的绝大部分准则——那可都是一些最基本的准则啊。人类是有经验的，尽管有些经验被不断抛弃和筛选，但有些最基本的东西会像人类的历史一样长久。不是我们执意要维护这些经验和准则，而是相反，是这些经验化为了血液在我们身上流动。没有这些经验，也就没有今天的人类。

蒙克（Edvard Munch，1863—1944）

我不知道怎样才能表达自己对这位艺术家的敬意。后来我想只有用一个人的名字作比，因为只有这样，一种准确的意思才稍稍得到了体现。我想把他比作——凡·高。

初看起来他的命运似乎远好于凡·高，比如寿命，再比如经济状况。但就其命运的本质、生命的本质而言，他们却非常相像。同样与世俗社会有一种极其紧张的关系，同样走向了绝望和贫困。在世俗社会里他们都一样没有希望，没有肯定，没有基本的赞许，甚至没有一点理解。但也正是他们，在精神与艺术两个方面都做出了真正令人难忘的贡献。他们非同凡响的创作中，跳动着伟大的良心。蒙克的一生都在《呐喊》——他的这幅名作曾被鲁迅援引过——呐喊，为人生的不幸，为可怕的黑夜。

他的最为当年艺术评论家所挞伐讥讽的《病中的孩子》，直到今天，只要让人触目就会悸动不安。这不仅是一幅表达痛苦的作品，甚至也不是简单再现苦难的作品。它的意蕴要复杂得多。画中母亲的疼痛悲哀、绝望，孩子的惧怕、等待和向往……是这些复杂难言、纠缠一起的东西让人不能解脱。艺术家心在底层，所以他才能有力地诠释自己的爱，有放不下的牵挂；所以他才始终不能与那些概念化的小艺人同日而语。小艺人和小市民从来都是结为一体，声气相投的，不过常常也是他们在毁灭一个天才，拒绝自己民族最优秀的儿子。我们不能忘记当时的小市民是如何不能容忍伟大的凡·高，联合起来一齐上书，把凡·高送进精神病院。其实蒙克的一生，他的杰作，也并没有更好的遭遇。

源于底层的情感往往是最可信最坚实的。蒙克那些表达热爱和光明心情的作品，同样是动人心魄的。我们可以看他画的《柳条椅旁的模特儿》《妹妹英格尔》《波浪中的情人》……这时候光明在他心中，热烈在他心中。他把自己的温情注入其中，险些不能自拔。他深深地沉浸，这也让人想起凡·高——他们此刻的状态多么相似。

对描绘对象的强烈感受，他与凡·高也是一样的。这从他的《浪花冲击岩石》《回家途中的工人》《自画像》等一系列作品中可以看出。生活之弦与心弦一齐绷得紧紧，随时都能绷断——这就是蒙克和他的艺术。他对一些极端性的、给人以深刻刺激的场景多有表现，这与他的心身境遇是分不开的。如《送终》《病房中的死亡》《谋杀者》《马拉之死》《女凶手》《地狱中的自画像》《葬礼进行曲》《死之舞蹈》……这么多死亡，这么多黑颜色。他在生活中，真实而不祥的预感多于常人，这似乎也是某一类敏感的艺术家的一个显著特征。如同鲁迅所说：他们睁大了眼看。所以他们轻轻一瞥就能发现生活中的残酷与阴影。与此相对应的是，蒙克几乎很少去画欢愉的场面，也没有多少节令的记录与渲染。既没

远逝的风景

有官方的庆典，也没有民间的焰火。他的心情属于另一种：源发于底层的真实。

像凡·高一样，他给自己画了不少肖像。蒙克眼中的自己让人永远凝视。我们不会忘记他的眼睛和嘴角：一双大睁的、焦苦忧愤的眼睛，一张紧闭的、倔强强忍的嘴巴。是的，这一类警醒的生命不可能有一副其他的表情了，比如说不可能是温情自得的样子，更不可能是油嘴滑舌的样子。

莫迪利阿尼（Amedeo Modigliani，1884—1920）

莫迪利阿尼二十二岁时，从意大利的乡下来到当时的世界艺术中心巴黎，开始与第一流的艺术家交往。这个出身名门的英俊青年从十四岁起开始学习绘画，锲而不舍，生逢其时，炽烈的创造之火熊熊燃起。他初到巴黎就能够与阿波利奈尔、毕加索等强盛的艺术生命相伴一起，度过了幸福激越的一段人生之路。他仅仅活了三十六岁，但来巴黎之后的这十四年却充满了诗与爱。在各种艺术家云集的蒙巴纳斯街头，他是多么引人注目。他以极少有人可以比拟的巨大才能，还有俊美的容颜，这一切相加一起，被人称为"蒙巴纳斯的王子"。人们对他的回忆只停留在三十六岁的年华，以及这个年华所具备的热情、敏捷，还有浪漫与幻想。友情、爱恋，始终是这些人生最为美好的东西将他簇拥，一直到最后——看上去他拥有这么多，人人嫉羡的一切他几乎都具备了。可是他唯独没有钱，也没有健康。结果一直与之相伴的贫困和疾病把他折磨得奄奄一息，终于让其倒地不起。他从蒙巴纳斯街头消失了，从巴黎消失了，像闪电一样划过天空。

人世间，好像总有些未知的神秘之物在嫉妒"王子"，暗中给予致命的作用。他的命运让我想起中国的王勃、俄国的普希金和法国的兰波。他们的幸与不幸往往连在了一起，一起让人怀念和遗憾，对其充满了不息的希望与假设。

令人惊讶的是，古往今来，陪伴这些"王子"的，一般总会有美酒、女人和贫困。莫迪利阿尼的艺术盛期正逢第一次世界大战，由于画市不畅，他作为一个新潮画家不可能有丰厚的收益。还有一个人们往往很能理解的原因，就是天才人物特有的命运：他们的创造在每个时代所必要遭逢的误解与贬损。他那些极其出色的画作难以唤起大多数人的共鸣，当然也很少有人购买。结局只能是他的贫穷困顿——长时间在巴黎街头艰难行走，借酒浇愁。爱情与友情成了他唯一的依靠，也是他的欣悦和激情、艺术冲动的重要源泉。看看他写给挚友的信件吧，那种激越亲切和率直真是让人感动。这样的信件可不是谦谦君子所能写出来的。"我正为强大的'能量'的产生与消失而烦恼。因为我愿人生伴随喜乐，就如我对布满丰沛河流的大地之向往。你今后是我无话不谈的知己了！我满怀创造之芽即将萌发，着手创作是势在必行的事。""走笔至此，我恍然发觉拥有兴奋是件多么美好的事！我或许能从这兴奋中解放！"

他一生最为庆幸的事情就是与珍妮的相识与爱。她给了他不再消失的灵感和温情。这之后就进入了他创作的全盛期。他笔下的女人有了更完美的长颈，就像珍妮的一样。他画出的所有女性都有长颈、修鼻，有漫长的脸庞，这一切也像珍妮。他们的爱充满坎坷，这好像也是预料之内的事情。还有，随着爱，肺结核也肆虐起来。然后就是更多的爱，更重的病，更严重的贫困；是酗酒，是对恶习的欲罢不能……一切的过程就像一串专门为艺术家设计的、颇为概念化的情节，然而这些却都是真实的。

他挚爱雕刻，但买不起石料，又不愿去偷，就只好到一些建筑工地上，利用工人们休息时直接蹲在石堆旁雕刻。除了石雕，他还热衷于做木雕，这样他就经常来到地铁站上，在那儿堆积的木料旁工作。因为材料和体力的限制，他只能雕刻一些头像。于是我们可以想见，工作之余，有的作品可以完成并带走，而有的却要永远遗下，被埋到地底。原来现存的那些美妙的莫迪利阿尼雕塑，仅是他全部创作的一部分。

这就是一个艺术家，一个被人呼唤和纪念、在当年就为那么多人喜爱的"王子"——当年曾有"莫迪利阿尼激活了蒙巴纳斯街"的说法——他的到来竟使一大群男男女女快活兴奋起来。然而这种喜爱并没有改变什么，尤其是没有改变他苦难的命运。他还是要贫困潦倒，仅仅是，也幸亏是在最后才扯上一位美丽纤弱的女子的手，走到终了。

不久前在巴黎，我从蒙马特一间地下室的诗歌朗诵会上出来，午夜里看着古老的街巷，踏着有铸铁扶手的石阶路，那个英俊的面容从脑海中倏然一闪。这儿走过莫迪利阿尼，安德勒·安特瓦街前就有他的画室。崭新而陈旧的时光，无情而有情的岁月。

诗人佛兰西斯·卡尔柯追悼说：莫迪利阿尼在贫困与苦难中度过多彩的波希米亚生活，坚持否定通俗的人生观。诗人考克多说：他是位美男子，他的素描典雅而优美，是我们的贵族；他的线条是灵魂的线……

我们特别会记住的是这样一句话：坚持否定通俗的人生观。

在最后的日子里，珍妮一直守在他的身边。天才画家去世的第二天,珍妮悲伤欲绝,竟带着九个月的身孕跳楼自杀。

让我们在莫迪利阿尼留下的大量作品面前,沉默和怀念吧。

劳特累克(Henri de Toulouse-Lautrec,1864——1901)

说到巴黎十九世纪末的繁华,如梦的夜生活,艺术家的朝圣之地,文学家常会想到海明威笔下的描绘,特别是那本回忆录——《流动的盛宴》。而另一种形式的、最直观最生动的呈现,至今仍散发着烤人热度的,大概就要算劳特累克为我们绘出的斑斓画卷了。

可能没有一个同时期的重要画家如此专注和痴迷于这一类场所:舞场、咖啡厅、酒吧和妓院。他沉浸其间,不能自拔。现在看,那个时期失去了他这些逼真的、洋溢着强大生命力的描绘,也就失去了一份重要记录,成为令人遗憾的损失和缺憾。他在歌舞宴饮中,在色彩与音乐中,与醉生梦死的巴黎同生共长。

他作为一个艺术家和普通人,留给我们的是那么多,至今让人费尽猜想。我们似乎可以看到他洒在画布背面的泪水,以及一些不能言喻的心灵隐秘。艺术家珍贵的埋藏,潜隐之物,一丝丝心绪,都在长达百年的时光中渐渐显露。凝视他的画,我们人所共有的那种自尊被拨动了;特别是他那种少见的谦卑,令人感动。他面对的女性一般是美丽而辛苦的,她们差不多个个活泼,生命力旺盛却又容易疲惫。可是画家在用一支小心的笔接近她们,一点一点探究——到了最后总是忘情地热烈颂赞,是由她们而触发的不可收拾的悲伤。

劳特累克十几岁开始罹患残疾,再也长不高。他出身贵族,精神状态特异，对外部世界的要求与平民不同。不幸的经历使其心灵进一步改变，它变得愈加沉重，纠缠和矛盾，而且变得晦涩。还有，我们也可以想象，他变得更加敏感了。这过分的敏感将是他一生的艺术倚仗，也会招致特异的痛苦。他才华逼人，洞穿世相，在许多方面都超过了所谓的正常人。他理解这个物质世界，理解它所谓的丰饶是怎么一回事。他特别能够体味这个世界的宠幸与不幸、它的悲欣交集，还有它的多情与无情、火热与冷酷。他是那么热爱这个无望的世界、无可奈何的世界；这个世界对他更加不可思议。他甚至相信这个世界的全部悲喜都过多地纠集在一些特定的场所和特定的人物身上。他在舞女们那儿看到的是绵绵的情谊和生命的活力。他喜欢这个世界上一些活生生的花朵：它们能够说话和思想，颜色浓烈而富有表情。

他用空前热烈的方式遮掩了自己，那是失望和绝望，还有自怜。在看上去比自己要壮硕和强盛十倍的她和他们面前，他献上了不由自主的歌唱，留下了超乎常人的感悟和记录。他在用画笔书写一部关于生命的繁华戏剧，一部激越人心的历史。大红大绿的色彩，跳跃飞舞的人体。巴黎红磨坊，马戏，你方唱罢我登场的大舞台……所有这一切都成了可以触摸的梦幻，但也随时都会消失。

在炫目的声光与色彩面前，劳特累克时而狂热时而冷静。他并不总是跟上它们的舞步，而是停下来，时常还以艺术家的冷眼与真心。这时候的画家是凄凉的，孤单无靠，走在巴黎深夜长街，只有那根拐杖做伴。我们今天凝神于他的杰作《伊莲娜》《无题》《朱丽叶·派斯可小姐》，觉得它们的气氛和内容与名声大噪的"红磨坊系列"相去甚远。这时候的劳特累克庄严宁静，甚至是十二分的恭谨。他的礼赞之声暂时敛住，但却给人更为强烈的感觉。

他画了一幅凡·高肖像。这时他才找到了真正的同类。多少同情与理解、支援，都从笔端不可遏制地流露了。在一般人看来他们都是畸形人，边缘人。可只有他们相互之间再清楚不过地知道，他们的内心有多么热烈。他们随时准备与这个热辣辣的世界长别。他们还有更为相同的一点，就是：他们的呼告之声都留在了这个世界上，并且不再消失。

克利(Paul Klee，1879—1940)

这是一个深入二十世纪的艺术家。像这个时期许多不幸而大胆的画界人物一样，他也是一个热情勤奋的革新者、一个不倦的游戏者。他那有趣而怪异的线条，浮想联翩的图形，一开始是令人咋舌的。后来人们才渐渐习惯了，非常习惯。因为这之后，几乎没有一个时新的艺术家会放弃"反艺术"的大旗——他们非得如此而不能前行：往后看是无法逾越的巨匠，往前看则是无测的茫然，四周全是被现代技术和商业火炉烤得炽热烫人的空气。

在艺术生涯中，他们怀疑自己超过了怀疑时代。在有限的时间里，没有谁相信这一生的搏杀能够取胜。这就是问题之所在。还有，这个世界已是这般荒诞——怎样回应和表达这种荒诞倒也成为二十世纪艺术家的首要难题。这当中也包含了二十世纪的深刻、现代艺术的出路。仅仅将这个时期无数的艺术家称为颓废者和嬉戏者，是没有多少说服力，也是有失公正的。

他与同时期的画家如康定斯基、米罗、勃拉克等等一大批艺术的反叛者实属同道，算是艺术血缘上的近亲。他们当然也是不同的，如勃拉克的立体主义——他们起码有一望而知的外形上的区别。但他们深层的联结，精神上的联结，则无法分剥。他们当中的大部分即使在作品的外在形态上，也让人更多地看到了雷同：相差无几的线条，梦幻之笔，难以解释的图像，故作的笨拙与过分的游戏，甚至是精神自戕……这一切在二十世纪的前卫艺术中太常见了。它们已经了无新意，已经走到了反面，走到了现代艺术家自己深恶痛绝之地——公式化和概念化，千篇一律。多么尴尬。这就是一切先锋艺术的必然命运？

《突尼斯海岸的房屋》《一座花园的回忆》，这一类作品的颜色何等鲜艳夺目。它们灵动可人，引人亲近。它们更像稚童信手涂来，而非一个大师所为。是的，这正是那些现代巨匠们的拿手好戏：伪装婴孩，故作天真。可惜假天真从来都是先让人好奇，而后使人不快，甚至是令人讨厌。现代艺术家在很大程度上已经不能平等待人——平等对待他的受众了。自虐，或者是极端地孤傲极端的自卑。这也是他们的救赎之路，艺术之路。

一个生活在二十世纪的人，无可逃匿地成为荒诞的一部分。他或许已经没有权利挑剔。但是与其做一次时代的共谋者，还不如做一次更勇敢的警醒者。坚韧的反抗与自嘲自虐不是一回事，含着眼泪的笑容也并非永恒。如果说克利早期的《画家的姐姐》《窗前的绘画者》一类作品曾经毫不含糊地、明白确定地显示了他的才华与能力，那么后来的变法就让人深长思之了。与许许多多同类画家一样，他们走得比东方的大写意更其遥远，远得没有边界。一切的禁忌全被打破，揳弃心力，更无耐性，并且干脆唾弃艺术和精神——它们关于高贵的永恒的追求。人们甚至有理由认为：这所有的所谓的"创作"人人皆可为之，并不需要专业技能和专业训练——或者说有了这种技能和训练只会更有趣一些。的确，他们玩得太过分了，以至于无聊。

　　在现代，时髦的艺评家可以对所有真正深邃的时代灵魂大动干戈，可就是不敢对任何一件皇帝的新衣伸一下手指。他们怕烫。而皇帝新衣的穿着者今天已经对那个久远的童话不以为然了，因为他们干脆有了另一种叫法：裸体主义者。凡事一有了"主义"的称谓也就立刻不好办了。这终于成为"一元"，成为多元并存中不可偏废不可或缺者。人人都怕毁了艺术生态，小心翼翼到了极点。二十世纪是一个物种飞速毁灭的时期，于是，最好的受人呵护之方就是力争成为那个"唯一"，而绝不需要考虑什么其他。

　　一个男子汉满脸胡须，一生乐此不疲画下去，直到生命的终了。这就有理由送给受众一个谜语。人们为了一个谜语而注目一个人，进而尊重一个人，这似乎已成常理。害怕失去破解现代谜语的机会而招致嘲弄，这更是虚荣的当代人所惧怕的。画一些几何图形，一些小人儿，再不就弄出一些谁也不认识的东西——一大笔糊涂账，谁愿结算谁就来动脑筋好了。

　　可是我们仍然要说，正是这些汇聚一起，才构成了二十世纪的精神——令人心碎的一个部分。它真的是"一元"，一个"大元"。它在记录我们人类颓败的一页：最没有光彩、最绝望的一笔。是的，从这个意义上说，它又是内容坚实的，无畏的。

库尔贝(Jean-Desire-Gustave Courbet，1819—1877)

　　他是绘画艺术走向印象主义之前最重要的画家之一，而且无论从哪个角度看都可以称之为那个时代里的伟大人物。他是一个艺术家，变革者，一个深入关注和参与当时社会进程的激进人物。他把艺术与现实精神合二为一，其勇气一以贯之。当时可能极少有哪个画家具有他那样的生气，他那样的开拓能力。

在一个标榜美和崇尚华丽的时代，与他同期的安格尔正以超绝的精湛和完美征服了画坛。这时的主流艺术是远离现实的。大格局的绘画作品几乎不屑于表达现实生活的主题。史诗的气概只能用于表现宗教、征战，记录一些历史关节。而库尔贝像同时期的大画家米勒一样，敢于描绘生活的具体；但他却比米勒更进一步：直接用史诗的笔触描绘日常生活与底层民众。一种罕见的开阔意象、一种真实可感的蓬勃之气，从画面中满溢而出。

古典主义走向了巨变的临界点，于是在它的突破口上就诞生了屈指可数的大艺术家，比如库尔贝，比如德拉克洛瓦，更有稍早的大卫。库尔贝非人能比的贡献在于他的底层性，在于他能够把宏巨之笔转向平民。他只描绘日常所见的"真实"，从而把彩笔拖曳出循环往复的神话和古代传奇，走向世俗的平凡的泥土。只有这样才能生长，才能让艺术闪现活鲜逼人的生命光泽。这对于绘画界习以为常的绅士精神是一次强烈冲击。《碎石工》《奥尔南的葬礼》《画家的画室》《在奥尔南晚餐之后》，它们是这样真实和具体，所表现的生活场景与意绪毫不陌生。对于画家而言，经历了绘画史上漫长的十八世纪和行程过半的十九世纪，古典气象已经画尽，宏大的题材也已经画尽。可是这个时刻的艺术既然不能原地徘徊，那么就要决意向前，走出原有的疆界，这就需要非同一般的果决，需要一份倔强。

这种看起来仅仅是题材的转移，实际上却必定无疑要引发出更为重要的东西。挑战性，藐视与抗争，以及与之相匹配的更具现代意味的技法特征，在库尔贝的作品中一起出现了。他的《山中家屋》和《花束》，已俨然是后来的印象派大师才有的笔致。他的静物画，灼人的红色，丰茂的花束，这一切已经走向了空前的自由与畅放，是当时极少见的痛快淋漓的表达。

他的画笔进一步走向了自然的辽阔、无羁奔放。他的波涛汹涌的大海，广袤旷渺的荒野，高耸的危崖，无一不在表述巨人的胸襟和情怀，呈现出一种无阻无碍博大深长的气象。他强调写实，却有浪漫的性情。写实主义与浪漫主义在他这儿并非水火不容。他一笔一画中藏尽了怪谲，其内心世界的丰富性让人惊讶。随着暮年的迫近，他的笔风变得越来越锐利，越来越狂放；仿佛他在接近生命终点之时，更加用力地把手伸向了未知的后来者——援助他们，抓住他们，让二十世纪接踵而来的先锋人物与之结成一线。

这个不安的艺术家在生命之途的最后，遭受了无测的政治磨难。诚然，他的行为和他的艺术一起，表达了对这个世界的不安。他的勇敢与不间断的尝试，也表现在他对社会现实的干预上。他是表里统一的人，一个性情中人。他的冲动之美洋溢于作品之间的同时，还在更为广大的范围里表现出来。他对美的难以压抑的追逐之心，使他画了那么多完美的女性，如《泉边女人》《海浪中的妇人》。而他的豪气与狂热，又让其涂下了大浪滔天的景象，如《浪潮》《秋之海》。

库尔贝一生心向底层，满腔热爱，晚年却不得不背井离乡，贫病交加，直到走完最后一程。他在艺术和其他方面倾注的热情是不朽的。

康斯太布尔(John Constable, 1776—1837)

谈到十九世纪绚烂的风景画，人们就不能不想到康斯太布尔。一个人能始终迷恋大自然，并将这种情感化为生命的全部或主要部分，不能不令人景仰。他诞生于乡野，自小流连于父亲的老磨坊，这些终化为一个画家不灭的记忆。

儿时的水乡，一片片的涟漪，在他那儿变成了润湿终生的源泉。他所有的画几乎都给人一种湿漉漉的感觉。还有，自然的光色，它们每时每刻的变幻，也都在他的笔下得到了分毫不差的表现。一个人在这些画面跟前驻足，很快就会忘记其他，而被画幅中的色彩迷住。水汽，雨丝，灼人的强光和浓雾，会让人觉得一切即在身边，一时难以从中解脱。

他一生的主要作品不仅画了野外，而且总要画水。他童年的磨坊是水动的，他一生的画笔也是水动的。从渠塘到江河，再到海洋，大水逐日漫开，最终涨满了他的艺术。《平津磨坊》当是他的记忆；他还画了许多关于它的景物，并且从不同的角度与方向来表现它的姿容。他画了父亲的菜园——《戈定·康斯太布尔的菜园》，结果成为一首令人心醉的田园诗。他画得一丝不苟，极端忠实，只寻求真切的印象。所有固定的章法与成规都被大胆的实践和勇敢的信念粉碎了。这在当时是一种革命行为，因为传统的风景画已陈陈相因，变得了无生气却又固执难易。

我们从画家的视角去感受那些画幅，总是被一种目光所打动。这温情的目光抚摸了童年景物，故地田园，水和房屋，还有树——一些经历了沧桑岁月的大树。他看它们时非常专注，一枝一杈都未放过。它们壮年的葱郁和老年的苍劲,在北风中的面色,在细雨中的欣然,都再明晰不过地被呈现和被记录。他的树不同于凡·高的树:后者是绿色的火焰;他这儿却是兄长和老人,是岁月的见证。

他画出的一切总给人一种纯稚感——好像我们在倾听一个永久的童年的述说。满篇的单纯明净,洁净无污,热情而又好奇。这种感觉而且能够保持到底——即便到了后来,到了画家本人不再那么工于细节的时候,他画下的一切也仍然给人极少见的清新纯洁。这时候他像所有艺术大师的"后来"一样:更大胆更泼辣,更迅速更简明,直奔彼岸,然而却是那样坚定和准确。

这个终生不渝的大自然的歌手对艺术充满了信任。相信艺术,这是他那一代大师的重要特征,这使他们不会轻易嬉戏和嘲讽。他是十九世纪前夜最后一批立志夯实艺术的道德之基,不倦追求真善美的杰出人物。他的好奇心从未减弱,虽然在探求之路上也充满了怀疑和焦虑,但这些总是化为更大的勇气。对他和他那一代的画家来说,当时还没有充足的颓废的理由。

一个艺术家随着年龄的增长,不一定能够始终如一地守住心力。这是一个现实规律,是每个人都要遭遇的。问题在于能否坚韧,不致过分涣散。在有的人那里,掩饰这种涣散的方法就是创作风格的巨变,如凭借纯熟技法的惯性——恣意狂涂、故作笨拙、装疯卖傻等等。这也是每每奏效之方。西方艺术家常常到了老年就神往东方,开始了大写意。可是他们没有写意的东方文化做柢,其作品十有八九成了可疑之物。而一个东方迷总会不问青红皂白地嘘叫,好像发现了神奇。不仅西方,即便是东方艺术家,一般而言到了老年写意更狂——其本质也还是如上原因。心力,意志,信念,这一切其实是对一个艺术家最后的,也是最苛刻最艰难的考验。

谁能贯彻到底呢？

在作家队伍里，托尔斯泰和鲁迅能够；在画家那儿，列宾和大卫能够。当然，我们还可以一口气列举许多，比如现在我们正谈论的康斯太布尔。

大卫（Jacques Louis David，1748—1825）

当一种艺术走向没落之时，反而会进一步呈现出表面的华丽与完美——内里却是双倍的软弱与轻浮。十八世纪中叶的法国绘画艺术即是如此。于是一场变革势所难免，"新古典主义"的代表人物大卫就崛起在这个时期。他像一切绘画史上的标志性人物一样，近乎挽救了一个时代。实际上他们总是为当时的画坛注入了伟大的力量，从而使自己的艺术不朽。每个历史时期都在默默等待自己的激情，等待它的一次冲决和刷新。大卫就是这样的人物，他在属于自己的时代里表达得何等充分而彻底，毫不犹豫地抓住了自己的历史。

一个人的力量、意志、坚定性，特别是忘我的追求，都会在一种创造中得到真实记录。大卫与一般现代画家不同的是，他的作品几乎找不到一笔的嬉戏与草率，更没有那样的飘忽与犹疑。他的坚毅和生气，一往无前的气概，都是现代绘画史上鲜见的。他是十八世纪中叶至十九世纪初的一个巨人，其高大的身影几乎遮蔽了很大一片空间，成为一个时期内引人注目的向导。

《周济贝利萨留》《荷拉斯兄弟的誓言》《苏格拉底之死》《凡尔赛网球场上的誓言》《萨宾的妇女》《拿破仑的加冕礼》《马拉之死》……这个名单还可以开下去。它们全是光彩四溢的、非凡的杰作，真正意义上的鸿篇巨制。我们站在这样的画幅前，会感受被击中和被攫住的神秘力量。仿佛又回到了某一个瞬间，不灭的目光凝视过来，我们无形之中置身其间，身上落满历史的尘埃。多么神奇，这一切正是大卫的心灵所造就，而非其他。因为他所描绘的历史情节业已存在，仅仅是他如此再现。这就是历史的选择，是艺术家的命运。与同时期"洛可可风格"下辗转的众多画家不同，他具备了时代的冲动。他拥有了一种伟大感，心中产生了巨大的动议，这即是他的艺术生成的原因和造成的后果。伟大的关怀成就了史诗，铸造了一种永远激动人心的力量。由他而后，画家们可能再也无法靠近新古典主义画风了，只能另辟新路。这是一个令后来者自我怜悯和暗中羞愧的巨匠。

当一种艺术走到了极端的高度之后，艺术的历史就大步向前了。大题材大场景、明确无误的笔触，从此也就得到了回避——它催生了现代主义，加快了它的步伐。从某种意义上说，大卫也可以看作是现代主义的间接推动者：他，以及和他相类似的人物，逼紧了一场现代主义的操练。

新古典主义并非只是热衷于历史的大场景和大人物。它的要害是能够捕捉历史。众所周知，大卫身处法国大革命时期；但一个置身其间的人往往会忽略事实本身，将深刻的百年一现的伟大瞬间放走，所谓的擦肩而过。可是大卫当时不仅热心投入，而且直接就用一支如椽巨笔记录了这场运动。仍然是史诗的笔法，恢宏的场景：广场，宣读誓言的国民公会总裁巴伊，热情洋溢、异常激动的雅各宾派首领罗伯斯庇尔，这就是凡尔赛网球场上的一幕，数不清的人头攒动。

大卫说："我全无野心，只追求艺术的荣耀。"怀着这样的雄心与信念，他还画下了马拉被刺的骇人一刻、拿破仑的加冕……非凡的时代与新古典主义，重置乾坤的人物与雄心勃勃的艺术家，这二者在今天看来真是相得益彰。

大卫的雄健，只有从古希腊古罗马时期的艺术才能找到源头。这是那个特定时期的特定支援。可是大卫并未简单复制古代，而是从自己的生活现实中汲取固有的精神。这就是他的神奇之处。一个艺术家挣脱时代精神而独具气质，这只会是一句空话和一种幻想。我们如果翻开那个时代之页，就会发现它们是由真正的巨人写就的，大卫只是其中一员。试想，有多少人可以亲睹拿破仑并画下他的行迹？又有谁会当面感受雄辩的罗伯斯庇尔的口吻？在一个个气贯长虹的人物之侧，呼吸自然会有不同。

巨人远逝，橡笔归库，巧妙曲折的现代主义艺术即将走入纵心。在接下来的这个时期，画家们将在莫名的呻吟中画出一堆堆的小人儿，还要画下一些毛茸茸的图形和线条，一些绝妙空洞而又乏味无聊的几何体。

透纳（Joseph Mallord William Turner，1775—1851）

风景画走到了十八世纪，英国出现了一位印象派和抽象艺术的先驱——他与另一位风景大师康斯太布尔又有不同，虽然他们只相差一岁。康斯太布尔这样评价："透纳创造了一个绝好的、辉煌的、美丽的形象。"那么透纳比起康斯太布尔又有什么不同？他们同画自然，置身英伦三岛，其绘画个性却大异其趣。

他们都是风景画大师，称得上英国同一时期的双璧。但是透纳更注重光色变幻，他简直是以光为核心营建自己的绘画境界。还有，他是一个更加不知疲倦的艺术家，一生竟创作了两万多幅作品，激情滔滔。他不仅迷恋湖光山色，对纤细美妙的局部品味再三，而且专注于一些历史和现实的大场景，善于表现英雄主义和崇高精神。《埃及的第五个灾难》《埃及的第十个灾难》《迦太基帝国的衰亡》《从梵蒂冈远眺罗马》《使神莫丘利与赫司》《暴风雪：汉尼拔和他的军队穿越阿尔卑斯山》……这些古典主义的好材料被透纳用全新的方式表达了，从而焕发出新的生机。他在当代时空的光影变幻中感知着历史的瞬间，显示了一种深邃和博大。以前没有人像他那样画过暴风雪——军队——征战：太阳乌云山峰，风与光的旋动，云与雪的纠缠裹挟，林立的刀枪与士兵。这里的一切都表现出撼人的天怒人怨，鬼神共泣，命运无测。他把自然置于绝对强大的地位，而把人置于相对弱小的地位，于是进一步突出了人生无常、挣扎的残酷和生存的冷峻。

他特别擅长表现危急场景和灾难事变，这也与一般风景画家的田园风味不同。火山爆发，船难，怒涛，他都给予切实的记录。一种隐含于宇宙的力量被他感知，捕捉，让其怀着某种恐惧和敬畏画下来。他每每惊异于大自然的无穷伟力、它的喜悦和暴怒。大自然可以像少女一般和煦温柔，又会像雄狮那样撕碎一切。这儿，他的自然观远不是那么简明和单纯。他不仅徜徉和沉浸在一种田园诗的气氛之中，不仅是讴歌所谓的小湖乡路，田间茅舍。

显而易见，他的笔力与趣味都有些难测和特别：既有强烈的古典气韵，又有浓郁的田园情调；既能借助古典主义的余韵，又有下一个世纪的风尚——他特别惊人地画出了《甲板一景》《佩特沃斯屋内》等这样一些现代意义上的杰作。在这里他把抽象艺术的意味和技法给予了丰盈透彻的表现。多么炫目的色彩，光线飞扬，大色块，模糊的轮廓，强光几欲融化一切。他的确站在了古典主义与现代主义的接合部上，成为横亘两个时代的大师。读他的画，既可以怀念远古，特别是古罗马古希腊的崇高伟岸，又可以将思维驰骋到无边无际的现代。在他这儿，风格几乎没有受到主题的冷酷约束，他似乎可以站在未来去遥望远古——在迷离的抽象与印象中，在正午的强光下，在清晨的霞光与雾气交织间，在黄昏的火焰里；没有刻板的戒律，挥洒意气，自由奔放。

《希洛与黎安德的分离》《海浪与防波堤》《狂浪中的海豚》，这些画风在十九世纪三四十年代是那样刺目。如果没有类似冲决的勇气，没有背向虚荣的信心，很难想象会有这种尝试。这种意念愈到晚年愈是强烈，简直一往无前。他的豪志与心情，单单是从题材的选择上也可窥见一斑。他把大量精力花在大海狂浪的描绘上，风暴，大雨，浑浑茫茫的天空。在这千变万化的世界里，他找到了艺术表达上无限可能的空间。随着年龄的增长，他进一步走入了一种开阔的大象，一种探究不宁的情绪。作为一个艺术家，他仍然在前往，而不是安息和退居。他在逝世的前一年还画出了梦幻般的《舰队的出击》——画面上有航道，有一群妇人，但是舰队在哪儿？它们至少没有清晰的具象。

除了画油画，他一生都坚持画水彩。大量的水彩画是透纳重要的创作部分。在他这儿，水彩泗湿了古典画幅上几百年的干燥与皲裂，而且最后将两种画法合二为一；他在水彩中找到的单纯和喜悦，让人明显无误地感到了。

德拉克洛瓦(Eugene Delacroix, 1798—1863)

德拉克洛瓦比大卫小五十岁,算是同时代稍晚的另一位雄心勃勃的人物,其豪志与气魄似乎足以与前者比肩。大卫是古典主义的旗手,而德拉克洛瓦则被称为浪漫主义的灵魂。我们知道,任何的"主义"都会对一位伟大的艺术家造成损伤,因为什么"主义"也无法概括一个特异的心灵。但是那些古往今来的艺评家们正是靠各种各样的"主义"来生存的,丢弃了这些,他们也就等于丢弃了语言。而在面对以全部生命奔赴自己艺术的巨人,我们理解力最好的时刻常常只是无言——无言的感悟,在沉默中压住一个怦然心动。

他是在过去和现在、在画坛内外都得到心仪的人物。他的《自由领导人民》的形象塑在了法国的凯旋门上,他的长达四五十万言的日记用各种文字在这个世界上大量印刷。他是一位真正的不朽者,一个时期引人注目的代表人物,同时又是一位在漫长的绘画史上永远使人翘首以望的偶像。从艺术史的角度看,他已经远远冲决了特色与风格的围篱,走向了大匠的旷远。激情,雄心,史诗气魄,高贵,这些用在他身上不仅毫不为过,而且还恰如其分。

《自由领导人民》这幅巨作被谈论得太多了。它当然是浪漫主义的代表作。当时是大革命时期,也许一个对革命并无多少热情的艺术家才能画出这样的唯美之作,才会迸发出这样的浪漫之情。画面上,一个肥嘟嘟的女神举着三色旗,率领一拨杀人如麻的暴民,这或许不够和谐。更不和谐的还有紧跟在女神身侧的手持双枪的少年,其模样很像拿了玩具手枪出来凑热闹的孩子。这种美女加玩闹少年的场面与情致，反衬了他们脚下堆积的尸体，血流成河，就显得有些别扭。但是整个画面又极具表演性，很好看，受众不需要太多的情感投入，足够用来欣赏。这时候，画家是用他的浪漫情怀来统领一切的，一切都在他的那种精神中找到了和谐。至此，我们也就容忍并谅解了他这幅画的夸张和过分戏剧性。

类似的画还有许多许多，它们都是夸张的，华丽的，夺人目光的。但也就是这些，融和化解了当时占有统治地位的古典主义，把绘画艺术猛力推进了一步。他笔下的宏大场景常常有一种强烈的旋转感，像是裹在一个气团里。这里，像大卫那样坚定不移的笔触不见了，代之以更为自由和奔放的涂抹。这些画面上总有一种呼啸之声，好像有充耳欲聋的吼叫，有奔突飞扬，有沙尘暴。

他像大卫一样专注于大题材大场面，但却没有大卫那样浓烈的古典气。他的主要作品基本上是在描绘古代，英雄，战争，神话。还有，他画了许多狩猎场面：那种搏杀惊心动魄，但没有多少当代气息。对古典的重新诠释，这一直是雄心常在的十九世纪艺术家们的特征之一。他们不能摆脱古典的、英雄的情结，正像他们在技法上不能摆脱古典艺术的约束一样。这是一个漫长的过渡期，就是这个过程中，产生了诸如大卫和德拉克洛瓦这样的巨人，以及写在一个长长名单上的人。他们是现代主义的先驱，是送往迎来者，更是承先启后的巨擘。

在艺术史上，任何的反叛如果没有实力垫底，就会成为一场闹剧。伟大是一种力量，是托举沉重的可能与方式。德拉克洛瓦像一切划时代的人物一样，能够首先从技术层面上极为主动地君临一切，将色彩解放出来，表现出罕见的心灵的自由，一种令人瞩目的舒畅感。他的所有画幅都给人精力满溢的印象。他画了不少狮子，这同时也让人想到他有狮子般的雄心。

他的古典题材作品再也没有安格尔式的华丽与安逸,而是充斥着激荡和喧嚣。一个完美却又陈旧的古典时期从他这儿消逝了,一个从头寻觅的岁月业已开始。他在处理与古典大师相类似的主题时,乍一看笔墨显得犹疑而琐碎,但实际上又产生了一种新的力量与自信。这正是一个不同凡响的艺术家才有的特征。在他超人的腕力之下,一切开始驯服。他的艺术对于逐渐走向动荡的现代,特别是急遽起伏的精神生活,可以算作一次大胆的预言。那些如同受飓风驱使一样的笔触,那些显得过于仓促的情绪和意象,都是即将降临的现代精神的暴雨狂涛的先兆。

人喊马嘶的德拉克洛瓦世界,激情冲荡的浪漫之神,已经永驻人类的精神和现实之中。

弗洛伊德(Lucian Freud,1922—2011)

我相信,任何一个人站在他的作品面前都不可能无动于衷。这本身就是一种现代奇迹。因为被现代艺术无始无终的轰炸弄得异常疲惫的受众已经麻木了。人们在各色行为艺术野兽派立体主义、神秘现实主义波普艺术,以及目不暇接的各派林立之中,变得一片茫然。可是那个伟大人物(精神病学家弗洛伊德)的后裔,他在艺术领域的发现和创造却是不同凡响。他可以让你在一浪高过一浪的喧嚣中猛然驻足,让你瞩目,进而让你全身悚栗。

他的早期作品完成于第二次世界大战前后。战争让他笔下的人物生出了那样一双眼睛:惊惧、震悚、惶恐,异样地大睁。他笔下的眼睛像一片被二十世纪初的战争和化学毒素污染过的湖水,成为一片不安的蓝色，不祥的蓝色。这也是一双双让我们陌生的眼睛，它们好像不是我们所熟悉的星球上的生命之窗，而显得过分怪异和生僻。如此警觉、冷漠、焦虑、惊悸，像是外星人突然降临，他们在把我们注视。

如果在深夜，我们必会更加恐惧于这样的目光。我们甚至会忽略真实，而一味陷于那种慌乱之中。当然，我们得折服于艺术家的魔力。这是怎样的洞察和怎样的灵魂，神秘无言，可是能够将我们深深击中。我们在审美经验中还难以从心灵、从记忆的深处找出相类似的痛苦和不安。画家在向我们言说二十世纪的最大痛苦，展示他关于人类不幸的一尊尊雕像。没有什么曾经让人这样绝望过。

人本来是美的，艺术的历史主要就是关于这种美的求证，是这样一部探求和审美的历史。弗洛伊德的这些画也在进行这种求证，不幸的是他无可奈何地失败了。他陷入了真正的沮丧。人是上帝的杰作吗？可是人如果失去了上帝的顾怜，又会怎样悲惨？那时的人既无法美，也无法真，甚至也无法善。他笔下的人的目光就是失去上帝之后的神色。

《穿白衣的少年》《穿黑上装的少女》《少女与绿叶》……许多的青春年少，人生最美好的时期，是这一切的描述。然而关于他们的逼真刻画打碎了诸如青春和梦幻之类的所有神话。冷酷的现实和无情的遭遇属于整个时代，而不是特殊的个体和特殊的人群。这些画幅的深刻性在于它们赤裸裸的揭示，它们一针见血的关于时代和人性的指控。他的笔下严格讲来已没有什么青春可言，人一生下来仿佛就走向了衰老。衰老的青春，苟活的生命，不情愿的降生，生逢乱世，生命在永远陌生的世界上流浪——就是这样一些比已知的一切痛苦还要难以忍受的东西。

人在这种苟活中不可能是真正美丽的。但艺术家又不愿断言人是丑的。他可能想说：人是无辜的。他们无辜，但是他们不美。到了七十年代，画家对于人和世界的认识好像有了一些改变。《头像》《画家母亲》《两个爱尔兰人》，这些作品中的人可能对自己的世界有了一丝丝亲近，但仍旧被不安所纠缠。他们仍然丝毫谈不上愉快和安怡。到了八十年代，画家关于人的痛苦和丑陋的表现又比比皆是了。《裸体男子与耗子》《裸体男子与他的朋友》《金发女郎》——到处都是令人失望和绝望的生存境遇。

整个来看，像《室内》《画家母亲》这一类作品太少了。在这为数很少的作品中，人的尊严、坚毅的品格，算是多少得到了认可。但这里还远不是那么乐观。永恒的痛苦一直在陪伴他们。生活对他们仍然是无解的，而他们自己则显得无助无告。

画家不是一个伟大的歌手，但却是一个伟大的解剖者和警示者，一个能够正视生存的勇者。他笔下毫无廉价的东西，毫无轻浮。而这些在现代，在时髦得过分的所谓的艺术家那里已经泛滥成灾。他始终关注和一直谈论的，是关于生存的严峻话题，并将它的细部拉近了让我们看。所有的画几乎全是近镜头，是特写，是局部放大，是写真。他的注意力几乎一直放在这个世界上最关键的部分——人本身。

画家笔下所展示的一切越来越让我们不安，进而让我们害怕。他凭着一个敏感的灵魂，随处都能发现生存的真相。他笔下的主角是人，可是他也画了《厨房里的洗涤槽》《废物场和房子》这一类"无生命"之物。它们是这个世界上人的创造物，因而与人有着同样特质，有着人的血缘。真是有幸也不幸，我们这个世界上有了弗洛伊德这样的目击者。当他指给我们真实的时候，就使我们从此不再安宁。

毕沙罗（Camille Pissarro，1830—1903）

在印象派初期的苦苦奋斗中，有一个不可忘记的名字。但至少在中国的现代艺评家那儿，提到印象派，他们更多谈论的是莫奈，而不是另一个同等重要的人：毕沙罗。其实他与莫奈一直并肩行走在这场绘画革命的前列。莫奈是印象派始终不渝的实践者，而毕沙罗则是一个四方求索、眼界开阔的集大成者，一个循印象派画风走向自己艺术终点的人。他时而压抑自己的个性，但又总是凭借超人的理解力返回自我，巩固并进一步完美独特的艺术。他对于新生事物有特异的敏感性，能够在其萌芽的最初阶段发现并投入极大热情。他于是就成为一个时期新的艺术和潮流的推波助澜者。

他与莫奈是那个时期相互影响的两个印象派大师。有人甚至认为：没有他们之间的彼此鼓舞与肯定，也就很难设想会有莫奈的《印象·日出》这样里程碑式的作品。他的《红色屋顶，冬天乡村一角》《蓬图瓦兹货车停车场》等，都是早期印象派作品中成功的范例。在他的一生中，对新生事物的发现和热情首肯是令人感动的，他总能够从更年青一代的叛逆中觉悟到蓬勃的生命力，体味到艺术于一个时代的不可更移的命运。他一生都在尝试和借鉴，在比较与领悟中，把握其中至为重要的东西。他最终能够在印象派的大道上走得坚实而遥远，并愈加自信和肯定。《蒙马特尔大街》《雨中的法兰西剧院广场》《干草堆》，都称得上真正的杰作。这些作品把印象派推向了极致，它们愈加完美，气势恢宏，成为一个艺术家人生经验与艺术实践的综合表达。

毕沙罗在作品中所表现的慈悲与怜悯，对底层的情感，也是现代画家中最引人注目的一位。《悲惨的让内》《晒谷种的农妇》《被遗弃的自杀》，这些作品无一不反映出他的哀伤痛楚，他对整个人类不幸的关注。比起同期画家，他更能够被贫穷和哀痛打动。他有一颗大艺术家才具有的柔软心肠；也正是这一特质，才使他一直葆有了过人的冲动与激情。这样的人是不会枯竭的，他只要一息尚存就会呼吁和叹息。他是一个时代的目击者和哀伤者，更是一个悲悯者。

比起现代艺术中的许多佼佼者，毕沙罗显得更为朴实率真。这一切都渗入了作品的一笔一画之间。他是一个勤奋的劳作者，而不是一个喧声大作的自我推销员。他脸上没有那么多招人议论的油彩。一个宽容的人，可爱的人，同时又是一个贯彻自己原则的人，这一切无论对于一个普通人还是一个艺术家，都是最为宝贵的东西。二十世纪之后，艺术家的谦逊与自卑几乎丧失殆尽，伴随他们的就常常是乖张的艺术，与情感风马牛不相及的艺术，言不及义的艺术。的确，我们所置身的这个世界上，现代艺术至少有一部分成了乖戾的同义语。在今天的绘画界，人们最熟悉的可能就是达利式的号叫了。他们也许因号叫而成功。

可是无论怎样，我们在情感上更能亲近毕沙罗。莫奈曾这样说毕沙罗："谦虚而伟大。"是的，这样谈论艺术和艺术家，不存在什么"艺术的道德化"，或"道德的艺术化"，而是在触及一个不变的原则，即艺术所呈现的生命——生命的质地最终决定着艺术的质地。

艺术的探索是无穷无尽的，而心灵的特质却会一以贯之。早在八十年代，毕沙罗笔下的《戴红头巾的妇女》《水井旁的妇女和小孩》，就有米勒式的安然淳朴。毕沙罗式的温情弥漫在整个画面上，它们健康真切，散发出难以言喻的美，成为阳光下的一曲礼赞。灿烂的原野，秀美的人物，这些都在映衬艺术家那颗明朗善良的心灵。

蔡斯(Willian Merritt Chase，1849—1916)

作为一个出发到欧洲寻找艺术圣地的年轻人，蔡斯是一个令人羡慕的成功者。中年以前他基本上在欧洲国家度过，并在那里受到了正统绘画的严格训练，汲取了丰富营养。当年的欧洲正处于艺术大变革时代，一批新锐人物正在动手撕裂传统。新的流派崛起，一场艺术大合唱中的多声部开始形成。欧洲贵族沙龙对这位身在异国的美国画家没有多少吸引力，而清新有力的写实主义却对其造成了深刻影响。

相对于美国那片新鲜广袤的土地，欧洲是太古老太精致了。欧洲的画风严谨深邃，结果整整一个多世纪以来的变革，或者迟缓难行，或者突兀惊人。而蔡斯中年以前一直是从欧洲艺术中寻找自己的典范，确立自己的参照。伴随这一进程的，也只能是一种异乡客的情感。这一段历程是极其特殊的——在一个艺术家最为关键的发展时期，他多多少少脱离了本土的支援——这种支援又常常是不可缺少的。欧洲的艺术传统比起北美大陆，当然是驳杂繁复历史悠久，会让人眼界大开。不过这往往也会给人造成另外一种情形：形障而实蔽。

艺术家是一种特别的生命，他必得需要与母语同行合唱，与老乡齐生共长；必得沾染一身原生的泥土。这种困苦不堪的心灵煎熬也许是不可省略的,一个"留洋者"失却了它,即便饮尽一片大洋也无济于事。在艺术家的精神之旅中,丢失根性即丢失一切。他可以不广博,但不可以不动心——深长的牵挂与忧思。他要与自己的民族同舟共济,随车颠簸,目睹和亲历新生与死亡。对于土地,不能仅仅止于想念——即便是刻骨铭心的怀念也嫌不够。艺术家的生命需要让故土从脚部埋起——一开始像栽树——最后一直让这土埋到梢头:至此,生命与土地融为一体,完结了也不朽了。

蔡斯的作品纯熟高雅,具有十九世纪欧洲绘画艺术的最新气息。他的艺术之路笔直而端正,令人尊敬。关于这个激变不息的现代艺术的奥妙,他一点也不陌生。他的勤奋实践传递和折射的,正是那个时代的全部信息。一个与大世界共舞的人,等于是自己民族出门闯荡的男儿。好在他走得不远,不过是从美洲新垦地回到了老家欧洲而已。但是,当时的那片北美大陆正是骚动不安的时期,决定整个民族命运的南北战争已经爆发。就在那样的一个时刻,画家身在异国。这当然会有代价。

《画室》《妇女肖像》这一类作品,看上去与欧洲画家并没有太大的区别。它们华丽典雅,隐隐呈现一种西方文化的纵深感。新大陆的野性,它的清新气质,直到《套圈比赛》《风景》《濒临海滨》这些作品中才渐渐增强。《中心公园》《对镜》等杰作的魅力,《远方的路》的畅美,都让人过目有心,不再遗忘。我们可以发现,与同期的一些欧洲现代画家相比,蔡斯显得更为内敛。他的冲动与狂热是隐而不彰的,只悄悄化进了一些不同凡俗的线条之中。

读他的画,我们不由得要想到另一个美国画家怀斯。他们在许多方面是那样不同。后者一生居于故地,艺术视野似乎谈不上广阔。他眼中的世界只有周围十几公里的范围,一生只画他的邻居、老屋和树林、草,还有一些动物。可是他的悲悯和体恤,他对生命的情感,他的底层性,却要有力得多。有一种深深勒进事物本质的力度,潜藏在他的作品中。这种比较也许是完全没有必要的,也许有点多余。但作为受众,类似的比较总会发生的。是的,比较怀斯,蔡斯的目光所投之处尽是雅致与安怡,有一种富足之美。即便是画了风景,也不见得会是穷人的流连之地。可它们仍然是美的。这当然是另一个问题。

中产阶级需要自己的艺术。但是一个大艺术家从本质上讲只会属于时间,属于历史。时间和历史讲来有些抽象,对于精神和艺术的判断它竟是这样无测和缓慢,简直无法量化。我们尝试着,把它理解为一条汪漫的大河,或者一片无际的原野:艺术家只有阔大的包容,只有随着时光的延续而生长的属性,或者是不可替代的强劲而独特的声音,才能在宏巨与浑茫中稍稍存在和显露。

蔡斯以他自己的方式在星空闪烁,那是一个光点,不够刺目,但可以由人寻找和指点。

恩斯特(Max Ernst,1891—1976)

他是一个活跃在二十世纪的德国画家,曾是这个国家"达达"运动的主角。后来他成为所谓的"超现实主义"代表人物,实属必然。说到底,"超现实"可以在艺术活动中作为一个无所不包的巨钵,似可装下一切芜杂怪异、一切难以诠释的艺术形态。有一种伴随着后工业社会大肆繁衍的特殊语汇,在一个不太固定的群体里流行通用。就像当年列宁所说,"无产者"凭着一曲《国际歌》可以在全世界找到自己的朋友和同路一样,那个群落仅凭着这种语汇即可以找到同类。这需要一种气味,口吻,音调,或许还倚仗一种体腺分泌物的挥发。

像一大批深受器重的现代主义画家一样,恩斯特具有毫不含糊的写实功力。而且正像他的同道们一样,他首先需要依靠这种显而易见的能力去说服和证明——尔后的漫长时间才能获得新的自由。这一点,当年的康定斯基如此,达利也如此。恩斯特的《城市全景》《生的渴望》,甚至是《十字架上的耶稣》和《大自然的绘画》一类,都表现了他作为一个艺术家的技能与敏感。这是一个底线,由此出发,那种狂放的想象与野性的行走就无边无际了。从此他超现实的生涯就变得通达四方,无所顾忌了。

人们每每惊异于超现实画家过人的联想能力,他们出神入化的想象和不可思议的随机性。其实在我看来这恰恰也是此类画作所缺少的,是其致命之伤。比起我们已知的现实主义和浪漫主义的杰作,比起印象派前后的一大批巨匠,抽象艺术家们缺少的正是想象力。比较之下他们显得太逊色了。他们所谓的联想大半显得浮浅和勉强,没有深度,并且形成了某种概念化的倾向——他们手中所有的怪异都被反复表现过了,成为一种不费心力的、千篇一律的惯常做法。从达利到恩斯特,他们的想象表面上也真够上天入地,但思维的方式还是那么多,它所能揭示的、呈现的寓意,一般而言都非常浅表,并且不再增加。这些想象以及表达,在有一定艺术实践与技能训练的人那里,并非有多么大的难度。

在恩斯特他们那儿,古典经验,神话与梦境,童趣和民俗,工业社会的机械思维,商品经济的催逼和幻觉,以及艺术家最后的武器——颓废,都一块儿来了一次大掺和。这里已经没有什么和谐与否的问题,更没有美与不美的问题:"审丑"也是他们的拿手好戏。艺术到了这种地步,受众还有什么话可说?面对人人都无可奈何的所谓的"创作主体",也只有任其折腾了。实际上,这种种后现代抽象艺术超现实主义以及其他,从某种意义上说,无不是后工业社会里有闲阶级制造的神话。有闲阶级在这个世界上已经腻了,口味愈加怪异刁钻,新的刺激正是必不可少的需求。这是非常自然的事情。他们与一部分艺术家形成了一种互动关系,一种循环往复的过程。

非常可惜的是,普通劳动者也被吸引进这个游戏之中。这就显得无聊甚至不幸了,也有些残酷。我们不能不正视现代艺术史上的一个事实:在艺术家们以各种方式发出精神抗议的同时,资产阶级和富有阶层也趁机鼓动了一场线条与色彩的荒唐游戏。

诚然,如果运用这种思维去否定一切现代艺术,那是过分简单了——很可惜,它不够真实也不够全面。问题当然比想象的还要复杂许多倍。首先是对于艺术家们而言,我们已有的全部艺术传统,它的全部资源,用来对付这个荒诞到难以想象的现代世界够不够用?其次是,当愤怒也显得多余的时刻,我们又会采用什么发言/存在的方式?最后我们或许会选择以退为进的策略,或许会有一些垂死的歌唱,或许还会有一些——彻底摈弃和放逐的快感、这之后的迟来的深刻……当然,富有阶层会感到满意甚至赞许,他们会继续鼓励这场游戏,让其走得更远。

于是我们只能以非常矛盾的心情对待恩斯特一类"大师"。

与这个世界上一部分人的大肆赞赏不同,我们这儿还有不安。

卡萨特(Mary Cassatt，1844—1926)

这位美国女画家当年在巴黎时，曾经是属于德加和雷诺阿、莫奈他们印象派中的一员。她一生差不多在巴黎待了三十年，足可见艺术之都对一个艺术家的吸引。中年之后的卡萨特属于故乡美国，正是在那儿她才受到了广泛的承认和尊重。她的艺术如同从巴黎回国的蔡斯一样，也投合了正在兴起的中产阶级的趣味；但稍有不同的是，她一直专注用情的是一些女性形象，是关于她们的某种理想的确立。女性一直处于画面的中心，光芒四射，这与其他男性画家笔下的女性又有不同。她们高贵，自尊，温情，悠闲。《剧院女郎》《蓝椅中的女童》《沐浴》《小嘉德娜和小艾伦》《揽镜母子》《树下嬉戏》，都是她典型的作品。

她的描绘渗透了自己关于女性的观念。对比当时和后来一些男性画家对女子的刻画就有许多差异。他们笔下的女子非艳即美，不可遏止地流露出钦羡之情——或许还有一些品味。这同样是动人的。他们会自觉不自觉沿着一个方向夸张起来，当然也由此形成了独特的审美。男性画家即便是描绘苦难艰辛的女性，心情仍然不能够平静。而卡萨特画出的女人非常自然和自在，她们个个有一种安然自如的神情。这样，无论是欢乐肃穆宁静或其他状态，都显得更加逼真，更具有客观性。这纯粹是一种女人视角。

卡萨特关于女人的观念既非来自古老的传统，又没有脱离它的渊源。这是深长而复杂的欧洲文化的一次现代综合，是可以普遍为欧洲人所接受的一种经验和尺度。对于欧洲人开拓的北美大陆，一种温馨的生活情状是颇有吸引力的。北美这片土地的驯化过程，不仅是人与自然的一场较量，更重要的还是欧洲文明与土著文化的一种较量。卡萨特以直观的绘画方式讴歌和肯定了一种"老家文明"，实际上隐隐拨动了美国主流社会的心弦。他们很容易在深深的共鸣里沉浸，做一次精神的畅游，获得满足。

女性在更大的程度上象征和代表了家庭和岁月。女人的姿态就是日常生活的姿态。认识和分析生活的方法有一个捷径，就是从女人开始。所以说卡萨特的作品对于生活有一种强大的分析性，并隐性地贯彻了她的日常逻辑，宣示了她的道德标准。这是渴望安居和幸福的开拓者的心情，并且是这种心情的美丽图解。说到底，这是一种移植到美国，并且经过了改造的欧洲中产阶级生活的描述。

卡萨特的作品不涉及痛苦之类。这里甚至没有死亡与分娩。最多的是母与子的相依，是少妇。成熟的、组成了家庭的女子，涉及许多方面。她们有可能是最丰富的，是生活中的枢纽，是联结点。画家所突出表达的强烈的母性，在其他画家那儿并不多见。

卡萨特是当年美国所能拥有的最好的艺术家了。她没有让人灵魂震悚的揭示，却有深厚的关心爱怜。这情感本身也属于经典。她画出的端庄和典雅温煦，会永远令人心向往之。

2000 年 8 月 20 日—2001 年 5 月 10 日

2011年2月，于长沙岳麓书院

羞涩和温柔

一

不知道人们心目中的作家该有怎样的气质、怎样的形象。因为关于他们的一些想象包含了某种很浪漫的成分，是一种理想主义。我也有过类似的想象和期待。我期望作家们无比纯洁，英俊而且挺拔。他不应该有品质方面的大毛病，只有一点点属于个性化了的东西。他站立在人群中应该让凡眼一下就辨认出来，虽然他衣着朴素。

实际中的情形倒是另外一回事。我认识的、了解的作家不尽是那样或完全不是那样。这让我失望了吗？开始有点，后来就习惯了。有人会通达地说一句，说作家是一种职业，这个职业中必然也包括了形形色色的人。这个说法好像是成立的，但也有不好解释的地方。比如从大家都理解的"职业"的角度去看待作家，就可以商榷。

不是职业，又是什么？

源于生命和心灵的一种创造活动，一种沉思和神游，深入到一个辉煌绚丽的想象世界中去的，仅仅是一种职业吗？不，当然不够。作家是一个崇高的称号，它始终都具有超行当超职业的意味。

既然这样，那么作家们——我指那些真正的作家——就一定会有某些共通的特质，会有一种特别的印记，不管这一切存在于他身体的哪一部分。

我看到的作家有沉默的也有开朗的，有的风流倜傥，有的甚至有些猥琐。不过他们的内心世界呢？他们蕴藏起来的那一部分呢？让我们窥视一下吧。我渐渐发现了一部分人的没有来由的羞涩。尽管岁月中的一切似乎已经从外部把这些改变了、磨光了，我还是感到了那种时时流露的羞涩。由于羞涩，又促进了一个人的自尊。

另外我还发现了温柔。不管一个人的阳刚之气多么足，他都有类似女性的温柔心地。他在以自己的薄薄身躯温暖着什么。这当然是一种爱心演化出来的，是一种天性。这种温柔有时是以相反的形式表现出来的，不过敏锐的人仍会察觉。他偶尔的暴躁与他一个时期的特别心境有关，你倒很难忘记了他的柔软心肠，他的宽容和体贴外物的悲凉心情。

这只是一种观察和体验，可能偏执得很。不过我的确看到它是存在的，因为我没有看到有什么例外的艺术家。一个艺术家甚至在脱离这些特征的同时，也在悄悄脱离他的艺术生涯。这难道还不让人深深地惊讶吗？

二

如果生硬地、粗暴地对待周围这个世界，就不是作家的方式。他总试图找到一种达成谅解的途径，时刻想寻找友谊。他总是感到自己孤立无援，所以他有常人难以理解的一片热情。他太热情了，总有点过分。有人不止一次告诉我，说那里有一个大作家，真大，他总是冷峻地思索着，总是在突然间指出一个真理。我总是怀疑。我觉得那是一种表演。谁不思索？咱就不思索吗？不过你的思索不要老让别人看出来才好。他离开了一个真实的人的质朴，那种行为就近乎粗暴。这哪里还像一个艺术家？

我认识一个作家，他又黑又瘦，不善言辞，动不动就脸红。可是他的文章真是好极了，犀利，一针见血。有个上年纪的好朋友去看过他，背后断言说：他可能有些才华，不过不"横溢"。当然我的这位老朋友错了。那个人的确是一个才华横溢的人。我的朋友犯的是以貌取人的错误，走进了俗见。因为社会生活中有些相当固定的见解，这些见解对人的制约特别大。可惜这些见解虽然十有八九是错误的或肤浅的，但你很难挣脱它。我听过那位作家的讲演，也是在大学里。那时他的反应就敏锐了，妙语连珠，因为他进入了一个艺术境界，已经真的激动了。

我的学生时期充满了对于艺术及艺术家的误解。这大大妨碍了我的进步。等我明白过来之后，一切都晚了。我不知道内向性往往是所有艺术的特质，而是往相反的方向去理解。好的艺术家，一般都是内向的。不内向的，总是个别的，总是一个人的某个时刻。我当时的心沉不下去，幻想又多又乱，好高骛远。我还远远没有学会从劳动的角度去看问题。

一个劳动者也可以是一个好的作家。他具有真正的劳动者的精神和气质：干起活来任劳任怨，一声不吭，力求把手中的活儿干好、干得别具一格。劳动是要花费力气的，是不能偷懒的，要从一点一滴做起，并且忍受长长的孤寂。你从其中获得的快乐别人不知道，你只有自己默默咀嚼一遍。那些浪漫气十足的艺术家也要经历这些劳动的全过程——他的艺术是浪漫的，可他的劳动一点也不浪漫，他的汗水从来都不少流。

艺术可以让人热血沸腾，可以使人狂热，可是制造这种艺术的人看起来倒比较冷静。他或许抽着烟斗，用一个黑乎乎的茶杯喝茶,捏紧笔杆一画一画写下去,半天才填满一篇格子。

三

一个人不是无缘无故地选择了艺术。当然,他有先天的素质,俗话说他有这个天才。不过你考察起一个人的经历,发现他们往往曲折,本身就像是一部书。生活常常把他们逼进困境,让他尴尬异常。这样的生活慢慢煎熬他,把他弄成一个特别自尊、特别能忍受、特别怯懦又特别勇敢的矛盾体。看起来,他反应迟钝,有时老长时间说不出一句要害的、一语中的的话来。其实这只是一方面。这是表示他的联想能力强,一瞬间想起了很多与眼前的题目有关的事物,他需要在头脑深处飞快地选择和权衡。这差不多成了习惯,所以从外部看上去,就有点像反应迟钝。而那些反应敏捷的人,往往只有一副简单的头脑,蛇走一条线,不会联想,不够丰富,遇到一个问号,答案脱口而出。他是一个机敏的人,也是一个机械的人。

考察一个人究竟怎样渐渐趋于内向是特别有意思的。有的原因很简单,还有些好笑。但不管怎样,也还是值得研究。这其中当然有遗传的因素,不过也有其他的原因。

我发现一个人在逆境中可以变得沉默寡言,可以变得深邃。外界的不可抗拒的压力使他不断地向内收缩,结果把一切都缩到了内心世界中去。而一般人就不是这样,他可以放松地将其溢在外表。一般人是无所顾忌的,一张口就是明白通畅的语言,像他的经历一样直爽。另外一种人就不是了,他要时刻准备应付挑剔和斥责——即便这些挑剔和斥责不存在了的时候,他仍要提防。这成了一种习惯。他哪怕说出的是明白无误的真理，也觉得会随时受到有力的诘难而不断地张望。好像他是个涉世不深的少年，像个少年一样怕羞，小心翼翼。他一点也不像个经多见广的人。

　　内向的人有时不善于做一呼百应的工作。他特别适合放到一个独立完成工作的岗位上，特别适合做个自由职业者。当然，他的世界同样是阔大的，不过不在外部，而只限定在内部。你看，这一切特征不是正好属于一个艺术家吗？所以我说我一开始不理解艺术，主要是因为我不理解艺术家。

　　也有超出这种现象的，那就是一个人在经过长久的修养、漫长的生活之路以后，也可以极有力地克服掉一些心理障碍，回到一般人的外部状态。他可以强力地抑制掉一些不利于他面向外部生活的部分，坚强起来洒脱起来。如果到了这一阶段，那就要重新去看了。你会发现遇到了生活中一个真正的超人，一个强有力的人物，他可能是一个社会活动家，一个群众公认的领袖和智者。

　　不过即便在这个时候，你如果细心观察，仍可以看到他的强硬外表遮掩下的一丝羞怯，看到他的悲天悯人的心怀。没有办法，他走进了一个世界，一生都努力走出来，结果一生也做不到。这就是艺术的魔力，是血统也是命。你必须从客观世界强加给一个人的屈辱和不幸、从人类生活当中的不公平去开始理解一个人。那会是最有用的、最实在的……

四

　　理解了作者再去理解作品，那就容易多了。你到最后总会弄明白，一部作品为什么可以写成这样而不写成那样，你会弄明白它的晦涩和烦琐来自哪里。一般讲一个作家的全部作品，包括他的书信和论文，所有的文字，都表现出惊人的一致性。他的作品构筑成一个无比宏大的世界，你走进去，才会发现它有无限的曲折。那是他的思想和情感挡起的屏障。他充满了自身矛盾，他的一致性之中恰恰也表现了这种矛盾。

读作品一目十行，那等于白费工夫。因为你想捕捉一个人思维的痕迹，进入他的想象的空间，所以不可能那么轻松。它甚至一开始让你觉得不知所云，觉得烦腻。这些文字往往不是明快畅晓的，而是处处表现了一种小心翼翼的回避，使你一次次地糊涂起来。

他会多情地谈论他所感到的、看到的一切，所以他不可能一掠而过地跳进你所需要的情节。他对所有事物都细心地观察过了、揣摩过了，情感介入很深。他的叙述细致入微。这与一般的不简洁不凝练毫不相干。你初读它会感到不能忍受，但总会忍受下来。

他因为要回避很多东西，所以你在阅读中常常觉得不能尽兴。其中也包含了禁忌。他不乐于谈论事物的有些方面，起码是不愿以别人惯用的口吻和方式。作品中一再地表现出一种吞吞吐吐、欲言又止的意味，这就是回避的结果。这种回避的价值，就是展示了一个人的内心世界，体现了一种独特的性格魅力。他的拘谨是显而易见的，他丝毫也不打算遮掩这一点。他的全部作品，不论哪一章哪一节有多么泼辣，总体上看也还是像作家本人一样。这里面没有矫情，没有牵强附会，而是一个真实有力的生命的自然而然。

有些作品写得明朗而空洞，一层力量都如数地浮在了表面，有的甚至有些声嘶力竭。这样的作品不让人喜欢。因为它无论如何构不成一个艺术世界，不具有那种内向性。这是很多作品的共同特点。至于那些情节作品、故意催人泪下的作品，都常常会是粗疏的。因为它们没有隐隐的不安和娓娓道来的叙说意味,没有一种艺术的幽然色彩。

这种作品的气质恰恰与我们所理解的艺术家的气质相异。如果我们确立了一个大致的原则,我们就不会满足那种作品。戴着这种有色眼镜去看作品也许是危险的、粗暴的、不近人情的,但你纵观文学史,纵观人类艺术史,就不能不承认它大致还是有益的准确的,近乎一个常识。

有一次我读了一部作品,第一遍喜欢一点,回味了一会儿才觉得有些扫兴。再读第二遍,简直有些讨厌它。我觉得它太自以为是,太肯定、太武断,什么都被它简化了疏漏了——我由这本书又自然而然地想到了作者本人,那个我素不相识的异国人。我想他是一个骄傲的人,自大的人,一个愿意先入为主的人。而他又有一定的才华,有艺术的修养,能把这些相对粗浅的东西运用艺术技能连贯起来。所以这部作品一开始也容易打动人,好接触。因为它的外壳太薄。

读作品必然想到作者。每部作品的背后都有一张面孔。

五

我们看到,现在有才能的人太多了,而真正运用才能做出成功事业的人倒越来越少了。这好像是矛盾的。其实这又合乎情理。看上去的才能都是浮在表面的,而真正的才能总是沉在深层的,所以看上去有才能的人越来越多,就不是好兆头。

一个人只要记住了一些书本理论,并且又毫无遮拦地说出来,看上去就有条理,有才华。书本理论比起你脚踏的土壤,再复杂也是简单的。一个人被沉重的生活折腾过来折腾过去，他就不会是一个善于背诵书本的人。他的疑虑重重让你感到厌烦，但你得承认他有深度也有力量。

我认识一个博学的人，他在青年时期出口成章——人家都这样对我说。他在人多的场合具有极强的演讲能力，而且声音洪亮。可是他现在却没有多少言辞，吞吞吐吐。总之他是个相当拙讷的人，他甚至有点不好意思。我如果不是听人讲过他的历史，还以为他从来就这样呢！看来他这些年背向着外部世界，大踏步地前进了。他进入的内心世界越广大，他看上去也就越笨拙越迟钝了。当然，他是一个作家，他的作品我十分喜欢。我亲眼见过他多么脆弱地生活着，他的脆弱与极大的名声有些不相称……他真的脆弱吗？你稍稍深入研究一下，就会发现他具有真正的勇敢。你怎么理解他？他的柔软的性情，小心翼翼的举止，这一切都是怎么变成的？他经历了什么可怕的事情？这都需要从头问起。有一点是可以肯定的，他是一个好人，一个不折不扣的好人。他热爱小动物，与植物也互通心语，显而易见，他将老成一个可爱的善良的老人。

相反，一些没有做出什么贡献、小有得手的人，在生活中倒处处表现得刚勇泼辣，好像什么都不在话下，喘气都是硬的。不用说，这是有知之前的无知，是不足为训的。生活有可能接下去教会他们什么，也许永远也教不会了。因为你还得想到人本来就该是各种各样的，想到人性中不屈从于教化和诱导的那一部分。

比较起来，这种人更少一些同情心，很难商量事情。他们装成了信心十足的样子，很少怀疑自己，生硬而且冷漠。他们欣赏指挥士兵的将军，幻想着所向披靡的机会。有时他们真的让人感到是果决而有才华的人。可惜你观察下去，就会发现他们的真面目：一个毫无创造能力的、循规蹈矩的平庸的人。那一切只是一种外部色彩，是伪装。他们远不是真切质朴的人，不愿意面对真实的客观世界——一个人对于一个世界总是微不足道的，人的迷惘和恐惧有时是必然的，不由自主的。

六

一个人有了复杂的阅历，才会更多地认识世界，而认识了世界，才会真正地看到自己的渺小。他怀着弱小的孤立无援的真实无误的感觉走向未来的生活，是完全正常的。所以他懂得了生命之间互相维护的重要，对一草一木、对一切的动物，都充满了爱怜之心。他常常把深深的情感寄托到周围的事物上，为一株艳丽的花，一棵挺拔的树而激动。多么好，多么值得珍惜，因为这是生命，是这个世界上最宝贵也最容易摧折的东西。他觉得自己也需要关怀和维护。他知道一个人的力量是微不足道的，所以想团结所有的人、所有的生命。

他仇视那些粗暴和残忍的东西。他知道什么是敌人，什么给人以屈辱。他自觉地站在了一个立场上。假使世界上所有的人都妥协了，只剩下了一个，那么这个人就会是他。他经历过，他爱过，他深深地知道要做些什么。只有这时候你才能看到他的满脸冷峻，看到激烈的情绪使其双手颤抖。可是谁也别想让他盲目跟从。他像一个孤儿来到了人间，衣衫上扑满了秋风。

你可以看到很多没有选择艺术的艺术家。而真正的艺术家，只一眼你就可以看到那个显眼的徽章。那就是他的多情和善良，他的内在的恬静和热烈。尽管他很可能在捡拾羊粪，放牧牛羊，可他品质上是一个诗人。他没有一行一行写下诗句，可他却带领着一群一群洁白的小羊。小羊围着他，与之紧紧相依。你跟随他走遍草原，他可以给你讲一个催人泪下的关于母亲和儿子的故事。他的脸被风吹糙了，可那也遮不住腼腆。他为什么害羞？一个过惯了辛苦生活、接触过无数生人的老汉为什么还要不好意思？这一类人何曾相识！我不知见过多少这样的人。我从来都把他们视为艺术家的同类。

反过来，你也可以发现很多根本不是什么诗人的人，安然地在白纸上涂来涂去。他们精明得很，很懂得利害关系，一心想着乞来的荣誉。他们有同情心吗？是一副软心肠吗？他们真的为大自然激动过吗？他们曾经产生过怜悯吗？我永远表示怀疑。因为做不成其他事情才来涂纸，这是最无聊的。而诗人首先是个好的劳动者，他可以去做一切方式的劳动而不致厌恶。艺术家必然是勤劳的人，他生活的中心内容只有一个劳动。而那些伪艺术家一旦获得了什么，就再也不愿过多地流汗水了。他觉得劳动是下等人的事情，是耻辱。他根本不理解劳动才是永恒的诗意。

七

你大概经常遇到被繁重的劳动弄得十分瘦削的人，他们已经没有工夫说俏皮话了。这些人头上蒙着灰尘，皮肤粗黑，由于常年埋在一种事情里而显得缺少见识。他们没有时间东跑西颠，听不到什么新奇的事情。他们干起活来十分专注，尤其不是夸夸其谈的人。说起关于劳动的事情，才有些经验之谈，但用语极其朴实。他们说得缓慢而琐碎，甚至不够条理。不过你慢慢倾听下去，总会听出真正的道理。

好像他们已被这种劳动弄得迟钝了似的。其实他们是沿着一个方向走得太远，已经不能四下里张望了。你只要沿着他前进的方向去询问，就会发现他是这个世界上最博学的人。他的心都用在一处，他的目光都聚在一方，看上去也就有些愚蠢。当然这是地地道道的误解，因为劳动者没有愚蠢的。

任何劳动都联结着一个广阔的世界，一个人如果可以深刻地阐述一种劳动，那么他就阐述了整个世界。与此相反的是，有些人总想分析和描述整个世界，到头来却没有准确地道出一种事物。这真是让人警醒的事情。

那些活络机灵的眼睛和光亮的面庞，都是没经历长久劳动的缘故。那不是天生丽质。可是在现实生活中，人们很容易就被一种表面现象所迷惑。人们就像误解一般的劳动者一样，一次又一次地去误解艺术家。他们不理解艺术，其实首先是从不理解艺术家开始的。那些把自己的一生贡献给文学的作家们，他们正是因为长久地沉迷于一种劳动而变得少言寡语。这里虽然也不排斥另一类型的作家，但实际上的另一种类型又在哪里？他们又怎么会始终地开朗活泼、面无愧色呢？这个谜由谁来解呢？他们是心安理得的艺术家、是在自己的世界里痴迷忘返的艺术家吗？我不知道。

我太熟悉在艺术之途上走了一辈子，到后来慢慢衰老也慢慢沉静下来的可敬的老人了。他们后来已经十分坦然与和善了，真正地与世无争。他们的骨节僵硬的手还是让人感到温暖和柔软，还是那么善于安抚别人。他们没有进入尾声的怨艾和急躁，而是微笑着看待一切。这就是一个成熟的、真正的、纯洁的艺术家的结局。这难道不是像镜子一样清晰地映照着一个人的人生吗？这是不能掺假的。

我想，这个老人在特别年轻的时候失去了欢蹦跳跃的机会和权利，以至于深深地伤害了他。后来他成熟了，一种性格开始稳定也开始完美，生活的奥秘向他不断展示，他已经不必像个孩子那样把喜怒哀乐挂在脸上了。至于到了晚年，他早已把心中积存的各种压抑尽情地宣泄了，早已痛痛快快地驰骋过了，这时候带来的是身心的放松，是无私无欲的怡然心境。至此我们可以对比一下不同的人接近生命终点的情景。这会非常有意思。种种差异是特别明显的。或微笑地迎接，或力不从心。有的嫉妒，有的宽容，有的愈加狂躁，有的趋于平静。一个勤劳的人知道一生能做些什么、已经做成了什么，尽了自己的职分，于是也就感到了安慰。与此相反的是掠夺和索取，是蒙骗和乞求，他最后绝对不会安宁。私欲越多越不容易满足，必然不会善罢甘休。

　　我们研究一个作家，过去很少从劳动的角度去进行。其实日复一日的、不间断的劳动的确可以改变一个人的秉性。只要这种劳动不是强加于人的，不是超负荷高强度的，那么它就可以使人健康。真正健康的人总是淳朴的。他给人的感觉是持重、谨慎，很能容忍。这一切特征难道不是一个好的作家应该具备的吗？

八

　　童年对人的一生影响很大。那时候外部世界对他的刺激，常常在心灵里留下永不磨灭的痕迹。差不多所有成功的艺术家，都在童年有过曲折的经历，很早就走入了充满磨难的人生之途。这一切让他咀嚼不完。无论他将来发生了什么，无论这一段经历在他全部的生活中占据多么微小的比例，总是难以忘怀。童年真正塑造了一个人的灵魂，染上了永不褪脱的颜色。你能从中外艺术家中举出无数例子，在此完全可以省略了。不过你不可忘记那些例子，而要从中不断思索，多少体味一下一个人在那种境况下的感觉。一个人如果念念不忘那种感觉，就会设法去安慰所有的人——他有个不大不小的误解，认为所有人都值得爱抚和照料的。当然他也很快醒悟过来，知道不需要这样，可那种误解是深深连在童年的根上，所以他一时也摆脱不掉。

昨天的呵斥还记忆犹新，他再也不会去粗暴地对待别人，不会损伤一个无辜的人。他特别容易将心比心，推己及人，懂得体贴那些陌生的人。他动不动就会想到过去，想到他曾经耳闻目睹的场景。他往往长久地、不由自主地处于思索的状态。所以放声言说的时间也就相对减少。一旦把自己想过的东西说出来，他会觉得不及想过的广度和深度的十分之一。于是他为自己的表达能力而深感愧疚。久而久之，他倒不愿意轻易将所思所想表述出来，因为这往往歪曲和误解了自己。自尊心越来越强，任何歪曲都不能容忍。但生活总需要他公开一些什么，总需要他的表达，于是他就一再地呈现出一种羞涩不安的情状。他自觉地分担了很多人的责任，以至于属于人类的共同弱点和不幸，都可以引起他的自责。这种种奇怪的迹象，都可以从童年找到根据。所有这样的人，都具有艺术家的特质，无论他从事什么。

当然，也许有人虽有上述特征，却没有那样的童年。我想，那一切特征只是外部世界对一个人的童年构成刺激，反射到内部世界才形成的。也许看上去一个人的童年经历平平常常，但他自己却有永生不忘的感触。比如那些不为人知的细枝末节，比如仅仅是一个场景甚或不经意的一瞥，都有可能造成长久的后果。这些也许十分偶然地发生了，但对于有的人却极其重要。它不一定从哪一方面刺中了他，他自己清清楚楚地记住他受伤了。接下去是对伤口的悉心照料，或欣喜或恐惧或耿耿于怀，所以，我们不能仅仅从外部去查看一个人的经历。

有人天生就易于体察外物，比常人敏感。童年的东西，一开始就在他的心灵上被放大了。不管周围的人多么小心地爱护着一个儿童，这个儿童心中到底留下了什么映象，你还是不得而知。

九

把一种事物搞颠倒了是经常发生的。比如我们就常常把健康视为不健康，把荒谬视为真理。在艺术领域里，对于艺术家和艺术品的理解也同样是这样。庸常的作品往往更容易被认可，而博大精深的、真正有内容的东西却长久地被忽略。一部作品的背后站立着一个人，作品与人总是一致的。好作品无论有怎样激昂的章节，整个地看也还是谦逊的、不动声色的。它好像根本就没有想过被误解的尴尬，好像一个与世隔绝的人在口念手写，旁若无人。这样的作品所洋溢出的精神气质，是我深深赞许的。

有的作品尽管也曾激动过我，但那里面隐含着的粗暴成分同时也伤害了我。有人可能说它的粗暴又不是针对你的。可我要说的是，所有的粗暴都可以认为是针对我和你的。他没有理由这样，因为他是一个艺术家。他应该和善，应该充满同情。因为所有花费时间来读你的书的人，十有八九需要这些。

至于那些流露着伪善和狂妄的作品，这里就更不值一提了……从作品到人，再从人到作品，我们就是这样地分析问题，这样地寻找感觉，汇合着经验，确立着原则。

当然，我们并不轻易指出哪些算是伪作，但我们却可以经常地赞叹，向那些终其一生、为艺术倾尽心力的人表示我们由衷的景仰。我们更多的时候不发一言，可是内心里知道该服从什么、钦敬什么。一切都可以在默默之间去完成，让其永远伴随着我们的劳动。创作事业的甘苦得失是难以言说的，这也正好留给了不善言说的人去经营。这个工作对于他们来说，不存在什么失败。因为只要不停止，就是一种愉快，就是一种目的。

十

我认为要从事艺术，不如首先确立你的原则。要寻找艺术，不如先寻找为艺术的那种人生。我为什么要一再地谈论这个？因为我所看到的往往都是相反的做法，并且早已对理解艺术和传播艺术构成了危害。如果社会上一种积习太久，慢慢俗化，形成了风气，比什么都可怕。

人人都有理解和选择的自由。但是你必须说出最真实的感觉。我这里只是说了我对艺术和艺术家的理解——这都是时常袭上心头的。我觉得在我们这个世界上，那些由于各种原因忍受着创痛，维护着人类健康的人，是最为尊贵的。他们有自己的生活方式和习惯，正像他们有自己的才华和勇气一样。我们应该理解他们，并进而指出他们这种方式的意义。如果一个人总要寻找同类的话，那么我希望我和我的朋友们都能走进他们的行列。在这个队伍中，你会始终听到互相关切的问候的声音，看到彼此伸出的扶助之手。他们行动多于言辞，善于理解，也善于创造。他们更多的时间沉浸于一种创造和幻想的激动之中。由于怕打扰了别人，有时说话十分轻微，有时只是做个手势。但他们从不出卖原则,也从不放弃自尊。

归入了这一类,不一定就是个艺术家;但不归入这一类,就永远也不会是个艺术家。

1985 年 4 月

2013年11月，于土耳其棉花堡附近

再思鲁迅

一

在中国，一个世纪以来鲁迅是唯一没有被中断阅读的作家。而这期间，许多作家的著作都从书架上消失过，他们的名字在长达三四十年的时间里对于大多数中国读者都是陌生的。鲁迅的著作却一直被阅读着强调着，直到现在仍然如此。在中国大陆，大概连通俗小说家统计在内，仅就印刷量而言，也没有一个作家超过鲁迅。在这几十年的时间里，没有一个作家像鲁迅一样在教科书中占有如此重要的位置。

即便在万马齐喑的"文革"时期，鲁迅的书也是影响力最大、印刷量最大的之一，超过他的大概只有"红宝书"了。而当时对于人的行为约束力最大的，除了"红宝书"之外，也就是鲁迅的书了。人们当年要背诵许多"红宝书"的篇章，对其中许多文字耳熟能详，并在行文中大量引用。对于鲁迅的书，许多中国人也能张口说出一些句子，也常常在行文中加以引用。"文革"时期能够印刷作品的作家虽然少而又少，但总还存在；特别是后期，总有十几种或更多一些的当代文学作品出现在书架上。不同的是，这些作品除了极个别的偶尔还会出现在记忆里之外，随着新时期的到来，改革开放的浪潮很快就将其淹没了。而在"文革"期间或后来的更长一段时间内，如果有人指责鲁迅的著作，肯定会被当成荒唐或疯狂的举动，因为这在政治上或通常的意义上都是不被允许的。

由此可见，鲁迅的书在当时所具有的无可比拟的地位。

时至今日，没有任何一个中国作家在海内外的各类文学评选中获得如此一致的崇高评价。无论是海峡两岸还是其他华语地区，在世纪末的文学大盘点中，鲁迅的书都是作为最出色的创作得到了首先肯定。仅就五四时期的作家来说，经历了新时期的拨乱反正之后，许多因为政治禁锢而与读者久违的作家，包括各种风格流派的作家在内，都一度得到了出土文物般的待遇。他们的作品在大陆风靡一时，影响空前。但所有这些作家和作品几乎都经历了一个从热烈到安静的阶段，慢慢退回到一个适当的位置上。与鲁迅和其作品相比，这些作家和作品没有确立一种超拔的地位，没有取得这样的不朽。毋庸讳言，鲁迅及其作品直到今天，仍然具有难以超越的意味。

鲁迅作为精神和艺术的双重象征，已经越来越不可动摇，尽管近百年来不断有人做出多方尝试，试图加以质疑和责难，甚至泼出了污水，结果最后总是无损于鲁迅。

鲁迅的作品没有长篇巨著，这曾经使许多人引以为憾。但是后来人们还是发现，这并未影响一个伟大作家的声名。人们意识到作为一个真正的文学家，越来越多的读者最后还是将其作为一个整体去理解和感受，一般意义上的量化分析已经没有了意义。也就是说，作为一个精神和艺术的巨人，他是高大和永远矗立的。

从文学史的角度来说，不可忽视的是鲁迅开创的杂文传统，因为在他以前中国多是闲适的小品文传统，与他同时期的作家也在沿袭这个传统。正因为有了鲁迅，从此杂文作为匕首和投枪才得到了肯定，并且延续下来，以至于成为新的传统。这个传统即便在新中国成立初期，即便在改革开放的新时期，也得到了很好的继承。中国的杂文开始有了自己独有的讽刺和批判性,尖锐而富于勇气。

二

如果对鲁迅没有深入的领悟,只是片面强调其"战斗性",则容易发生相当单调和生硬的理解。鲁迅精神不是今天一部分人所领会的那么简单和片面,更不是一般的"愤青"精神。当代文学中发生的一些对鲁迅失于粗率的批判、一些偏激的要求,大多与望文生义地理解鲁迅有关。

对鲁迅,各个时期总是存在着不同程度的误读。鲁迅在中国不可避免地被简单化和抽象化,无论是推崇还是贬损,常常只是将其当作一个符号来使用。正由于"文革"时期对鲁迅的极度推崇和利用,才引发了后来部分研究者的反弹。有人甚至将鲁迅等同于一种文化专制的象征来加以斥责。其实他们忽略掉的一个尖锐事实就是,鲁迅本身也是那种文化专制主义的牺牲品。正是由于当年不适当地、实用性和政治功利性地使用和引用鲁迅,才使围绕鲁迅先生的一场真正的文学阅读遭到了致命的破坏。

这正与当年鲁迅先生在世时的情形一样,右翼和左翼的两端都在攻击他。从几十年前的种种争执来看,误读不仅如此普遍,仇恨也渐渐有些莫名。一个深入和执着于真实的人,必然要遭受各种精神的折磨,这是从来如此的。

在当代,中国读书界对鲁迅的确有一个再认识的过程。人们经过了漫长的阶段,终于开始把鲁迅著作从意识形态的符号中解脱出来,开始有了从文学以及人性的基础之上加以理解和诠释的愿望和可能。

然而鲁迅的民间形象一直是相当清晰和朴素的,虽然也太简略:倔强、反抗、辛辣,甚至是"骂人",这就是鲁迅。于是学界和知识分子在深入探讨领会鲁迅的世界的同时,还有一个艰巨的任务,即向民众传播真正的鲁迅:丰富和真实的鲁迅。这个过程将是长期的、充满争执的,也是一个在讨论中不断深化和不断发现的过程,更是一个使鲁迅永远鲜活的过程。

今天仍然像过去一样,对鲁迅的争论起码来自两个方面:善意的未解和恶意的攻击。善意的未解,包含了所有因为学养和阅历的浅近、因为其他种种原因而没有能力走进鲁迅这个博大世界中的人群;恶意的攻击,即是指那些因为心灵的性质而与鲁迅发生天然对立的一部分人。后者远离鲁迅、对鲁迅愤愤然,都是非常自然的,这也是一个不会消失的过程。鲁迅在生前就说过,他之生,也是为了让一部分人的生之不悦。这就是鲁迅伟大的斗争性。

所以这种种争论将是永久的,没有消失的一天,因而鲁迅也是永恒的。

奇怪的是,当年的鲁迅并非为了永恒而写,他只是执着于当时,只是为了爱与恨而写,只是被迫为一些没完没了的前前后后的纠缠、一些似乎永远也无法澄清的是非曲直而写。但他没有一个私敌。他甚至希望自己的文字"速朽",这就是他选择的道路。看来只有执着于当时,也才能获得未来和永恒。相反,那些只愿奔向高阔的永恒,却会更快地被人遗忘。

放眼五四时期以来的文学家,似乎没有一个像鲁迅一样,产生了这么多的歧义。个中原因当然特别复杂,但首先还是因为鲁迅本身所具有的丰富性:在同时期的作家中,没有谁的作品呈现出这样多侧面多角度的形态,如此温婉仁慈而又如此执着仇视。他是幽默的，更是辛辣的；他是嘲讽的，更是率直的。他似乎还有重重叠叠的矛盾存在着：一生致力于反传统，对传统深恶痛绝，将中国传统文化喻为吃人的文化，甚至厌恶中医和京戏；但却没有一个文化人像他一样延续和实践了儒学传统，其入世精神、知其不可为而为之的勇气，都罕有其匹。在后来，他甚至怀疑起文学家的意义和道路，并且舍弃了虚构作品的写作；可正是那些与现实纠缠不休的杂文和言论，将一个作家的纯粹和广博推向了一个极致。他在长达五十年甚至更长的时间里被各种政治力量所利用：出于不同目的的、不间断的诠释和解释，对作品的割裂和断取；与此种状况所并行的，却是时间和历史给予的顽强匡正，是无边无际的阅读中发生的热烈追求和固执的指认。

鲁迅是一个极其独特的灵魂，这个灵魂对于平凡的大众而言，太切近又太遥远；人们阅读鲁迅，总是要不断地发现和不断地惊讶，总是要在新的时代感受中不断地"重读"。

三

经过了一段相当长的精神历程之后，人们对鲁迅不再神化也不再简单化了。人们于是可以理解为什么一个作家既是"匕首"和"投枪"，又是一个技艺高超的语言大师，一个立论严谨的学者，一个温和的父亲，一个宽厚的长者。他们开始看到了一个从来严厉肃穆的面孔的另一面：和煦的笑容，动人的怜悯。

二十世纪以来对鲁迅的阅读中所发生的一个最重要的转变，就是人们能够感知他的温暖了，能够面对和体味其才华、个性、仁慈、幽默等等全部复杂的拥有以及情愫，特别是——巨大的悲悯。

在当代文明的大背景下，鲁迅作为一种文化的精神的资源，正被从未有过地大幅度开掘。一种陌生和新奇的发现渐渐扩大开来，鲁迅于是成为一座精神的富矿，一座含有多种元素的丰富贮藏。

在这个发掘的过程中，首先当然还是从真实地、人性化地理解鲁迅开始的。舍弃了这个基本的过程，一切都将无从谈起。无论是从艺术还是从思想的、人性的层面，后来者都发现了一个不断生长着的鲁迅。他随着时代的发展而延长而更新，并且不断营养了新的时代。

首先，他作为一个语言艺术大师所给人的巨大的艺术享受，他的不灭的个性的魅力，都是作为一个作家永远活着、生长着的理由。现代人口味粗糙思想浮浅，而鲁迅却是那么深邃和那么精微。他的独特性与他的深刻性高度一致，因为从来没有一个艺术家会脱离其个性而抽象地存在下去。鲁迅是在高阔的情怀、孤苦的心境、多趣的性格、渺茫的寻索、无边的忧思、迷人的韵致——这诸多交织和组合中生存的。那些伟大的、不可思议的创造与发现，就悉数蕴藏其中。

在二十世纪的现代艺术进程中，鲁迅不是一个旁观者，而是一个开拓者。他作为一种精神和艺术资源，正是中国整体现代主义进程的启动者和参与者，一个重要的组成部分。他的艺术表达中有象征、荒诞、隐喻，有意识流、魔幻，有二十世纪盛行在文学大陆上的许多技法的尝试和意识的冲动。从鲁迅这儿，我们可以看到伴随新的世纪所滋生的现代因子，怎样在一个敏感的天才那里得到了呈现。

我们于世纪末才得到尽情体验的物质主义的泛滥、商品时代的粗暴与专横、精神的没落与贬损、专制的文化基础和特殊传承，鲁迅早在世纪初就对其有过发现和预言。这至少给后来人提供了一个不断加深认识、从头寻索的精神脉络和依据。文化的土壤需要一个发掘者和鉴别者，一个从样品中不断提取和分析的清新而犀利的专门家。

时代经历了广泛的演变和孕育，我们却一直相伴着鲁迅的精神，并时时感到一种召唤和激励。这是一个深邃纯洁，甚至是特异和古怪的灵魂所独有的魅力。特别是在世纪末的焦思探求之中，对我们来说，很少有一个作家会像鲁迅一样意味深长，让人慨叹让人警醒，同时又让人陶醉；他作为心灵的标志，一个人在蜿蜒曲折穿行中一旦触及即再也不会忘记。

四

每个作家、每个人，都会与自己的时代构成某种特定的关系。就一个时代与一个人的紧张关系上看，就作品和人的行为的刻记上看，当时还没有一个作家可以和鲁迅相比。时代变迁，人与客观社会的对应性质并没有改变。任何人都不可能一直在空中虚飘，不可能假设和虚拟自己的立场。而一个活跃在半个多世纪前的思想者留下的精神财富，却能活鲜地保留到今天，这无论如何不能不说是一个奇迹。

我们承认，在人类的思想史和艺术史上，有一些人作为现象虽然可以一直存在，但却要因为时过境迁而不同程度地陈旧和褪色；他们的价值一旦离开了自己的时代，也就大打折扣。但是鲁迅的思想和艺术却顽强地活在我们的时代，他的文字仍然真实确定地对应着当下。

这就是鲁迅留下的最了不起的一笔遗产。人性中最匮乏又是最普遍的精神，正是他当年执着的领域。他始终坚持知识分子独立判断的精神，从不人云亦云，从不屈服于金钱和权力的胁迫。对于在任何时代都能够造成广泛而强大的压力之源，他一直是一个韧性的反抗者，一个清醒的战士。

　　当年那些闲适的作家，帮闲文人，甚至也包括左翼，都不具有鲁迅的犀利和顽强，不具有这种坚忍和清醒的品格。他对国民性、对知识分子的批判，对生存现状的剖析，对不公平的愤慨，对罪恶的揭露，特别是他的不妥协性，自始至终都超越了一般的团体利益，而能够直指人类的痼疾。

　　他作品中的人物栩栩如生地活在当下。他所指斥过的嘴脸还摇晃在今天的街头。他的忧愤如在眼前，他的悲怆未曾平息，他两指中燃烧的辛辣的烟仍然呛得我们两眼泪花。彼时的悲情和黑暗、辛苦与艰难，更有无法度过的挣扎之夜，谁会感到陌生吗？

　　鲁迅之所以具有永远鲜活的现实意义，因为他对应的正是人类和生存。我们尽管像重复一句套话一样絮叨着责任感——作家的责任感；可是望遍苍茫，真正杰出的作家无不承担起社会责任，无不哀疼民生。他们从未因各种理由而玩弄艺术和丧失良知。鲁迅的立场具有充盈确切的人性内容，当宏阔的时代主张脱离了人的生存，他即刻放弃的仍然是那些主张。在他那里，即便是最偏僻的人类灵魂的角落也得到了挖掘。为了疗救和生存，他是直面人生的、无可顾忌的、退到了绝境上的勇士。

　　责任的永存，就是人类的永存。我们从鲁迅的作品中感受到的，常常是焦灼和激愤的目光。往前看，未来有许多未知藏在苍

2014 年 10 月，于奥地利作家之家

茫之中，但我们知道苦难永远地横亘在那里。如果在此刻回头，我们会被一束目光又一次地照彻或激励，这就是鲁迅的目光。

2004 年 3 月 19 日

他们为何而来

想起了陶渊明

陶渊明离我们太遥远了。不，他离我们越来越近。这种拉近的速度自昭明那个时代至今，已是越来越快了。这真是极有意思的、耐人寻思的古怪现象。

他在活着的时候，即便是诗文写得最好的时期也不是一位声名显著的人物。他耕作，喝酒，读书，会友，流连田园之间，越到后来越是贫寒，最后大概是饥寒交迫而死。有几个显赫人物邀请他出来做官，偶尔试过几次，但大多数时候拒绝了。在诗文方面，他的知音也不多。他的有地位的诗文大家朋友在当年曾经撰文宣扬过他，但效果一般。因为那位朋友并不能深刻理解他，不能像他一样质朴和单纯，所以最终也说不到至处。

王国维是民国初期最有悟力的学者，他在列举中国古代四大诗人时，曾以陶渊明替换了李白，这可以说是语惊四座的一次。王国维当然不是轻易置言的人物，他的话令人深长思之。

我们可以远远地感受陶和李这两个不同的人，他们的质地和光彩。都是伟大的诗人，都是划时代的人物，一个让人惊叹，一个让人深念和崇敬。从不一样的维度里，我们可以选择不一样的人。

陶渊明越是到了晚年，歌吟的声音越是低沉和短促，却毫不微弱和怯懦。从古至今，文章做到最后，比试辞章之乖巧璀璨的热情总会淡弱下来，因为时间长了，就像一个人总要衰老一样，一定会让激越之情沉淀下来。回头再看人类的心灵记录，就会冷静许多，清醒许多。陶渊明是在更长久的冷却之后，得到认可的一个人，而不仅仅是一位诗人。

说到底诗人也是人，首先是一个人。就这一点上来说，陶渊明更有了品格和质地的光彩。

他更真更可信。他想做官却心有疑虑，他试过并放弃和再试过，都十分让人理解。他很自尊，这自尊让人理解。放弃了做官就意味着投入长期的实实在在的劳动，比如务农，在田间打理，这就要有坚实不欺的心理准备。知识人自觉选择一种农耕生活，在当时和当下都不是一件容易的事。

写诗与饮酒对陶渊明来说都是回应生命存在的方式，是自然而然的一种需求。这里丝毫没有"写作""创作"的气息和状态。当时在田园间劳作的人有了好酒常常分享，可见陶渊明偶尔与人交换诗文，意义也差不多。他主要是写下来，记个心情自存。

这样的文字形成的气质风貌，当然是最高的。一切的卖弄炫耀都是文章大忌，但这大忌不犯也难。陶渊明不犯，这就是他最伟大之处。

从古至今才华是难藏的，并且还要被拥有者一再宣示，于是铸成了不可追悔之错。这种追悔在陶渊明来说是压根儿就不可能发生的。

他的诗文与耕作同质、同步、同义。

最令人向往的还有什么？是什么一再地拨动了后来人，特别是当代人的心弦？想来想去，还是这两个字：自尊。

谁不想拥有自尊？除了极少数人，大多数人都在心底存有这两个字、追求这两个字，并不时地为这两个字而不安和痛苦。因为要靠近这两个字太难了,而人之为人,在最初的那一刻就被注入了这样的元素,他于是一生必会需要这种坚持。

只不过自尊往往是最难获得的,它要与一个人形影不离,更是难上加难。因为人生要置于各种苦境和险境,自尊难免远离而去,每到这时人就陷入了深长的痛苦。

在一碗美食和自尊面前,一个人要选择哪个?二者同得常常是不可能的,那么这选择就很严峻很艰难。谁心里都明白,自尊暂时放一放,在一定程度上放一放是可以的,于是这种侥幸心理就将人左右了。结果是怎样大家都明白,也就是顺势滑脱下去,最终的自尊是没有的。

我们不能说陶渊明纯粹到了那样的地步,即在任何选择的关口都是毫无动摇的。但他之可贵,就在于心底里那个自尊的需求异常顽强,这股不可消失的伟力终于将他一次次从那碗美食跟前拽开了。

强权专制是人生所遭逢的最大黑暗。这黑暗使人无法招架。它时时围拢催逼,时时诱惑,让人做出最后的、彻底的丢弃。在这种情形下,丧失自尊的痛苦会一次次在人的心底泛开,于午夜袭来。

于是,人们,特别是知识人的反省,就在午夜开始了。这反省会是隐隐的、不绝如缕的。与这反省同时出现的一个身影,可能就是陶渊明吧。

伯林的圣彼得堡

以赛亚·伯林是俄国人,生于一个犹太人家庭,刚过十岁就随父母迁往英国,从此就成了一个英国人了。他接受的是牛津的教育，学文学和哲学。他前期在大学任讲师，二战爆发后在纽约和莫斯科担任外交职务。二战结束后他返回牛津讲授哲学，研究思想史，成为一名教授，并且获封爵士。

对于苏俄，伯林的童年少年记忆可能是模糊的。但是由于家庭的影响，他肯定会关心自己的出生地。实际上他的一生都在注目那片土地，为其兴奋和哀叹。他当然深深地着迷于俄罗斯文化，想探究她历史和现实的一切秘密。

他关于列宁格勒即圣彼得堡的记述令人印象深刻。他在战后作为一个西方外交官来到这个昔日的"帝都"，真是感慨万端。他的目光敏锐而又亲切，这与一般的西方人是大为不同的。他眼里拥挤的有轨电车、无轨电车，寒冷，知识分子被北风掀起的单薄的衣服，还有空旷肃杀的深冬的厅堂，都给人近在面前的感觉。

伯林踏入的圣彼得堡是二战中被残酷围困的城市，当时这里没有食物，没有取暖的东西，真正经历了惨绝人寰的饥饿和寒冷，死亡人口不计其数，发生的是震惊世界的惨剧。时间已经过去了几年，可是这里依然能看到战争毁灭的痕迹。这是一座汇集了东方瑰宝的大都会，有壮丽的建筑群，更有一群了不起的知识分子、艺术家。

伯林始终将深邃的目光投在作家们身上。他对这座城市还有一些童年记忆、一些印象，因为他十一岁从这里离开时，那双眼睛已经能够准确地扫描了。一座座小店、破旧的窗户、栏杆，都使他想起少年时代。他看到一处店铺，记起自己的家就在其下边，那是十月革命之前的圣彼得堡。他渴望见到生活在这座城市里的作家和诗人。

他用很大篇幅写了与当时健在的女诗人阿赫玛托娃的会面，写了那个漫长的夜晚。那个头发花白、威仪颇似女王的女诗人与他谈话直到第二天凌晨，为他诵读自己的新诗，并从隔壁端过一盘煮熟的西红柿给他吃。

伯林对圣彼得堡的文化专制气氛的描写，对在这个时期艰难生存的俄国文学家的观察和记录，特别是很具体的一些评价和分析，这在我们今天的中国读者看来十分易懂。我们有一种更深入的理解力，对他的西方视角也十分熟悉。伯林的见解在当时显得敏锐而新鲜，在今天则非常平实了，起码在我们看来是如此。

阿赫玛托娃的音容笑貌因为伯林的转述而变得栩栩如生，至今读来还觉得那么切近、鲜活。我们似乎可以感到那个黑暗的夜晚中，只有一张小桌和几把椅子、一张沙发的空旷房间里，有一种陈旧家具的气味、一种没落贵族所遗下的铁锈和贵金属的气味。这个环境中只有高贵的女诗人散发出沉香般的气息，她稳重而自负，向一个刚刚来自西方的探险者评述一切。

那个场景远去了，又好像不肯逝去。我们会觉得那长夜很长很长，它的阴影一直拖延到东方，直铺到我们脚下。

当年伯林被视为"西方来人"。而我们曾把圣彼得堡视为东方的某个终点，那是发生十月革命的地方。究其地理坐标，当然应该算作西方，但它却一直是东方集团的代名词。

伯林的确是以西方人的目光来打量这片少年之地的。他在西方长大，接受了西化教育，没有苏俄人的局限和拘束，可以更超脱更大胆地评论这里的人与事。但他又实在不同于一般的西方人，因为他的血脉源自这里，他就出生于此，这又是另一个致命的因素。他的情感无法掩饰，正像他的西方文化背景和立场无法掩饰一样。

一生一本书

　　法国的拉布吕耶尔一生只写了一本书，为出版于 1688 年的《品格论》。这本书出版了多次，每次再版作者都要完善和修订，至他去世前已由薄薄一册变为折合汉字四十万的大书了。无论是伏尔泰还是夏多布里昂，都对这部书给予了极高的评价，认为它在"任何时代，任何地方"都"不会被遗忘"（伏尔泰）；认为他"是路易十四时代最杰出的作家之一，没有一个人的文笔能够比他更加丰富多彩"（夏多布里昂）。

　　作者只活了短短的五十一岁，是法学学士，当过律师，教过亲王的孙子，出任波旁公爵的秘书和侍从，担任过财政总管。在四十八岁这一年，因《品格论》一书的贡献，当选为法兰西学院的院士，成为一位"不朽者"。

　　他的文字离我们既近又远，从产生的时间上看是遥远的，从剖析的内容上看又如此熟悉。他的经历使其成为洞悉王宫贵族生活的人，因而对所谓的"大人物"毫不陌生。然而他对街巷俚俗更加了解。他的笔触涉及各色人物都从容不迫，入木三分。他写的是人性，所以也就不存在东方与西方、古人与今人的隔阂。

　　他不断修订这部文稿，等于是不断订正自己关于人性的认识。他在世时这部书每年都要再版，他也就每年增删修改，显然这成为其一生的著述事业。这种写作生涯是独特的，好像比另一些作家更专注更投入于某一方面的思考。由于力量的集中使用，这仅有的一部书也就变得更丰富厚重。

　　从写作人生来说，这是一种极大的"减法"或"加法"。减去其他一切新书构思，只在原有的文字上再加雕琢和增补；这个过程也是逐步增加和积累，使这一本书变得更大。

这当然需要超人的自信和耐心。比起网络时代的文字堆积，这种精心和沉着的著述显出了不可超越的气度。

人生有两种大书。一种是拉布吕耶尔式的，另一种是托尔斯泰式的。前者将一生综合在一本书中，后者用无数本书表达自己这一生。

理想主义

当他人赞许作家是一个"理想主义者"时，作家不知该怎样反驳。这种善意的称誉先是让人隐隐不安，接着是对自己的反感。他想告诉他人，自己不是一个"理想主义者"，也与这样的"主义"距离很远。他觉得没有这样简单和狭窄，这样清纯到令人生厌，怀疑这几个字能够概括、界定和代表自己，也不愿归属到那个看似清高的阵营中。

因为他怀疑那个"主义"，虽然也向往"理想"。"理想"可以因人而异，"主义"却是整齐划一。他不愿让一种相同的颜色的粉末将自己染上，而只想保留原来的颜色，即生命的颜色。追求真理的意愿使人经常怀疑和设问，并且不愿认定某个严密和堂皇的学问为唯一和至高。他宁可将一切通向遥远的路径视为一种假设，并在这种跋涉中感受辛苦以及寻觅的快乐。如果激昂而武断地排他，过于欣赏一种决绝和牺牲之美，并以此为得意，那也许是幼稚可笑的。这种盲目和偏激的牺牲是不值得的。

"理想主义"会将某种理念推至一个神圣不可置疑的高度，成为一个只可膜拜的偶像。一切的付出和牺牲，在这个过程中都是应该的。在这个概念之下，人的自由意志是不存在的，人的想象是被压抑的，而人的服从和遵从却是绝对的。这种极为粗暴的力量既然蕴含于其中，让鲜活自由的生命臣服，又怎么会不让人警觉和生疑？

两个不同的人，"理想"又怎么会合卯合榫地一致？但是"主义"却可以将成千上万的人笼罩在一起，让他们激昂奋发地、步伐整齐地迈向同一个方向。这种统一的机械的力量巨大而可怕，可以毁坏一切，践踏一切，所经之处寸草不生。"理想主义"的压路机一路向前，可以吞噬一切，将一切生灵碾碎。

"理想"应该是纯粹的向往，是向善与求真的欲望，是对真理、对完美的不懈追求。这种欲望与追求不能凝固和提炼成一种程式，不能做成一个不可改动的模板。"理想"使生命活泼和自由，而不是相反。如果"理想"使他者变得千人一面，像中了某种魔法，那就一定是十分可疑的东西了。

作为一个招牌，"理想主义"是颇能集合起一批人的，这些人会前仆后继，冲决和涤荡，奋不顾身。巨大的盲角和误区笼罩了时空，需要无法估量的损失和毁坏作为代价，换来一丝醒悟的机会。但是即便在这样的代价之后，人们仍然不愿意否定"理想主义"本身，认为这个"主义"是好的，坏只坏在面对"主义"的盲目。

"理想主义"几乎可以等同于蒙昧主义，二者的本质在许多时候是相同的。叩问和质询一旦被废绝，简单的服从和顺从也就开始了。最粗暴的力量只要显现出来，其破坏力就一定会是巨大的。

专制主义者常常会以"理想主义"来点染自己。美好的说辞代替了理性，"主义"成为一切，高过一切，直到代替了每个人生而有之的最宝贵的东西,它的名字叫自由。

善意的追求和向往也可能是幼稚的。最勇敢的冲动也可能是盲目的。任何的牺牲都是需要反复质疑的,因为生命是不可复制的。当"理想"需要以生命换取的时候,这个"理想"就一定是打了折扣的。有人认为只要是"理想",就必然要用生命去对换,那么最简单的回答就是:请让那些"必然"者用自己的生命去对换吧。

对于"理想主义"的简单依从表明了人的懒惰。在这顶绚丽的王冠下面,压住的往往是一张狡黠的鬼脸。以一己之意愿统一或强加给许多人,并冠以"理想"的美名,这是人类最大的悲哀之一。

不同的"理想"自然会形成一种互相牵制的合力,这合力牵引了人类的生活,这才会是可信的生活。如果每个人都勇于坚持自己的认识,并能够倾听和吸取他人的意见,这就会形成一个健康的声音的社会、思想的社会。

作家不是一个轻信者,也不总是一个动辄激越不已的青年,所以他不是一个"理想主义者"。这里他不得不遗憾地承认,我们自己,我们所置身的这个族群,最缺少的恰恰是我们一直习惯于批判的"理性主义"和"经验主义"。

这两种"主义"都因为自己的不彻底性而各有自身的局限,却闪烁着人类最伟大的思想光芒。"理性主义"追溯本源的勇气、形而上学的思辨、遵循数理逻辑的执着、对超验性的坚信,无不显示了人之为人的卓异思想能力。"经验主义"依赖科学研究、归纳与实践,具备一丝不苟的严格的实验精神。"理想主义"虽然也曾经吸取和依傍了理性和经验,却总是与它们渐行渐远,走向以自我为中心的乌托邦幻想,最后与理性的清晰和朴实的经验相对立。以人的想象为中心，而不是以绝对真理为中心，就一定会迁就人的欲望，结果只能是以不择手段追求所谓的"崇高目标"。"理想主义"有许多时候是模糊和善变的，因为它既是非理性的，又无视客观真实，只保留了自己空想的狂热和振振有词。